polar
VERLAG

Jon Bassoff

Zerrüttung

Aus dem Amerikanischen
von Sven Koch

Polar Verlag

Originaltitel: Corrosion

Dieses Werk wurde vermittelt durch die Literarische Agentur Thomas Schlück GmbH, 30827 Garbsen

Deutsche Erstausgabe, 1. Auflage 2016
Aus dem Amerikanischen von Sven Koch

www.polar-verlag .de

Redaktion: Andrea Stumpf, Gabriele Werbeck
Umschlaggestaltung: Detlef Kellermann, Robert Neth
Autorenfoto: © 2014 Jay Halsey
Satz/Layout: Martina Stolzmann
Gesetzt aus Adobe Garamond PostScript, InDesign
Druck und Bindung: CPI books GmbH, Leck, Deutschland
ISBN: 978-3-945133-41-5

Für meinen Vater

Danksagung

Mein Dank gilt meiner unglaublichen Frau Tobey, die es nun schon mehr als ein Jahrzehnt mit einem zerstreuten und gelegentlich auch frustrierten Schriftsteller aushält. Ein herzlicher Dank geht auch an die anderen starken Frauen, die mein Leben begleiten und mich unterstützen, an meine Mutter Evelyn und meine Schwester Leah. Außerdem danke ich meinen Studenten und Kollegen an der Frederick High School dafür, dass sie es mit einem nicht nur ein bisschen schusseligen Englischlehrer in ihrer Mitte aushalten. Ich bin stolz, Allan Guthrie als Agenten zu haben, und bin ihm unendlich dankbar für sein Vertrauen in meine schriftstellerische Arbeit und den Einsatz für dieses Werk und seine Veröffentlichung. Und schließlich danke ich Shane Staley, Greg F. Gifune und allen bei DarkFuse dafür, dass sie das Buch bei sich aufgenommen haben.

Erster Teil:
Joseph Downs (2010)

»When I discover who I am, I'll be free.«
(Ralph Ellison, *Invisible Man*)

1. Kapitel

Ich war keine zwanzig Meilen vom Berg entfernt, als der Motor zu stottern begann, schwarzer Rauch unter der Motorhaube hervorquoll und Red Sovine zu singen aufhörte. Ich quälte den alten Pick-up noch ein Stück weiter, aber es half nichts. Er war am Ende. Ich ließ die Karre auf dem Randstreifen des Highways ausrollen, stieß die Tür auf und schickte einen Fluch in den Wind. Mein Blick ging über den rissigen Asphalt; vor mir lag ein Provinzkaff, umringt von Bohrtürmen und Getreidesilos. Ich zog meine Army-Tasche unter der Plane hervor, hob sie von der Pritsche, schlüpfte in meine Camouflage-Jacke und marschierte los.

Die Stadt, Stratton, machte nicht viel her. Im Zentrum ein paar Geschäftszeilen, drum herum heruntergekommene Wohnhäuser und armselige Hütten, die wirkten wie von Gott nach einer zweiwöchigen Sauftour in die Landschaft geschmissen. Die Old Main Street war so gut wie tot. Lebensmittelladen zu, Tankstelle zu, Motel zu. Die Schilder verrostet, die Fenster vernagelt.

Der scharfe Wind war eiskalt; ich stellte meinen Jackenkragen auf und vergrub die Hände in den Taschen. In einem dunklen Fenster sah ich kurz mein Spiegelbild und zuckte zusammen. Dieses Gesicht war mir immer noch fremd. Ein Gesicht wie aus einem Katalog für Teufelsfratzen …

Nach zwölf Stunden im Auto hatte ich einen Drink bitter nötig. Auf einem weiß verputzten Gebäude an einer Straßenecke war in roter Schrift *Del's Lounge* aufgemalt, in einem der Fenster flimmerte Bud-Neonwerbung. Ich trat ein.

Drinnen standen Holztische auf blankem Beton, außerdem ein Billardtisch mit zerschlissenem blauem Filzbelag und eine mindestens zwanzig Jahre alte Jukebox. An der Bar saß ein stämmiger Mann mit rotem Schnauzbart vor einer Dose Coors. Sein Overall war voller Farbe oder Blut. In einer Nische hatte ein alter Mann mit roter Kartoffelnase die Hände zärtlich um ein Glas Bourbon gelegt. Der Barmann, ein dünner Mann mit spärlichem blondem Haar und sommersprossigen Händen, pfiff vor sich hin und wischte nachlässig den Tresen. Mit gesenktem Kopf ging ich über den knirschenden Boden durch den Raum und nahm mit dem Rücken zur Bar an einem Ecktisch Platz. Ich stellte meine Tasche ab und strich mir eine Prise Schnupftabak unter der Unterlippe aufs Zahnfleisch. Nach einer Weile hörte ich Schritte. Ich drehte mich nicht um. Der Barmann stand direkt hinter mir und fragte mit Reibeisenstimme, was ich wollte.

Bier, sagte ich. In der Flasche.

Wollen Sie auch essen? Wir haben Burger und Hot Dogs und die besten Ribs weit und breit.

Ich wollte nur Bier, aber er ging um den Tisch herum, so dass er vor mir stand und mir die Speisekarte reichen konnte, und dann sah er mein Gesicht und sagte: Oh, Gott. Es platzte einfach aus ihm heraus.

Bier ist genug, sagte ich.

Er murmelte eine Entschuldigung und ging zurück zur Bar. Alle anderen blickten zu mir – wie Schaulustige, die mit heimlicher Lust einen Autounfall auf dem Highway oder eine Schießerei vor einem Nachtclub beglotzen. Ich sah vor mich hin und trommelte mit den Fingern auf der Tischplatte. Die Jukebox sprang an, und Merle Haggard begann zu singen, aber der Lautsprecher war hinüber, so dass seine Stimme verzerrt klang, wie betrunken.

Kurz darauf kam der Barmann mit meinem Bier. Er hätte mich alleine sitzen lassen können, aber er wollte beweisen, dass er keine Angst vor mir hatte. Deswegen blieb er stehen, der Mund offen. Die untere Zahnreihe war komplett, oben hatte er keinen Zahn mehr im Mund. Ich roch seinen Atem, eine eigenartige Mischung aus Bourbon und Bonbon. Haben Sie, äh, geschäftlich in Stratton zu tun?, fragte er.

Ich räusperte mich. Nein. Was kriegen Sie?

Nichts. Das Bier geht aufs Haus.

Daran war ich gewöhnt. Ich lebte nicht schlecht vom Mitleid anderer. Und am Ende bekomme ich sogar noch ein Staatsbegräbnis.

Ich nahm einen großen Schluck und wischte mir mit dem Ärmel über den Mund. Ich brauch ein Bett, sagte ich. Irgendwas Billiges.

Der Barmann lächelte listig. Billig ist alles hier, sagte er, aber das Hotel Paisano ist billiger als die anderen. Ein paar Blocks die Third runter.

Danke, sagte ich.

Ich trank mein Bier und dann noch eins und noch eins, und dann hielt draußen ein Auto mit blubberndem Motor. Die Türen wurden zugeschlagen, und ich hörte einen Mann und eine Frau streiten, dann das Geräusch einer Flasche, die auf dem Asphalt zersprang. Der Mann brüllte: Du verdammte Schlampe!

Gleich danach ging die Tür auf, und eine Frau kam herein. Sie war nicht besonders hübsch, aber das hat mich sowieso nie interessiert. Sie war groß und schlank und hatte ihre leuchtend roten Haare hoch aufgetürmt. Sie war blass und hatte eine Hakennase. Ihre Lippe war gepierct, auf den Arm hatte sie ein Bild von Betty Page tätowiert. Sie trug rote Stiefel, abgeschnittene Jeans und ein Misfits-T-Shirt.

Sie stiefelte zum Tresen und stieg auf einen Barhocker. Habt ihr Maker's Mark?, fragte sie den Barmann.

Er wischte sich den Schweiß von der Stirn und nickte. Ja, Ma'am. Wie wollen Sie ihn?

Schnell, sagte sie. Und dazu ein Michelob.

Der Barmann holte ein schweres Glas, schenkte eine großzügige Menge Whiskey ein und öffnete eine Flasche Bier. Sie hob das Glas und sprach einen Toast auf alle Arschlöcher dieser Welt, ehe sie es runterkippte. Dann hustete sie, verzog das Gesicht und griff nach dem Bier. Ich war hingerissen.

Es dauerte nicht lange, bis der Mann reinstürmte. Er trug Cowboystiefel, enge Jeans und ein dickes Flanellhemd. Sein Gesicht war aufgeschwemmt und rot, der buschige Schnurrbart grau. Er war mindestens doppelt so alt wie die Frau.

Er wollte, dass sie aus der Bar kam, und machte es lautstark deutlich, aber sie machte keine Anstalten. Fick dich, sagte sie. Bist du mein Kindermädchen?

Wutentbrannt stapfte der Mann zu ihr. Er riss ihr die Bierflasche aus der Hand und stellte sie krachend auf den Tresen. Der Kerl mit dem blutbefleckten Overall stand auf und wich ein paar Schritte zurück. Der Barmann sagte: Nur die Ruhe, Mister. Wir wollen hier keinen Stress. Ich beobachtete das Ganze aus sicherer Distanz, beobachtete, wie es sich entwickelte, ich war nämlich nicht gewalttätig, wenn es nicht sein musste …

Jetzt komm endlich, blöde Nutte, sagte der Mann, und es war klar, dass er es ernst meinte. Sie versuchte, sich ihm zu entziehen, und da wurde er grob. Er packte sie an den Haaren und riss sie vom Hocker. Die Frau schrie. Er ließ ihre Haare los, packte sie am Arm und drehte ihn ihr auf den Rücken. Sie wirbelte herum wie eine Puppe.

Ich stand von meinem Stuhl auf und ging in aller Ruhe zum Tresen. Der Alte achtete nicht auf mich, sondern verdrehte ihren Arm immer noch ein bisschen mehr. Ich spürte, wie das Blut durch meine Adern rauschte.

Lass sie los, sagte ich mit kaum mehr als einem Flüstern.

Er sah auf. Mein zerstörtes Gesicht lenkte ihn ab, der Griff um den Arm der Frau lockerte sich. Sie machte einen Schritt zur Seite, doch kaum bekam er das mit, stieß er sie gegen die Wand. Ich schnappte mir die Bierflasche vom Tresen und zog sie ihm von hinten über den Schädel. Er schwankte kurz, dann gaben seine Beine nach, und er ging auf die Bretter.

Eine Weile tat er nichts als jammern und stöhnen. Dann fing er an sich zu bewegen, über den Boden zu robben, aber überzeugend wirkte das nicht. Jedes Mal wenn er sich aufrappeln wollte, trat ich ihm mit voller Wucht in den Bauch oder ins Gesicht. Ich wollte, dass er was lernte. Die Frau bat mich aufzuhören, aber ich wusste, dass sie's nicht so meinte, dass sie's nur sagte, weil sich's gehörte. Als ich fertig war, hatte er sich ganz klein zusammengerollt und hustete Blut. Sein Gesicht war Matsch.

Ich ging zu meinem Tisch zurück, trank den letzten Schluck Bier und warf mir die Tasche über die Schulter. Alle sahen mir zu. Langsam ging ich zum Eingang der Bar, meine Stiefel lärmten auf dem Beton. Ich stieg über den Mann und nickte dem Barmann zu. Paisano, oder?, sagte ich.

Ja, Sir. Ist nichts Besonderes, aber zu den Gästen ist man da wirklich nett.

Ich nickte der Frau zu und drückte die Tür auf.

Warten Sie!, hörte ich sie sagen. Ich drehte mich um. Sie grinste mich schief an, die dunklen Augen schmeichelnd. Wer sind Sie? Wie heißen Sie?

Ich heiße Joseph Downs, sagte ich, und hab meinem Vaterland treu gedient.

2. Kapitel

Draußen wirbelte der Wind Staub auf, und ich musste eine Zeit lang laufen, ehe ich zu einem schäbigen Backsteinhaus mit der handgemalten Aufschrift *The Paisano* kam. Ich stieg die bröckelnde Eingangstreppe hinauf und zog die Tür auf. Ein Geruch nach modrigem Holz und Formaldehyd schlug mir entgegen. An der gegenüberliegenden Wand hing ein Elchschädel. In einer Ecke stand ein unspielbares Klavier. An der Rezeption saß eine zwergenhafte Frau mit hochtoupiertem blauem Haar und Blumenkleid. Sie hatte ein bleiches teigiges Gesicht, rote Backen und ein Schwabbelkinn. Den Flachmann, von dem sie eben getrunken hatte, ließ sie unter dem Tresen verschwinden. Dann sah sie mir ins Gesicht und lächelte verkrampft und mit kaum verhohlenem Abscheu. Was kann ich für Sie tun, Mister?, fragte sie.

Ich brauch ein Zimmer.

Nur das Zimmer? Oder haben Sie noch andere Wünsche? Sie sagte das vollkommen ausdruckslos.

Nur das Zimmer.

Okay, sagte sie. Von mir aus. Sie griff hinter sich und nahm einen Schlüssel vom Brett.

Ich folgte ihr auf einer schmalen Treppe nach oben. Die von der Decke baumelnde nackte Glühbirne warf bizarre Schatten.

Der erste Stock sah übel aus. Stellenweise hatte sich die

Farbe von der Decke gelöst und hing in Fladen herab, die Lampen flackerten, die Wände waren mit unverständlichem Zeug bekritzelt. Aus einem Zimmer kam Stöhnen. An einer Wand stand eine Holzbank, auf der eine junge Frau saß. Sie trug ein zerknautschtes Hochzeitskleid und rote Stiefel und hatte eine rote Perücke auf. Ihr Lippenstift war verschmiert, im Mundwinkel hing eine Zigarette. Als sie mir zuzwinkerte, drehte ich mich weg. Hässliches Gesicht, sagte sie. Macht mir aber nichts. Ich blas dir auch so einen.

Halt die Klappe, sagte die Hotelbesitzerin. Zisch ab in dein Zimmer. Los, wird's bald.

Die Frau verdrehte die Augen und stand auf. Sie zupfte ihre Unterwäsche zurecht und schlurfte den Flur entlang. Lächelnd oder höhnisch grinsend öffnete sie eine Tür und verschwand in das dumpfgraue Flimmern einer Fernsehshow.

Kümmern Sie sich nicht um die, sagte die Blauhaarige. Mit einem kräftigen Ruck riss sie die klemmende Tür eines Zimmers auf, dann gab sie mir den Schlüssel. Also dann, ich hoffe, Sie haben einen angenehmen Aufenthalt, sagte sie. Kurz betrachtete sie mein Gesicht, dann wanderte ihr schwachsichtiges Auge nach oben. Und wenn Sie was brauchen, einfach fragen.

Ich brauch nichts, sagte ich.

• • •

Das Zimmer war wie erwartet. Fleckige Wände. Schlampig gemachtes Bett. Ein alter Kühlschrank, der Griff lose. Ein schmutziges Fenster mit Blick auf eine schmutzige Stadt.

Ich setzte mich aufs Bett und zog Jacke und Stiefel aus. Aus meiner Tasche nahm ich die Schnupftabaksdose, eine Flasche Sliwowitz, ein Bajonett und meine King-James-Bibel. Der Ledereinband der Bibel war abgegriffen und die Seiten wurden allmählich gelb.

Ich schnupfte eine Prise, nahm einen tiefen Zug aus der Flasche und schlug die Bibel auf: *Gideon aber sprach zu ihm: Mein Herr, ist der Herr mit uns, warum ist uns denn solches alles widerfahren? Und wo sind alle seine Wunder, die uns unsre Väter erzählten und sprachen: Der Herr hat uns aus Ägypten geführt? Nun aber hat uns der Herr verlassen und unter der Midianiter Hände gegeben …*

Die Kraft dieser Worte berührte mich, und ich ließ mich aufs Bett fallen und schloss die Augen. Allmählich glaubte ich, dass es keinen einzigen anständigen Menschen auf der Welt gab. Allmählich glaubte ich, dass jeder was zu verbergen hatte, irgendwas Schreckliches.

• • •

In der Nacht lag ich im Bett, die Matratzenfedern stachen mir in den Rücken, und ich starrte auf einen langen gezackten Riss in der Decke. Ich konnte ihn wachsen sehen. Aus dem Riss tropfte Wasser in einen rostigen Topf. Tropf, tropf, tropf. Chinesische Wasserfolter. Durch schmale Schlitze blickte ich aus dem Fenster. Der Mond war von einem kränklichen Gelb.

Ich konnte nicht einschlafen. Im Haus hatten Mäuse und Ratten das Regiment übernommen. Ich hörte sie über die Holzböden huschen, Wände emporklettern, an Möbeln nagen. Und dann hörte ich noch etwas. Der schwache Klang von Schritten auf dem Gehweg vor dem Fenster. Ein Mann ging langsam die Straße hinunter. Eben verließ er den Lichtkegel der Straßenlaterne. Er hatte bleigraue, verstrubbelte Haare, war klapperdürr und hatte ein ausgemergeltes, gequältes Gesicht. Als er meine Silhouette im Fenster erblickte, blieb er stehen und starrte mich an. Unwillkürlich erschauderte ich. Langsam strich ein irres Lächeln über sein Gesicht. Ich trat zwei Schritte zurück, unfähig weiterzuatmen …

• • •

Eine Stunde verging, vielleicht auch mehr. Ich saß mit dem Bajonett in der Hand auf dem Bett. Hin und wieder warf ich einen Blick nach draußen. Er hatte sich nicht vom Fleck gerührt. Stand einfach da und wartete. Der Wind pfiff, es regnete, und eine Fliegentür schlug auf, zu, auf, zu.

• • •

Fünf Minuten nach Mitternacht klopfte es. Drei Mal, kurz. Ich packte das Bajonett fester. Langsam, starr vor Angst ging ich zur Tür. Entriegelte sie und zog sie auf. Auf dem Holzboden schwamm fahles Licht, ich beschirmte die Augen mit einer Hand. Aber es war nicht der Fremde, sondern die Rothaarige aus der Bar. Ihr Gesicht war verschmiert, wie hinter einer regenüberströmten Windschutzscheibe.

Ich weiß, es ist spät, sagte sie mit Kleinmädchenstimme.

Ich war noch nicht im Bett.

Kann ich reinkommen?

Ich werd Sie nicht dran hindern.

Sie verzog das Gesicht wieder zu ihrem schiefen Lächeln, trat ins Zimmer und zog die Tür hinter sich zu. Sie trug einen roten Regenmantel, den Gürtel an der Taille eng zusammengezogen. Ich hatte Boxershorts mit Bärchenmuster und ein normales weißes T-Shirt an. Sie musterte mich von Kopf bis Fuß. Stattlich, sagte sie. Das Gesicht stört mich nicht, da hab ich schon Schlimmeres gesehen.

Mag sein, sagte ich. Wollen Sie was trinken? Ich hätte Sliwowitz. Allerdings keine Gläser.

Kein Problem. Kann ich den Mantel ablegen?

Aber klar.

Darunter hatte sie nicht allzu viel an. Nur ein futuristisch wirkendes Silberkleidchen und die roten Stiefel von vorhin. Ich hielt ihr die Flasche hin, und sie nahm sie. Sie hatte einen kräftigen Zug. Dabei beobachtete sie mich aus dem Augenwinkel. Sie war eine Trinkerin, schlechter Umgang, aber sie erinnerte mich an jemanden vor langer Zeit …

Ich wollte mich bedanken, sagte sie. Dafür, dass Sie mir heute Abend geholfen haben. Die meisten Männer hätten weggeschaut.

Ich zuckte die Achseln. Liegt an meiner Erziehung. Bei uns daheim hieß es, Frauen schlägt man nicht. Und wenn's doch einer tut, muss man was dagegen tun. Wer war das überhaupt?

Sie nahm einen weiteren Schluck, noch größer als der zuvor, und wischte sich dann mit dem Handrücken über den Mund.

Mein Mann, sagte sie.

Ich nickte. Und Sie wollen ihn nicht verlassen?

Wahrscheinlich nicht.

Ich sagte: Wenn er sie einmal schlägt, tut er's wieder.

Ach, das hat er schon, glauben Sie mir. Das heute war gar nichts. Sie sah mich an, dann schob sie den Ärmel nach oben und zeigte mir zwei nicht ganz verheilte Brandwunden. Von einer Zigarre.

Ich presste die Lippen aufeinander und schüttelte den Kopf. Sie sollten ihn verlassen, sagte ich.

Das ist nicht so einfach.

Doch. Sie packen Ihren Kram und gehen. Ganz einfach.

Sie gab keine Antwort. Und dann sagte sie: Guter Schnaps. Hab ich noch nie getrunken.

Ja. Ich mag ihn auch.

In der nächsten Stunde tranken und rauchten wir. Ich dachte nicht mehr an den Fremden, dachte auch nicht an den Berg. Irgendwo dudelte Musik. Die Frau legte ihre Hand auf meinen Schenkel. Ihre Haut war weich, die Fingernägel schmutzig. Sie fuhr sich mit der Zunge über den Mundwinkel und sagte: Und, Joseph? Findest du mich hübsch? Wenigstens ein bisschen?

Ja, log ich, ich find dich hübsch.

Also dann?

Auf dem Bett rückte sie näher an mich heran. Ich sah ihr Gesicht nur noch unscharf. Picklige Haut. Blutunterlaufene Augen. Nicht hübsch. Aber ich war verliebt. Passiert mir viel zu oft.

Sie nahm meine Hand und führte sie unter ihr Kleid. Das Gedudel wurde lauter. Ich fühlte mich gut, fast ein bisschen nervös. Es gab verschiedene Dinge, die ich tun wollte. Den Mond anheulen, mich über sie hermachen. Aber ich war wie gelähmt. Sie schmiegte sich an mich. Ich roch verschiedene Duftschichten von Parfüm, Schweiß und Schnaps. Ihr Mund lächelte auf meiner Haut.

Ich umarmte sie und zog sie an mich. Ein Hund kläffte wie wild. Ich legte eine Hand zwischen ihre Schenkel. Sie stöhnte. Ein altbekannter Widerwille überkam mich. Ich dachte, mir würde übel werden. Vielleicht sollten wir das lassen, sagte ich. Ist vielleicht nicht richtig.

Sie grinste mich breit an. Interessierst du dich wirklich für richtig und falsch?

Darüber musste ich kurz nachdenken. Dann packte ich sie an der Hand und zog sie auf die Beine. Mit einer schnellen

Bewegung stieß ich sie gegen die Wand. Sie schnappte nach Luft, lächelte aber weiter. Ich sah ihr in die Augen. Vielleicht hätte ich darin die Wahrheit finden können, aber ich suchte nicht danach. Stattdessen holte ich aus und schlug ihr ins Gesicht, damit sie bei der Sache war. Dann küsste ich sie und biss ihr so fest in die Unterlippe, dass sie blutete.

• • •

Viel mehr gibt es nicht zu erzählen. Ich durfte einiges mit ihr anstellen. Ich konnte mich nicht zurückhalten. Als wir fertig waren, meinte sie, wir könnten uns verlieben.

Ich weiß nicht mal, wie du heißt, sagte ich.

Lilith, sagte sie. Aus Lehm geschaffen …

Danach lagen wir eine Weile schweigend im Bett. Draußen spielte der Wind mit einer Blechdose, die scheppernd über den Bürgersteig rollte, und ich fühlte mich gut und leer. Ich hielt die Augen geschlossen und schlief ein. Der altbekannte Traum: ein Krähenschwarm, der über einer Grubenhütte kreist und aufgeregt krächzt, und ich, der von gesichtslosen Dämonen zu Boden gedrückt wird …

Als ich aufwachte, ging die Sonne auf und veranstaltete ein blutiges Gemetzel am Himmel. Meine Haut klebte vor Alkoholschweiß. Ich setzte mich auf. Ich hatte Kopfschmerzen, fühlte mich aber gut. Lilith lag auf der Seite, den Kopf auf die Hand gestützt. Sie grinste schief.

Und? Spaß gehabt, Joseph?

Kann man so sagen.

Nur damit du's weißt – das ist normalerweise nicht mein Ding.

Natürlich nicht.

So eine bin ich nicht. Normalerweise jedenfalls.

Ohne den Blick von mir zu wenden, zündete sie sich eine Zigarette an und sog gierig daran. Und dann die Frage. Die meist unausgesprochen blieb. Aber nicht bei Lilith. Sogar vollkommen ansatzlos. Dein Gesicht, Joseph. Die Narben. Woher sind die? Ich weiß, so was fragt man nicht, aber …

Einen Moment erwiderte ich ihren Blick, dann schüttelte ich den Kopf. Schon okay, sagte ich. Ich langte über sie und nahm die Zigaretten. Ich steckte mir eine zwischen die Lippen, zündete sie aber nicht an. Als ich sprach, wippte sie auf und ab. Ich erzählte ihr die Geschichte. Kannte sie ja schon ganz gut.

Ich war bei den Marines, sagte ich. 1. Bataillon, 7. Regiment, 1. Division. In Mosul stationiert. Am Tigris-Ufer. Ninive, die Heimat von Jona und Nahum. Und für mich die Hölle auf Erden. Ich war noch nicht lang dort, erst zwei Monate. Ich fuhr mit meiner Einheit in einem Humvee. Wir wollten die Gegend sichern oder Aufständische jagen oder einen Staat aufbauen, ist ja egal. Jedenfalls fuhren wir auf dieser Schotterstraße durch völlige Dunkelheit und hatten die Scheinwerfer aus. Aber wir konnten was sehen, wir hatten ja Nachtsichtgeräte. Dann kamen wir an so eine winzige Brücke über einen Kanal. Keiner dachte sich was, die anderen rissen Witzchen, quatschten von den Nutten, die sie gevögelt hatten, und von den Arabern, die sie gekillt hatten. Wir fuhren über die Brücke, und plötzlich hatte ich so ein Gefühl. Keine Ahnung, warum, war einfach da. Im nächsten Moment fuhren wir auf die Sprengfalle. Die hat uns fast erledigt. Meine Trommelfelle sind geplatzt, und plötzlich stand alles in Flammen.

Der Humvee blieb schließlich stehen. Mir war klar, dass es mich bös erwischt hatte, aber ich hatte keine Schmerzen. Es brannte überall. Dann hörte ich unseren Truppführer schreien:

Oh Gott, ich glaub, mein Bein ist weg! Mein Bein ist weg! Mein bester Freund Dan, der vorn auf dem Beifahrersitz saß, als die Bombe hochging, schrie: Wir brauchen Unterstützung! Scheiße, wir brauchen Unterstützung! Und dann war alles ganz still.

Ich weiß nicht mehr, wie viel Zeit verging. Es passierte nichts und alles auf einmal. Durch den Rauch und die Flammen sah ich plötzlich schwere Lastwagen. Dann einen Soldaten mit Gasmaske. Sein Kopf schwirrte im Stroboskoplicht hin und her. Er verschwand, als die Flammen höher schlugen und es heißer wurde. Dann tauchte er wieder auf, und ich sah, wie er in den Humvee kroch und seine Hand ausstreckte. Der hat mich vermutlich gerettet. Ich hab ihn nie wieder gesehen.

Als Nächstes erinnere ich mich, dass ich auf dem Boden lag und mein ganzer Körper brannte und zuckte und ich schreien wollte, aber nicht konnte. Ich griff nach meinem verschwollenen Gesicht, und als ich es berührte, versank mein Mittelfinger in meiner Schläfe. Dann wurde alles unscharf, und ich schloss die Augen.

Danach hörte ich laute Stimmen, panisch, unzusammenhängend. Sie dachten, ich wär hinüber. Ich wollte die Augen aufmachen und was sagen, aber es ging nicht.

Eine Zeit lang war alles weg. Ich weiß nichts mehr, bis ich in einem Hubschrauber lag und über die brennende Wüste flog. Da wusste ich nicht mehr, ob ich tot bin oder nicht, und ich wünschte mir, dass ich's wär. Und dann war ich wieder weg und kann mich erst wieder erinnern, dass ich im Lazarett war …

Ich hörte auf zu sprechen und sah zu Lilith. Ihre Schultern zitterten, Tränen standen ihr in den Augen. Sie strich mir mit so etwas wie Zärtlichkeit über die Wange.

Hab die Geschichte vermutlich ganz gut erzählt.

3. Kapitel

Am nächsten Tag ließ ich meinen Wagen abschleppen. Es war kalt und windig, die Sonne nur ein mattes Schimmern am aschgrauen Himmel. Die Werkstatt war lediglich ein kleines Backsteinhaus, auf dem in großen Blockbuchstaben AUTO REPAIR stand. Es stand zwischen einem verwahrlosten Lebensmittelladen namens Charlie's und einer halb verfallenen Kirche mit einer schief hängenden rostigen Glocke.

Auf dem Vorplatz lag seltsames Zeug: ein verrottetes Kanu, ein Planwagen und ein offener Sarg, dazwischen Radkappen, Einräder und alte Benzinpumpen, außerdem mehrere ausgeschlachtete Schrottlauben und verrostete Autoteile. Ein junger Mann mit vor Pomade glänzender Rockabilly-Tolle saß auf einer Metallbank vor dem Büro, Gesicht, Hände und Overall dreckverschmiert. Er sah aus wie ein schwarz geschminkter Vaudeville-Darsteller. Er rauchte einen Stumpen und trank Limonade. Mein Kommen schien nicht gerade Begeisterung auszulösen.

Gibt's ein Problem?, sagte er. An seinem Mittelfinger steckte ein Ring mit grinsendem Totenschädel, an einem Mundwinkel klebte etwas getrockneter Speichel.

Ja, mein alter Chevy C30, sagte ich. Macht zum ersten Mal Zicken. Einfach liegen geblieben. Hat mich komplett im Regen stehen lassen. Meinen Sie, Sie kriegen ihn wieder hin?

Mit einem Grinsen zeigte er mir seine tabakfleckigen

Zähne. Mit dem richtigen Werkzeug krieg ich auch die Venus von Milo wieder hin. Wenn jemand hier Ihren Truck wieder zum Laufen bringt, dann ich. Ihr Glück, dass Sie's nicht bei Paul versucht haben. Der kann nen Auspufftopf nicht von nem Suppentopf unterscheiden. Hat wahrscheinlich mehr Kolbenringe aufm Gewissen, als ich ausgehungerte Hausfrauen flachgelegt hab.

Sind das viele?

Scheiße, Mann, das sind viele.

Er rotzte mit dem Finger kurz auf den Boden, ehe er aufstand und in meinen Wagen kletterte. Bei offener Tür ließ er zwei, drei Mal den Anlasser orgeln, dann schüttelte er den Kopf. Stieg wieder aus. Blickte unter die Motorhaube und spuckte aus. Wann wurd da denn das letzte Mal was dran gemacht?, fragte er.

Ich zuckte die Achseln. Schon ne Zeit her, sagte ich. Ist auch nicht meiner, sondern der von einem Freund. Geliehen.

Kein Tropfen Öl mehr in der Kiste, das ist das erste Problem. Dürfte aber nicht das einzige sein. Sie können sich drüben ins Büro setzen, und ich schau ihn mir genauer an für nen Kostenvoranschlag. Im Gegensatz zu Paul bin ich nämlich auch fair. Der würd sogar seine eigene Großmutter übern Tisch ziehen.

Ungefähr eine Stunde lang saß ich in dem schäbigen Büro und las Autozeitschriften und den Playboy und trank kalten Kaffee. Draußen nahm Hal den Pick-up Stück für Stück auseinander. Ich hörte ihn fluchen und schimpfen und leise vor sich hin murmeln. Schließlich wurde die Glastür aufgerissen, und er kam herein. Er wischte sich den Schweiß mit einem schmutzigen Lappen aus dem Gesicht. Sein Mund war missmutig verzogen, und sein Blick sprang unruhig hin und her.

Nichts mehr zu machen, sagte er ohne Umschweife.

Was soll das heißen, nichts mehr zu machen?

Das heißt, die Mühle ist reif für den Schrott. Läuft keine Viertelmeile mehr. Ein Zylinder hat ein Loch. Die Kolbenringe haben sich fast komplett verabschiedet. Dazu ein prächtiger Kolbenfresser. Und das ist nicht mal alles.

Ich dachte, Sie kriegen jeden Wagen wieder hin.

Das hab ich nicht gesagt. Ich sagte, wenn ihn hier jemand hinkriegt, dann ich. Aber den kriegt keiner mehr hin. Nur mit nem Austauschmotor. Aber das ist die Karre nicht mehr wert. Besser, Sie bringen sie zum Schrott und besorgen sich ne neue. In der North Main gibt's ein paar Autohändler.

Ich will aber keinen anderen Wagen, sagte ich. Der hier ist prima. Hat mich durchs halbe Land gefahren und bis jetzt nie im Stich gelassen. Den kriegt man wieder hin, das weiß ich.

Er griff in die Tasche seines Overalls, zog ein großes Stück Tabak heraus und steckte es in den Mund. Dann spuckte er auf den Boden. Wie gesagt, nur mit Austauschmotor. Aber der kostet Sie ne Stange Geld.

Wie viel?

Ein ganz neuer Motor käm auf zwei Riesen, Minimum. Gebrauchte gibt's vielleicht schon für einen. Dazu kommen fünfhundert für die Arbeit. Für nen ordentlichen gebrauchten Truck müssten Sie nicht viel mehr hinlegen.

Ich schob beide Hände in die Taschen und scharrte mit der Stiefelspitze am Boden. Ich musste kurz nachdenken. Bauen Sie den gebrauchten ein, sagte ich dann. Aber gut muss er sein. Ich muss nämlich in die Berge. Da wartet jemand auf mich.

Wie Sie wollen, Sie sind der Boss. Ist Ihre Kohle.

Wie lang brauchen Sie?

Vier bis fünf Tage, höchstens, sagte er. Gibt's ne Nummer, unter der ich Sie erreichen kann?

Ich schüttelte den Kopf. Ich bin in fünf Tagen wieder da, sagte ich. Das ist ein prima Truck.

Und damit ging ich.

• • •

Über Schotterstraßen, die an heruntergekommenen Häusern mit windschiefen Briefkästen vorbeiführten, gelangte ich zurück in die Stadt. Der Wind fegte durch Baumgerippe, in der Luft hing ein Geruch wie muffiges Hundefutter. Ich hatte die Hände tief in den Taschen, düstere Gedanken im Kopf. Das Übliche. Tod und Zerstörung. Ich sah rostige Blechtonnen, Altreifenstapel, Reihen dürrer Alfalfastängel, aber keinen Menschen. Der Himmel hatte sich mittlerweile aufgehellt und war knochenbleich. Nach einer Viertelmeile kam ich an einen Friedhof, um den sich schon seit Jahren keiner mehr kümmerte. Für die Toten hatte man hier genauso wenig übrig wie für die Lebenden.

Auf dem Jagged Hill in der Stadtmitte stand die Church of the Sacred Blood. Weiß, mit spitzem Turm und einem Wandgemälde, auf dem eine Schar betrunkener Engel Christus umschwirrte. Das schlappe Holzkreuz hielt sich gerade noch so an der Wand. Die Stimme eines Predigers schallte über die Prärie: *Und ihr habt gehört, dass es heißt, fürchtet kein Unglück, ob ihr schon wandelt durchs finstere Tal, denn er ist bei euch, sein Stecken und Stab trösten euch. Aber ich sage: Fürchtet euch. Denn der Herr duldet weder Huren noch Hundesöhne. Der Herr duldet weder Bettler noch Diebe. Der Herr will nur die Rechtschaffenen. Und wie viele von euch sind rechtschaffen? Na? Wie viele? Euch ist die Hölle gewiss. Ja, Freunde, euch ist die Hölle gewiss, wenn ihr euch nicht ändert. Denn ihr seid nichts als Ungeziefer, ein Splitter im Auge Gottes. Noch ist Zeit für Umkehr, für Rettung, doch die wird langsam knapp …*

Über einen aufgerissenen Bürgersteig gelangte ich zu meinem Hotel, das aussah, als würde es bald zusammenbrechen. Schwer atmend lehnte ich mich an eine Backsteinmauer und zog eine Zigarette heraus. Langsam und bedacht sog ich den Rauch ein und stieß ihn rasch und in einem Stoß wieder aus.

Und dann sah ich den Fremden.

Er war einen Block entfernt, trug denselben zerschlissenen Anzug wie gestern. Sein Gesicht war nicht zu erkennen, trotzdem wusste ich, dass er's war. Ein paar Schneeflocken wirbelten durch die Luft, scheinbar ohne je auf den Boden zu fallen. Ich schlug den Jackenkragen hoch und ging weiter. Ich stieg über einen schlafenden Mexikaner mit einer Tequilaflasche im Arm, kam an einer älteren Frau vorbei, die ihren Staubsauger wie einen Hund an der Leine hinter sich herzog, und sah eine räudige gescheckte Katze, die an einem Stück fauligem Fleisch nagte. Der Fremde musste mich ebenfalls gesehen haben: Auch er ging los, mir hinterher.

Mein Schlendern verwandelte sich in leichten Trab. Am Ende der Straße bog ich abrupt in eine schmale Gasse. Dort staksten versprengte Möwen, die den Weg zur Müllkippe nicht gefunden hatten, zwischen zerbrochenen Glasflaschen und blutiger Unterwäsche herum. Eine alte Frau in einer Regenjacke, mit wirrem Blick und langen grauen Haaren, versuchte in einer Mülltonne ein Feuer zu machen. Als sie mich sah, stürzte sie herbei und begann, mir mit der flachen Hand auf den Rücken zu schlagen. Sie brüllte etwas von Satelliten, Abhöranlagen und Mobilklos. Sie roch nach Mottenkugeln und Limonade. Ich tat einen Satz von ihr weg und riss den Lieferanteneingang eines der verfallenen Häuser auf. Als die Tür hinter mir zufiel, war es stockdunkel. Meine Augen brauchten kurz, um sich daran zu gewöhnen. Auf dem Boden standen Dutzende Plastikkisten. In einer dunklen Ecke war eine Treppe. Langsam stieg ich die unter meinen Schritten ächzenden Holzstufen empor.

Am Ende der Treppe befand sich eine Metalltür. Unter dem Türschlitz kroch trübes Licht hervor. Ich drehte den Knauf, drückte die Tür auf und trat in einen Raum voller seltsamer Gestalten und Schatten. Es dauerte einen Moment, ehe ich begriff, dass es Schaufensterpuppen waren und ich in einem alten Modegeschäft gelandet war …

Eine Zeit lang stand ich einfach da. In vollkommener Stille. Ich sah mich im Raum um. Kleidungsstücke waren achtlos in Dutzende Kisten gestopft. An der Wand Ausverkaufsplakate. Jemand hatte es sehr eilig gehabt, den Laden dichtzumachen. Auf dem Tresen stand eine Kasse, offen, leer. Keuchend ließ ich mich auf dem Boden nieder. Ich hörte, wie die Frau draußen ein seltsames Lied sang:

Oh child, oh child,
Where have you gone?
You done gone missing
Two dolls left on the lawn.

Ich blieb lange Zeit in dem Geschäft sitzen. Der Fremde fand mich nicht. Als ich schließlich wieder ins Freie trat, war der Himmel schwarz, der Mond weg.

4. Kapitel

In den nächsten Tagen war ich viel mit Lilith zusammen. Wir trafen uns immer im Hotel Paisano, sie gab sich keine Mühe, ihre Besuche zu verheimlichen. Sie kam und ging durch den Vordereingang, so dass die Leute zu tuscheln begannen. Ich fragte, ob sie keine Angst hatte, dass ihr Ehemann etwas merkte, aber das war ihr egal. Geschieht dem Scheißkerl recht, sagte sie. Mit wie vielen Nutten hat er's schon getrieben?

In der ganzen Zeit sprachen wir zwar auch miteinander, aber ich erfuhr weniger über Lilith, als man meinen könnte. Ich wurde nicht schlau aus ihr. Manchmal war sie lieb, fast wie eine Mutter, und streichelte mein Gesicht und sagte, dass alles gut würde; aber manchmal schien sie hart und grausam und machte böse Kommentare über meinen Militärdienst, meinen Verstand. Wenn sie aber merkte, dass ich böse wurde, entschuldigte sie sich und wurde wieder lieb.

Und nicht nur ihr Verhalten, auch ihr Aussehen änderte sich ständig. Hatte sie an einem Tag einen engen Ledermini an, der gerade bis zu ihren Oberschenkeln reichte, war's am nächsten ein knöchellanges weißes Kleid, das auch noch Handgelenke und Hals bedeckte. Ihre Haarfarbe wechselte von Rot zu Platinblond, und sogar die Augen änderten ihre Farbe – von Braun zu strahlendem Blau.

Nur eins änderte sich nicht: die Gefühle gegenüber ihrem Mann. Furcht und Hass. Sie hatte ihn nur geheiratet, weil sie schwanger war und nicht wusste, was sie sonst tun sollte. Sie hatte das Baby verloren und ein Monster bekommen. Er konnte auch nett sein, aber das geschah selten. Sie zeigte mir die blauen Flecken und Brandwunden. Erzählte von einem gebrochenen Kiefer und wann er ihr Veilchen verpasst hatte.

Ich hatte das Gefühl, dass die Ehe nicht mehr lang halten würde.

• • •

Eines Morgens saß Lilith auf der Toilette. Ich sah sie vom Bett aus im Spiegel und strich mir mit den Fingern über die Narben im Gesicht. Ihr Höschen hing um ihre Knöchel, zwischen ihren Lippen steckte eine krumme Zigarette. Ihre roten Knie waren niedlich. Sie stand auf, wischte sich ab und spülte. Leicht nach vorn gebeugt schob sie sich mit einer Hand einen Tampon rein; die brennende Zigarette hielt sie nun in der anderen. Sie kam zurück ins Zimmer und ließ sich auf einen Stuhl fallen. Sie war zu dünn. Ich hatte sie noch nie essen sehen.

Ach, Joseph, sagte sie. Ich hab's scheißsatt, dauernd Angst zu haben. Das macht mich echt fertig. Ich kann nicht mehr schlafen und hab ständig Magenschmerzen.

Wegen Nick?

Sie nickte. Du kannst dir gar nicht vorstellen, wie das ist, wenn man dauernd Angst hat.

Ich hab so ne Ahnung.

Geht einem echt an die Nieren. Das kannst du dir absolut nicht vorstellen.

Kannst du dich nicht scheiden lassen?, sagte ich.

Lilith verzog das Gesicht. Böser Blick. Ihre gebleichten Haare waren strohig, die Augen blutunterlaufen. Sie nahm einen tiefen Zug von der Zigarette und ließ den Rauch langsam aus den Nasenlöchern strömen. Pff, scheiden lassen.

Warum nicht?

Wenn ich ihn verlasse, bringt er mich um.

Ach Unsinn.

Gesagt hat er's. Dass er mir die Gurgel durchschneidet und mich auf die Müllkippe wirft.

Das ist blödes Gequatsche, sagte ich. Die meisten quatschen nur.

Ihm trau ich's zu, sagte sie.

Ich schüttelte den Kopf. Er ist nicht der Typ. Die Sorte kenn ich. Schubst andere gern rum, aber umbringen kann er niemand. Dazu braucht's Mumm.

Sie sog fast ein ganzes brennendes Haus in ihre Lunge, das sie dann durch ihren Schmollmund wieder nach draußen blies. Danach entspannten sich ihre Züge, und auf ihren Lippen formte sich ein Lächeln. Wortlos erhob sie sich vom Stuhl und schritt hüftschwingend ans Bett. Sie setzte sich neben mich und begann, mir über die Brust zu streichen. Ihre linke Brust drückte gegen mich, und für einen Moment beschloss ich, mein Schicksal in ihre schlecht manikürten Hände zu legen.

Als ich wieder etwas sagte, klang meine Stimme fremd, brüchig und wie aus weiter Ferne: Wir könnten abhauen. Nur du und ich. Alles hinter uns lassen. Keine zwei Stunden von hier hab ich ein kleines Haus in den Bergen, eigentlich nur ne Grubenhütte, aber mitten im Wald. Kein Mensch weit und breit. Dort wollte ich hin, als meine Karre schlappgemacht hat. Zum Berg. Abtauchen. Den Kopf frei kriegen. Wir könnten dorthin. Und glücklich sein, vielleicht.

Wieder sog Lilith Rauch ein, die Augen zu Schlitzen verengt. Klingt toll, sagte sie. Ich war noch nie in den Bergen. Aber er würde mich finden. Das weiß ich.

Da oben nicht, sagte ich. Kein Mensch auf der Welt würde dich da finden.

Dann zog ich sie an mich und küsste sie, die Lippen fest auf ihren Mund gepresst. Lilith schloss die Augen und bedeckte ihr klopfendes Herz mit der Hand. Aber es half nichts. Manchmal ist man so verdammt einsam …

• • •

Lilith wollte den Tag bei einer Tante in Rifle verbringen, und ich hatte nichts Besonderes vor. Was soll's, dachte ich, warum schau ich nicht mal bei Nick McClellan vorbei.

Die McClellans wohnten ein paar Meilen außerhalb. Einen Teil der Strecke ging ich zu Fuß. Dann hielt ich den Daumen raus und hatte Glück. Ein alter blauer Lincoln Continental fuhr rechts ran und wirbelte dabei viel Staub auf. Ich lief zu dem Auto, dessen Beifahrertür aufgestoßen wurde. Drinnen saß ein alter Mann mit buschigen grauen Koteletten und freundlichen blauen Augen. Wo wollen Sie denn hin, Mister? Keine erkennbare Reaktion auf meinen Anblick.

Nur ein Stück weiter in diese Richtung, sagte ich.

Dann rein mit Ihnen.

Er hieß Big Ed. Er kaute Tabak, spuckte aber nie aus. Unablässig und im Takt mit dem Geräusch der Reifen auf dem Asphalt klopften seine Finger aufs Lenkrad. Stille war wohl nicht so sein Ding.

Ich bin grad auf dem Weg zur Arbeit, sagte er. Wollen Sie wissen, was ich mache? Ich zuckte die Achseln. Er kicherte kurz. Dann sagte er: Ich mach Mobilklos sauber. Im Ernst. Bin den ganzen Tag in den Kackboxen und saug die Scheiße ab. Will aber nicht jammern. Irgendwoher muss die Kohle ja kommen. Ist immer noch besser als auf der Straße zu leben. Hatte ich auch schon. Und was machen Sie? Handwerker?

Nein, sagte ich. Eigentlich nicht.

Mal hier, mal da, oder?

Veteran. Irak.

Oh, Scheiße. Hab ich mir fast gedacht, wissen Sie. Ich war in Vietnam. Hab noch ne Kugel im Arsch. Echt wahr. Kann man allerdings nicht mit Ihrer Verwundung vergleichen. Das ist ein anderes Kaliber. Sprengfalle?

Ja, Sir.

Mehr will ich gar nicht wissen, Kamerad. Das haben Sie bestimmt schon oft genug wiedergekäut.

Kann man so sagen.

Er kurbelte ein Fenster runter, und der Wind strich durchs Auto. Bei der Army, oder?, sagte er.

Nein. Marines.

Er fing an zu strahlen. Kein Scheiß? Er schob seinen Ärmel hoch und zeigte mir seine Tätowierung: Schwert und Totenschädel. Bin ebenfalls ein Ehemaliger, sagte er. Darf ich was fragen?

Nur zu.

Ed schob zwei Finger in den Mund, zog einen Tabakklumpen raus und warf ihn aus dem Fenster. Wie hat man Sie so behandelt?

Sir?

Seit Sie zurück in den Staaten sind. Hat man Sie mit Respekt behandelt?

Ja, sagte ich, kann nicht klagen.

Für Ihre Familie muss es hart gewesen sein. Mit diesen Verletzungen.

Meine Eltern sind schon lange tot. Sonst hab ich keine Verwandten. Oder Freunde.

Er schüttelte den Kopf so lange, dass ich dachte, er würde gar nicht mehr aufhören. Als er wieder sprach, klang er bitter: Wissen Sie, früher gab's in der Stadt für uns Veteranen noch Paraden. Da war die Main Street voller Menschen, die hielten ihre Kinder in die Höhe und schwenkten die Stars and Stripes, und Bands haben gespielt. Aber im Laufe der Jahre wurden die Paraden immer kleiner. Es wurden immer weniger Veteranen. Und immer weniger Einwohner. Beim letzten Mal war nur noch ich übrig. Keine Band, die noch was spielte. Keine winkenden Kinder, keine heulenden Weiber. Nur noch ich. Ich sah einen, den ich vom Krieg kannte. Er fragte mich, warum ich immer noch marschiere. Und ich sagte, weil's unsere Pflicht ist. Darauf er: Macht doch keiner mehr. Und ich: Solange ich's mache, macht's noch einer.

Dann hörte Ed auf zu reden. Ich wusste nicht, was mir die Geschichte sagen sollte.

Schließlich kamen wir zum Haus der McClellans, mitten im Nirgendwo, umgeben von Staub und Sand und Bohrtürmen und Dämonen. Ed hielt an und schaltete in den Leerlauf. Er sah mich lang an, und ich wurde unruhig. Wir haben da diese Gruppe, sagte er. Wir treffen uns einmal die Woche. Lauter Veteranen. Aus Vietnam, Kuwait, Irak, Afghanistan. Verdammt, sogar einer aus Korea ist noch da. Tut gut, wenn man miteinander reden kann. Hilft einem, die Gespenster in Schach zu halten, was? Denn wenn man's nur in sich reinfrisst … Na, wir treffen uns immer mittwochs um sieben. In der American Legion. Also, ich glaube, so richtig verstehen tun einen nur andere Soldaten.

Ich nickte langsam. Danke fürs Angebot, sagte ich. Ehrlich. Aber ich glaub, das ist nichts für mich.

Nicht?

Ich red einfach nicht gern über die Vergangenheit. Tut mir nicht gut.

Er sah mir in die Augen. Dann hielt er mir die Hand hin, und ich ergriff sie. War mir ein Vergnügen, Kamerad, sagte er.

Danke fürs Mitnehmen, sagte ich. Ich hatte gerade die Tür aufgestoßen und war am Aussteigen, als er breit grinsend noch einmal was sagte: *Good night, Chesty Puller, wherever you are!*

Ich hatte keine Ahnung, was er meinte. Wer ist Chesty Puller?, fragte ich.

Irgendwas passte ihm nicht. Seine Miene wurde verächtlich, und er begann mich zu beschimpfen. Ehe ich weiterfragen konnte, legte er den Gang ein und schoss davon.

• • •

Draußen war es kalt und windig, Raureif überzog den Boden. Ich blickte zum Haus der McClellans: eine kleine Backsteinranch, kaum größer als ein Reihenhaus. Vor dem Gebäude flatterte eine amerikanische Flagge im Wind. Dahinter standen mehrere Futtersilos und zwei Holzscheunen, beide höher als das Wohnhaus. Ich warf einen Blick in die erste Scheune: eine Reihe schmaler betonierter Stallboxen. Darin trächtige Sauen, die aus über ihnen hängenden Futterautomaten fraßen.

Ohne irgendeinen Plan ging ich zum Wohngebäude. Auf der Veranda bimmelte ein Windspiel eine chaotisch-fanatische Melodie. Ich klopfte ein paarmal an die Tür. Nichts geschah. Ich ging ans Fenster und sah hinein, anscheinend keiner da. Ich drehte den Türknauf. Offen. Ich trat ein.

Die Einrichtung war einfach. Im Wohnzimmer standen eine schäbige Couch und ein Fernseher, auf dem Boden lag ein Orientteppich. Neben der Tür ein Paar Stiefel. Bis auf ein Metallkreuz über der Couch waren die Wände kahl.

Ich ging ins Schlafzimmer. Die Vorhänge waren zugezogen, alles wirkte düster und trostlos. Das Bett ungemacht. Überall auf den Dielen lagen Kleidungsstücke herum. Auf einer umgedrehten Holzkiste stand ein weiterer Fernseher. Ein paar Schubladen einer weißen, vielleicht sogar wirklich alten Kommode waren herausgezogen. Auf der Kommode mehrere Bowlingtrophäen.

Als Nächstes in die Küche. Im Waschbecken stapelte sich das Geschirr. Die Blumentapete hatte sich stellenweise von den Wänden gelöst. Ich öffnete den Kühlschrank und nahm mir ein Bier. Dann ging ich zurück ins Wohnzimmer, setzte mich auf die Couch und schlug die Beine übereinander. Zeit verstrich. Ich rührte mich nicht. Starrte nur die Wand an und dachte über alles und nichts nach.

Ich trank das Bier in einem Zug aus und zerdrückte die Dose. Dann warf ich sie auf den Boden.

Noch mindestens zwanzig Minuten blieb ich auf der Couch sitzen. Nick kam nicht. Ich weiß nicht, was passiert wäre, wenn er gekommen wäre. Ich stand auf und verließ das Haus. Hinter mir knallte die Tür zu.

Sobald ich draußen war, kümmerte ich mich um eine seiner Sauen. Und zwar genau so: Ich packte das Schwein von hinten, zog mein Messer raus und schnitt ihm die Kehle durch, komplett von der einen zur anderen Seite. Ich blieb über das Schwein gebeugt stehen und sah zu, wie es zappelte und röchelte. Ich wartete, bis es ausgeblutet war, dann zerrte ich es vor die Veranda. Jetzt hatte der gute Nick was zum Nachdenken …

5. Kapitel

Am nächsten Vormittag ging ich zur Autowerkstatt. Hal hatte den Kopf in den Motor eines alten VW Käfer gesteckt. Aus einem Plastikradio sang Bob Miller. Die Luft war eisig, und meine Hände waren tief in den Hosentaschen vergraben.

Ich stand da, klopfte mit dem Fuß im Takt und summte, aber er arbeitete einfach weiter. Deswegen stellte ich mich direkt neben ihn an die Heckklappe und sagte: Ich wollte mal nach meinen Pick-up schauen. Ist er schon fertig?

Das schwarz verschmierte Gesicht sah zu mir auf. Er entblößte seine milchweißen Zähne und sagte: Der C30 mit dem Austauschmotor, oder?

Genau der.

Er richtete sich auf und wischte sich die Hände an der Jeans ab. Klar, der ist gemacht, sagte er. Hab aufm Schrott nen richtig guten Motor gefunden. Der hatte sogar noch Saft drin. Aus nem alten Leichenwagen. Ist ja kein Problem für Sie, oder?

Nein. Nicht solang er läuft.

Der läuft traumhaft. Allerdings kann ich nicht sagen, wie lang.

Der Pick-up stand neben Hals Büro. Er hatte ihn außen und innen geputzt, sah fast neu aus. Er öffnete die Haube und zeigte mir ein paar Dinge, die mich aber nicht besonders interessierten.

Wie viel kriegen Sie?, sagte ich.

Er zog Block und Bleistift heraus und kritzelte etwas aufs Papier. Fünfhundertsechsundneunzig für den Motor, sagte er, und vierhundertachtzig für die Arbeit. Sagen wir einen glatten Tausender, mit Besucherrabatt.

In Ordnung, sagte ich. Ich zahl bar.

Und das tat ich. Dann stieg ich ein, ließ den Leichenwagenmotor an und fuhr vom Hof.

• • •

Der kaputte Wagen, das Hotel, die Trinkerei – allmählich ging mir das Geld aus. Genau genommen blieben mir keine hundert Dollar mehr. Ich spendete Blut und verkaufte eine alte Uhr. Was mir auch nicht recht weiterhalf. Ich brauchte einen Job. Nach ein paar Tagen fand ich einen. Auf der städtischen Müllkippe, zwölf fünfundzwanzig die Stunde. Der Job war nichts Besonderes, aber im Moment, dachte ich, als ich mit baumelnden Füßen auf dem Fensterbrett saß, war er genau richtig. Der Berg konnte warten, außerdem mochte ich Lilith mehr als ein bisschen.

Mein Boss hieß Cash Hopkins und war ein Sklaventreiber. Ein zu kurz geratener Kerl, wahrscheinlich nicht mal eins siebzig, graues Haar, passende Gesichtsfarbe. Irgendwas zwischen fünfzig und siebzig. Ständig am Brüllen: Schaff den Drecksmüll weg! Tausend Mexis schlecken sich die Finger nach deinem Job, brauchst es nur sagen, wenn du ihn nicht willst.

Die Arbeit war langweilig. Alle halbe Stunde kam ein Müllauto über den Hügel gefahren, drehte eine Pirouette und spuckte eine Ladung zermanschten Müll aus. Dann rollten die Bulldozer an, senkten die Schilde und schoben den frischen Haufen in die Mitte der Kippe, ewige Effizienz. Mich ließen sie nicht auf die Bulldozer, obwohl ich sogar schon Panzer gefahren hatte. Ich bekam nur eine Schaufel. Damit schaufelte ich mühselig Müll und verscheuchte Krähen.

Und dann kam dieser eine Vormittag, an dem ich allein auf dem Gipfel stand, rings um mich nichts als Müll und Dreck, und mir war klar, dass es eine höhere Wahrheit gab, aber ich bekam sie einfach nicht zu fassen. Ich stand ganz still und tat nichts als denken, denken, denken. Der Mond eine Silberscheibe am blassblauen Himmel. Alles war ruhig. Die Bulldozer alle auf der anderen Hügelseite. Ich watete durch ein Meer aus Abfall und atmete faulige Luft. Lauernde Krähen kreisten über mir. Plötzlich wurde ich von Gefühlen überwältigt. Ich sank auf die Knie, versank im Müll. Und dann betete ich voller Inbrunst. Jesus, jetzt brauche ich wirklich deine Hilfe. Ich glaube, ich bin kurz davor, wieder ganz großen Mist zu bauen …

Und genau in diesem Moment tauchte der Fremde auf, nur eine Silhouette im Gegenlicht der Morgensonne. Auf die Schaufel gestützt wie auf eine Krücke, rappelte ich mich auf. Eine Krähe landete auf seiner Schulter, legte den Kopf schief und flog wieder fort. Langsam, sein rechtes Bein nach sich ziehend, kam er auf mich zu.

Er baute sich vor mir auf und sah mich voller Verachtung an. Unrasiertes Gesicht, Rache im Blick. Über seine Wangen kroch ein Gewürm aus roten Äderchen. Fettiges ungekämmtes graues Haar. Als er zu sprechen begann, klang seine Stimme rau und knarzend. Wer sind Sie, fragte er, auch wenn es mir nicht wie eine Frage vorkam.

Ich sah ihm in die Augen. Ich denke, das kann genauso ich Sie fragen.

Ich bin Ihnen gefolgt, sagte er und wippte dabei vor und zurück. Hab Sie im Auge behalten.

Ich hab Sie schon bemerkt. Hätte die Cops rufen können. Hab ich aber nicht.

Ist nicht ganz leicht, Ihnen auf den Fersen zu bleiben. Aber ich finde Sie immer. Irgendwann.

Er sprach eigenartig. Machte an komischen Stellen Pausen. Seine Stimme zitterte leicht.

Was wollen Sie?, sagte ich. Warum folgen Sie mir?

Er trat zwei Schritte auf mich zu. Mein ganzer Körper war angespannt. Ich spürte das Messer unter meinem Hemd. Niemand sonst war in der Nähe …

Mein Sohn hat Schlimmes erleben müssen. Bomben am Straßenrand. Erschießungskommandos. Brennender Nachthimmel. Vom Rumpf abgetrennte Köpfe, die ihn anstarren und zwinkern …

Was reden Sie da?, sagte ich.

Ein Muskel in seiner Wange fing an zu zucken, seine Augen wurden schmal. Ich suchte sein Gesicht ab nach der Erinnerung an ein vergangenes Leben …

Sie behaupten, Sie waren Soldat, sagte er. Stimmt das?

Ja, Sir. 1. Bataillon, 7. Regiment, 1. Division. Ehrenhaft entlassen.

Er starrte mich an. Dann begann er zu lachen, aber in seinem Lachen steckte nichts Fröhliches. Es war ein schauderhaftes, entsetztes Lachen.

Ich hab von Ihnen gelesen, sagte er. In ner Zeitung. In Lubbock.

Den Artikel kenn ich.

Da stand, Sie wurden in Mosul verwundet. Wurden Sie in Mosul verwundet?

Ich nickte. Ja, Sir. Das stimmt.

Es hieß auch, Sie hatten Schwierigkeiten nach der Rückkehr in die USA. Wegen dem Gesicht und allem. Fanden keinen Job. Eine Weile waren Sie sogar obdachlos.

Ich hab mich nie selbst bemitleidet, sagte ich. Keinen Augenblick.

Er trat näher, bis er nur eine Handbreit von meinem Gesicht entfernt war. Ich fühlte mich bedroht. Ich zog mein Messer und hielt es ihm vors Gesicht. Er grinste schief. Was wollen Sie damit?, sagte er. Mich umbringen?

Gehen Sie einfach einen Schritt zurück, sagte ich. Ich kenn Sie nicht, aber –

Einen Moment war ich unkonzentriert. Er stürzte sich auf mich und packte mein Handgelenk. Das Messer fiel zu Boden. Ich wollte danach greifen, doch als ich den festen Stand aufgab, versetzte er mir einen Stoß, und ich fiel in den Müll. Er nahm mein Messer und bückte sich zu mir. Seine Miene war versteinert, bösartig.

Haben Sie mich schon mal gesehen?, sagte er.

Ich schüttelte den Kopf.

Ich sagte, haben Sie mich schon mal gesehen?

Nein.

Sie behaupten also, Sie sind Joseph Downs, oder? Irakveteran, oder?

Ja.

Einheit?

Hab ich doch schon gesagt.

Dann sagen Sie's noch mal. Jetzt brüllte er.

1. Bataillon, 7. Regiment, 1. Division. Was zum Teufel soll das?

Wo haben Sie gedient?

Was?

Dienstorte und -zeiten! Er drückte mir das Messer an die Kehle und ritzte mich leicht.

Marschbefehl 11. August 2004, sagte ich. Ehrenhafte Entlassung … 13. Mai 2005.

Schwachsinn!, brüllte er. Wer sind Sie?

Hab ich doch gesagt, sagte ich. Mann, was ist überhaupt los? Was wollen Sie von mir? Ich kann Ihnen meine Erkennungsmarke zeigen, hängt um meinen Hals.

Seine Augen weiteten sich, und seine Unterlippe begann zu zittern. Geben Sie her, sagte er. Zeigen Sie mir die Marke.

Nehmen Sie erst das Messer weg.

Langsam legte er das Messer auf den Boden, unmittelbar neben sich. Er nickte. Ich nahm die Kette mit der Marke vom Hals und warf sie ihm vorsichtig zu. Er hob sie auf, ohne den Blick von mir zu wenden.

DOWNS
J. D.
522715386
USMC M
BAPTIST

Er starrte längere Zeit auf die Marke. Dann klappte sein Mund auf, und Furcht kroch in seine Augen. Er schüttelte mehrmals den Kopf und murmelte etwas Unverständliches. Schließlich ließ er die Marke fallen und griff nach der Schaufel, um sich aufzurichten.

Er murmelte wieder was, aber ich verstand kein Wort.

Mit ungutem Gefühl erhob ich mich und trat von ihm weg. Hören Sie, sagte ich. Ich will keinen Ärger. Ich war auf dem Weg zum Berg, da hatte ich eine Autopanne. Wahrscheinlich verwechseln Sie mich.

Der Fremde glotzte mich mit irrem Blick an. Ich bin nicht verrückt, sagte er. Ich bin nicht verrückt. Er ging langsam rückwärts von mir weg. Ich bin nicht verrückt. Dann drehte er sich um und sprang davon wie ein verwundetes Tier. Ich sah ihm nach, als er allmählich im Müll verschwand. Und als eine Flotte Müllaster über die Kuppe kam, fragte ich mich, ob er überhaupt da gewesen war …

6. Kapitel

Einer der Männer, mit denen ich arbeitete, hieß Dustin Fender. Meist fuhr er Bulldozer, aber hin und wieder wurde er dazu abkommandiert, mit mir Müll zu schippen. Er war kräftig gebaut und hatte ein Neandertalergesicht. Und er liebte es, Geschichten zu erzählen, die meist erfunden waren. Angeblich hatte er einen Flugzeugabsturz überlebt, in Wyoming als Gewichtheber den Rekord im Stoßen aufgestellt und ein Dutzend Kinder gezeugt, alle unehelich natürlich. Er war ganz okay und trank gern und viel. Jeden Tag nach der Arbeit traf man ihn in einer Kneipe am Highway, dem Watering Hole, wo er Sprit in sich hineinschüttete und von den guten alten Zeiten faselte.

An einem Nachmittag fläzte er gemütlich auf einer Couch mit Kotzschäden und zog an einer bis zum Filter heruntergerauchten Zigarette. Ich schuftete wie ein Bekloppter. Schweiß rann mir von der Stirn und in die Augen. Verdammt, Mann, sagte er, du arbeitest zu viel.

Mit der Armbeuge wischte ich mir den Schweiß weg. Liegt im Blut, sagte ich. Das hab ich von meinem Dad. Außerdem hat Arbeit noch keinem geschadet.

Dustin drückte seine Zigarette aus und grinste. Scheiße, und was ist mit den Spätfolgen?

Ich packte den Schaufelstiel fester. Was dir fehlt, ist ein bisschen Drill, sagte ich. Da würd man dir beibringen, was Arbeit ist. Unser Sergeant hat uns immer um drei in der Früh rausgeschmissen und fünfzig Liegestütze machen lassen, und danach sollten wir weiterschlafen. Zwanzig Minuten später kam er zurück und befahl uns, eine Meile durch den Schlamm zu rennen. Und wenn wir's nicht alle in weniger als sieben Minuten schafften, mussten wir uns ausziehen und auf den Boden legen, und er trat uns mit seinen Stahlkappenstiefeln, bis wir bluteten, kotzten und schissen.

Verdammt, das ist doch nicht okay.

Du kapierst es nicht, sagte ich. Als Soldat muss man hart sein. Aber das kapierst du wohl nicht.

Ja, wahrscheinlich, sagte er. Er stand auf, steckte sich eine Handvoll scharfer Zimtbonbons in den Mund und schob die Tüte wieder unters Hemd. Dann blickte er auf die Uhr. Halb fünf. Wie wär's, wenn wir früher Schluss machen?

Also, ich weiß nicht …

Komm schon. Ist nur ne halbe Stunde. Und der Müll läuft uns nicht weg. Im Gegenteil, morgen kommt schon wieder neuer. Wir könnten einen oder zwei zischen.

Ich zuckte die Achseln. Okay, warum nicht? War ne lange Woche. Und schon ein ziemlich langes Leben.

• • •

Das Watering Hole lag am Highway 52, direkt gegenüber der Tierkörperverwertungsanlage. Der Laden war in einem erbärmlichen Zustand. Der Linoleumboden wellig, die Wände krumm. Die Holzstühle waren halb kaputt, mehrere lagen umgekippt auf dem Boden. In der Jukebox lief Tammy Wynette, aber zu langsam, so dass sie klang wie Johnny Cash. Am Tresen saß ein alter Mann vor einer Flasche Bourbon. Neben sich hatte er einen Gehstock und um den Hals ein Schild: *Ich bin John Holton. Ich habe Alzheimer. Ich wohne in der Steele*

Street 42. Es waren mehrere Mexikaner in der weißen Arbeitskluft der Verwertungsanstalt da, noch mit Helm auf dem Kopf. In der Mitte des Raums wirbelte ein fetter Kerl eine noch fettere Frau herum. Sie lachte hysterisch, und ihre Brüste wabbelten wie Wackelpudding. Dustin sagte: Ist nicht gerade das Tadsch Mahal, aber sie haben guten Whiskey.

Wir setzten uns an den Tresen, und er bestellte je zwei Jim Beam und Budweiser. Die Barfrau war eine dürre Blondine mit kaputtgebleichtem Haar. Sie und Dustin mussten sich besser kennen, denn es schien sie nicht zu stören, als er die Hand nach den Getränken ausstreckte und dabei wie zufällig ihre linke Brust berührte. Du schlimmer Finger, sagte sie. Und dann: Dein Kumpel?

Das ist Joseph Downs, sagte er, Irakveteran und der beste Schaufelschwinger auf der Deponie.

Sie lächelte mir ins verbrannte Gesicht und hielt mir ihre schmale Hand hin. Freut mich, Joseph. Army? Navy?

Marines, sagte ich. 1. Bataillon, 7. Regiment, 1. Division. In Mosul stationiert. Von da hab ich Narben im Gesicht und Sand in der Lunge.

Wie aufregend.

Ich schüttelte den Kopf. Aufregend würd ich's nicht nennen. Hab übles Zeug gesehen. Ich hab gesehen, wie Männer Arme und Beine, Köpfe und Seelen verloren haben. Ich hab gesehen, wie Kinder bis zur Unkenntlichkeit verstümmelt wurden. Und ich hab gesehen, wie Jesus Christus seine einsame Hand unter einem Haufen Schutt rausgestreckt hat.

Dustin lachte und klopfte mir auf die Schulter. Wahnsinnstyp, oder? Ein verdammter Kriegsheld!

Die Barfrau nickte und lächelte. Ja. Ja, das ist er.

• • •

Dustin und ich spielten Shuffleboard. Er war besser. Er gab mir dauernd Drinks aus. Wir vernichteten mindestens einen halben Liter Whiskey, vermutlich sogar mehr. Er tischte mir immer neue Lügen auf, und ich schluckte sie gern. Mir gefiel dieser Dustin. Mir gefiel, wie ich mich fühlte. Ich beschloss, öfter mit ihm zu trinken.

Und dann sah ich sie. Lilith. Mein kleiner Teufelsbraten. Sie stolperte am Arm eines schlaksigen Mexikaners in die Kneipe und grinste von einem Ohr zum anderen. Der Typ trug einen schwarzen Cowboyhut und hatte einen schwarzen Schnauzer: ein echter *vaquero*. Sie hatte ein perlenbesticktes Westernhemd an, enge Jeans und lila Cowgirlstiefel mit Fransen und silbernen Sternen. Ihr Haar war immer noch blond, aber mit neuen schwarzen Strähnchen. Aus ihrer leicht verwaschenen Aussprache schloss ich, dass sie schon vorher in der einen oder anderen Bar gewesen waren. Sie waren ziemlich vertraut miteinander. Sie winkte die Barfrau zu sich und flüsterte dem *vaquero* etwas ins Ohr, worauf beide lachten. Ich blieb im Hintergrund, trank Yukon Jack und überlegte, überlegte und trank.

Eine Zeit lang saßen sie am Tresen und hatten richtig Spaß. Immer wieder versuchte er, sie zu küssen, und sie tat nicht viel, um ihn davon abzuhalten. Währenddessen plapperte und lachte Dustin die ganze Zeit. Mir ging allerhand unangenehmes Zeug durch den Kopf. Ich trank weiter.

Ich wusste nicht, was ich tun sollte. Ich überlegte, ob ich den *vaquero* zur Rede stellen sollte. Überlegte, ob ich Lilith zur Rede stellen sollte. Ich tat es nicht. Ich tat gar nichts.

Sie blieben nicht lang. Es reichte aber für ein paar Drinks, und es reichte, dass Lilith zu einem Dwight-Yoakam-Song herumtorkelte, ehe sie wie eine gekappte Marionette zusammenklappte und zu Boden fiel. Als sie gingen, würgte es Lilith schon, und der *vaquero* stieß einen *grito mexicano* aus: AY YA YAY YA!

Was mich betrifft, mir ging's auch nicht mehr richtig gut. Als ich in den hinteren Teil der Kneipe wankte, blutete ich aus dem rechten Nasenloch. Auf dem Klo stand alles kopf. Aus den Waschbecken tropfte Whiskey, die Urinale hingen verkehrt rum, und Ratten huschten über die Decke. Ich sah in den Spiegel. Er war völlig zerbrochen, und mein Gesicht sah aus wie von Picasso, in lauter Einzelteile zerlegt. Ich strich mir das Haar mit Wasser zurück und presste die Augen zu.

Dustin stand vor dem Klo. Meine Güte, Mann, sagte er. Mit dir alles klar?

Ja, murmelte ich. Bin nur nicht gewohnt, so viel zu trinken, glaub ich.

Ich wollte zum Hotel fahren, aber Dustin ließ mich nicht. Lass mal, Kumpel, sagte er. Ich bring dich hin. Deine Schrottmühle kannst du morgen früh holen.

Dustin fuhr im Schlingerkurs durch die Stadt, bretterte über rote Ampeln und knallte gegen den Bordstein. Dabei redete er unaufhörlich. Ich schloss die Augen und schlief den Schlaf der Betrunkenen.

Schließlich kamen wir zum Hotel. Die Sonne ging unter, der Himmel lag als blutige Plane über der Welt, und die Blätter tanzten Walzer. Hey, Kumpel, sagte Dustin und schüttelte mich an der Schulter. Willkommen daheim. Aufwachen, Schnarchsack.

Irgendwie schaffte ich's ins Hotel und die Treppe hinauf. Mein Magen schmerzte, und die Säure brannte mir im Hals. Ich dachte an Lilith und fühlte mich gut und schlecht. Ich wollte nur noch schlafen, mein ganzes Leben lang. Ich taumelte durch den Flur, hangelte mich schwankende Wände entlang. Ich kam zu meinem Zimmer. An die Wand gelehnt stand ein Mann, den ich noch nie gesehen hatte. Er war groß und drahtig, sein Mund ein roter Schlitz, der aussah wie zum Fluchen gemacht. Graue Augen, ledrige Echsenhaut. Er trug Schlangenhautstiefel, enge schmale Jeans, eine Jeansjacke und einen Cowboyhut aus Filz.

Außerdem trug er eine Sheriffmarke.

7. Kapitel

Er trat auf mich zu. Mr. Downs, sagte er. Gedehnt. Musste vom Land kommen.

Jawohl, Sir. Das Sprechen fiel mir schwer. Meine Zunge war ein geschwollener schwarzer Klumpen.

Er hielt mir eine schmale Hand hin. Kein bisschen Hornhaut. Sheriff Baker, sagte er. Tut mir leid, wenn ich Sie erschreckt hab. Ich wollte Sie nicht verpassen. Es ist gerade nichts los, da dachte ich, ich warte hier auf Sie. Ich dachte, Sie würden schon irgendwann kommen. Und da sind Sie ja auch.

Ich gab ihm die Hand. Seine Haut war weich wie die eines Pianisten. Kein Problem, sagte ich. Wirklich kein Problem. Was wollen Sie? Hab ich Mist gebaut? Ich hab was getrunken heute Abend. Bisschen gefeiert.

Nee, Sie haben keinen Mist gebaut, sagte er. Überhaupt nicht. Was dagegen, wenn ich mit in Ihr Zimmer komme? Wir wollen ja nicht die guten Leutchen wecken, die hier im Paisano wohnen.

Wir gingen hinein, ich voran, der Sheriff hinter mir. Er nahm den Hut ab und warf ihn aufs Bett. Sein dünnes, glattes braunes Haar war seitlich sauber gescheitelt. Als er langsam durchs Zimmer ging, knarrten die Dielen unter seinen Stiefeln. Er zog den Vorhang zur Seite und blickte auf die Straße. In der Scheibe zuckte sein Spiegelbild.

Er sprach: Vor nicht allzu langer Zeit war das hier eine ordentliche kleine Stadt. Mit braven, anständigen Leuten, die noch an was geglaubt haben. Leute, die einem Fremden genauso geholfen haben wie ihren eigenen Leuten. Natürlich ist ab und zu was passiert, aber im Grunde war's ne gute Stadt. Sicher. Und eine weiße Stadt. Aber jetzt … Jetzt kommt alles mögliche Pack zu uns. Sie können sicher sein, dass den wenigsten von uns das gefällt. Ach, wenn wir schon dabei sind, wie gefällt's Ihnen auf der Müllkippe?

Okay, sagte ich. Guter Job.

Er drehte sich um und sah mich an. Woher kommen Sie, Mr. Downs?

Ursprünglich Ohio, sagte ich. Aber ich war überall. Wollte eigentlich in die Berge, aber dann ging mein Wagen kaputt. Mir gefiel's in Ihrer Stadt, also dachte ich, ich bleib eine Zeit lang hier.

Er lächelte, allerdings ohne jede Freundlichkeit. Kennen Sie einen Nick McClellan?

Ich schüttelte den Kopf. Sollte ich?

Er antwortete nicht gleich, wollte den Augenblick auskosten. Vor ein paar Tagen haben Sie ihn verprügelt. Im Del's.

Wusste nicht, wie er heißt. Er hat seine Frau geschlagen. Ich hab ihm gesagt, er soll's lassen. Hat aber nicht besonders nett drauf reagiert. Deswegen hab ich ihm gezeigt, wie sich das anfühlt.

Baker grinste. Sah ganz so aus. Aber ich mach Ihnen keinen Vorwurf. So behandelt man keine Frau, höchstens ausnahmsweise. Aber um die paar Beulen geht's nicht. Mann, wenn ich mich um jede Prügelei in Huerfano County kümmre, käm ich nicht mehr zum Kacken.

Worum geht's dann?

Er sah mir in die Augen. Sein Blick war kalt und hart. Eine abgestochene Sau, sagte er. Vor zwei Tagen rief Nick an und sagte, jemand hätte eine seiner Sauen geschlachtet. Sagte, jemand hätte ihr die Gurgel durchgeschnitten. Da bin ich hin und hab's mir angesehen. Widerlich. Nick war echt sauer. Es kommt hier nicht gut an, wenn man den Leuten ihr Vieh abschlachtet. Kann man ja auch verstehen.

Ich nickte, was sollte ich sonst auch tun. Und was hat das mit mir zu tun?

Tja, wer weiß. Aber als ich mit Nick gesprochen habe, hat er Ihren Namen genannt. Und von der Schlägerei erzählt. Er meinte, ihn würde es nicht überraschen, wenn Sie's waren. Ich für meinen Teil weiß nicht, ob Sie's waren, aber ich weiß auch nicht, ob Sie's nicht waren.

Mit dem Schwein hatte ich nichts zu tun, sagte ich. Der Typ ist wahrscheinlich nur sauer, weil ich ihm in der Bar ein paar mitgegeben hab.

Wahrscheinlich.

Na dann, sagte ich. Gibt's noch was?

Er lächelte. Nein, Mister, ich denke, das war's. Und wahrscheinlich haben Sie recht. Wahrscheinlich ist Nick nur sauer wegen der Sache in der Bar.

Und? Was wollen Sie dann noch von mir? Ich war wieder einigermaßen klar und nüchtern, aber mein Schädel pochte.

Ich wollte nur mal mit Ihnen reden, nichts weiter. Nur mal Hallo sagen.

Sehr schön, sagte ich.

Wir standen eine Zeit lang schweigend da, und er sah mich an. Kalt und ohne zu blinzeln.

Wenn weiter nichts anliegt, würde ich gerne ins Bett.

Aber klar. Er trat zu mir, hielt mir wieder die Hand hin, und ich ergriff sie. Als ich sie zurückziehen wollte, hielt er mich fest. Er war stärker, als ich gedacht hatte. Ist Ihr Wagen wieder flott?, fragte er.

Ja, Sir.

Na prima. Dann haben Sie vielleicht selber schon dran gedacht weiterzufahren? Damit es nicht noch mehr Ärger gibt.

Ist das die Anweisung, die Stadt zu verlassen?

Nur ein guter Rat, mehr nicht.

Ich entzog meine Hand seinem Griff. Schönen Abend noch, Sheriff.

Er lächelte. Und mit einem Zwinkern: Wünsch ich auch, Joseph.

• • •

Die Tage schleppten sich müde und trist dahin. Ich arbeitete und trank und schlief. Aus Einsamkeit kaufte ich mir sogar ein paarmal die Nutte aus dem Hotel.

Der Fremde und der Sheriff behielten mich im Auge. Mein Kopf dröhnte.

Lilith sah ich nicht mal von ferne. Ich dachte, es ist vorbei. Was auch okay war. Ich hatte ein bisschen Geld, der Pick-up war repariert, und der Berg wartete. Aber ich kam nicht los, keine Ahnung, warum.

Dann saß ich eines Abends betrunken auf dem Dielenboden meines Zimmers und hörte dem Regen und den Louvin Brothers zu, die im Radio Satan Is Real sangen.

Plötzlich klopfte es an der Tür. Ich saß einfach da, konnte nicht aufstehen. Es klopfte weiter. Schwerfällig rappelte ich mich hoch, schwankte durchs Zimmer und riss die Tür auf. Lilith McClellan stand da, ein Häufchen Elend.

Sie trug ein blaues Abendkleid, das an der Schulter eingerissen war. Ihr Haar war klatschnass, sie zitterte und blutete aus der Nase. Eine Wange war geschwollen und rot, ihr Blick leer. Oh Joseph, flüsterte sie mit brüchiger Stimme, verzweifelt.

Ich zog sie ins Zimmer und schloss die Tür hinter uns. Wir setzten uns aufs Bett, und ich nahm ihren Arm. Was ist passiert?, sagte ich. War das dein Mann?

Sie sagte kein Wort, aber Tränen rannen ihr über die Wangen und wuschen Blut und billige Wimperntusche ab.

Ich ruf die Polizei, sagte ich, und sag, was dieses Schwein mit dir gemacht hat. Und dann bring ich dich ins Krankenhaus. Ich fahr dich hin.

Nein, sagte sie, das will ich nicht. Keine Polizei. Und kein Krankenhaus.

Warum denn nicht? Du bist verletzt. Du musst das anschauen lassen.

Sie schloss die Augen und schüttelte den Kopf. Dann öffnete sie den Mund: Du hast mal gesagt, es braucht Mut, jemand zu töten.

Ja. Davon bin ich überzeugt.

Deswegen hab ich mich gefragt, ob du schon mal jemand getötet hast.

Das lief vollkommen falsch. Die Stimmung war düster, seltsame schwarze Schatten huschten über die Wände. Ich holte tief Luft. Ich antwortete nicht sofort, und als ich es tat, sprach ich langsam und mit Bedacht. Der Krieg verändert einen, sagte ich. Da tut man Dinge, von denen man nicht geglaubt hätte, dass man sie tun könnte.

Zum Beispiel töten?

Ja. Zum Beispiel töten.

Lange Pause. Dann griff Lilith in ihre Handtasche und zog eine Waffe heraus. Einen Revolver .38 Special.

Ungerührt betrachtete ich die Waffe. Richtete dann den Blick auf ihr Gesicht. Die zitternden Lippen, die bebenden Nasenflügel.

Sie legte mir die .38er in die Hand. Meine Finger schlossen sich.

Er ist ein Monster, sagte sie.

Die Welt ist voller Monster, sagte ich.

Glaub mir. Ich hab's mir genau überlegt. Das ist die einzige Lösung. Wahrscheinlich glaubst du, ich bin durchgeknallt, aber das stimmt nicht. Ich weiß, was zu tun ist.

Und ich soll's für dich tun.

Ja, ich will, dass du's tust.

Ich lächelte. Und schüttelte den Kopf. Ich bring niemand um, sagte ich. Meine Stimme klang seltsam, fremd. Ich geh mit dir weg von hier, aber ich bring niemand um.

Er hat eine Lebensversicherung, sagte sie. Ein Haufen Geld. Mehr, als wir je verdienen können.

Ich grinste schief. Geld? Darum geht's also?

Sie wischte sich eine rote Träne ab. Es geht um vieles. Aber das Geld würde nicht schaden, oder? Seien wir mal realistisch, wie viel hast du? Das reicht doch nicht für uns beide, oder?

Ich gab keine Antwort, blickte nur auf die Waffe in meiner Hand. Mein Hirn war benzingetränkt. Ein Streichholz und dann …

Mit düsteren Gedanken legte ich die Waffe aufs Fensterbrett. Dann drehte ich mich um und sagte mit ruhiger, gleichmäßiger Stimme: Lass uns über was anderes reden.

Was … über was anderes willst du denn reden?

Reden wir über deinen Freund. Vor ein paar Tagen hab ich dich in der Bar gesehen. Zusammen mit deinem Mexikanerfreund. Sah aus, als hättet ihr viel Spaß miteinander.

Sie erhob sich vom Bett, die geöffneten Lippen blutverkrustet. Ach, sagte sie, der Typ, der …

Der bedeutet dir nichts, stimmt's? Das wolltest du doch sagen?

Wir kennen uns schon länger. Ab und zu treffen wir uns. An dem Abend, na ja, da war ich betrunken. Tut mir leid,

Joseph, es tut mir echt leid. Ich weiß, ich bin eine Schlampe. Das war ich schon immer. Aber das ändert nichts daran, dass ich dich liebe. Das ändert nichts daran, dass ich mit dir zusammen sein will.

Was sie da von sich gab, war ein Witz, deswegen lachte ich. Ich lachte und lachte und bekam einen Schluckauf und lachte. Ich konnte gar nicht mehr aufhören. Eine Minute oder länger, ohne Pause.

Ich … ich weiß nicht, was ich sonst sagen soll, sagte sie. Ich kann nur sagen, dass es mir leidtut und dass ich dich liebe und dass –

Ich hörte zu lachen auf, grinste aber weiter. Du brauchst dich nicht entschuldigen, sagte ich. Nur eines sollst du für mich tun. Nur eine einzige Sache.

Was denn? Ich tu alles für dich, Joseph, das weißt du.

Lüg mich einfach weiter an. Mehr will ich nicht. Mehr werd ich nie wollen.

Ich nahm die Waffe und zielte auf ihren Kopf. Instinktiv bedeckte sie ihr Gesicht mit den Händen. Aber ich schoss nicht. Ich wollte ihr nicht wehtun. Sie war ein gefallener Engel, und ich liebte sie. Ich sagte: Ich tu's. Ich erschieß ihn, und danach sind wir eine Zeit lang zusammen. Du musst nur immer weiter lügen, und ich werd auch immer weiter lügen, und dann werden wir höllisch glücklich sein.

8. Kapitel

Am nächsten Morgen saß ich auf dem Fensterbrett und sah auf die Straße hinunter.

Ein alter Mann in einem Overall und mit abgearbeitetem Gesicht stand am Straßenrand und las Zeitung. Ein Teenagerpärchen saß auf der Motorhaube eines Trucks; er hatte einen Arm um sie geschlungen, sie den Kopf an seine Schulter gelehnt. Eine Frau in einem langen geblümten Kleid stapfte den Gehweg entlang, in jeder Hand eine Einkaufstüte; ein kleines Straßenmädchen folgte ihr mit ein paar Schritten Abstand. Auch die Nutte aus dem Hotel war da unten, mit trockener, rissiger Haut und hämischem Blick …

Der Wind draußen wurde stärker, und ich hörte Mülltonnen wie betrunkene Tänzer über den Asphalt scheppern. Ich zog die Schnupftabakdose aus der Hosentasche und nahm eine Prise. Danach schloss ich die Augen und begann zu dösen. Plötzlich überkam mich eine Vision. Eine Erinnerung oder Vorahnung. Eine so lebhafte Vision, dass ich zu zittern und zucken begann und mir vor Panik mit beiden Händen den Mund zuhielt.

Ich bin auf dem Berg. Es schneit, und ich stehe da, ganz still und mit einer selbstgemachten Axt auf der Schulter, und blicke auf die alte Hütte, deren Holz vor meinen Augen verrottet. Dann wandert mein Blick weiter nach oben, und ich sehe eine monströse durchsichtige Gestalt, die aus der eingestürzten Grube hervorspringt und zwischen den Bäumen verschwindet. Wie in Trance gehe ich weg von der Hütte und in den dichten Wald, in dem die Gestalt verschwunden ist. Unter meinen Schritten knacken dürre Äste, raschelt totes Laub, während der Schnee die hohen Hügel der Hölle weiß überzuckert.

In dem tiefen alten Wald wiegen sich die Kiefern im Einklang, Schatten umschwirren mich, stürzen sich auf mich. Ab und zu blinzelt die Sonne durch die Wolken und wird vom schmutzigen Schnee reflektiert. Auf der Suche nach der seltsamen Gestalt blicke ich hin und her. Nichts außer Bäumen, Schnee, gefrorenen Gräsern. Ich sehe auf den Boden. Kaum erkennbare Fußspuren. Den Blick auf den Boden geheftet, folge ich den Spuren, die sich durch den Bergwald schlängeln. Ich atme schwer und stoßweise. Ich beschleunige meinen Schritt. Rechts von mir plätschert ein Bach unter der Schneedecke. Irgendwo schreit ein Adler.

Ich bin lange unterwegs, bin weit von der Grubenhütte entfernt. Plötzlich sind die Fußspuren weg, genau wie mein Schatten. Ich stapfe schnaufend durch knietiefe Schneeverwehungen. Einmal sehe ich den Bach wieder, ein dunkles Blitzen unter Schnee, Eis und Ästen.

Und dann sehe ich eine Höhle. Die Sonne versinkt hinter gezackten Gipfeln, der Himmel schwachrosa. Mehrere große Steine versperren den Höhleneingang. Ich bücke mich und lege die Axt auf den Boden. Die Steine sind in den Schlamm eingesunken und schneebedeckt. Es braucht etwas Zeit, um sie wegzuzerren, und als ich danach auf meine Hände sehe, sind sie blutig.

Auf allen vieren, die Axt hinter mir herziehend, krieche ich in die Höhle. Es ist dunkel, und nach der ersten Biegung ist der spärliche Rest an Licht gänzlich verschwunden. Ich greife in meine Tasche, ziehe ein Feuerzeug heraus und zünde es an. Die

Felswände sind fahl und scheinen jederzeit nach innen stürzen zu können. Der Boden ist lehmig-feucht. Es riecht nach einer Ursuppe aus Wasser, Schimmel und Verwesung.

Dann erlischt das Feuerzeug. Ein paarmal versuche ich, es wieder anzukriegen, aber es brennt nicht mehr. Ich werfe es weg und krieche weiter. Es ist so dunkel, dass ich die Hand nicht vor Augen sehen kann. Irgendwo außerhalb der Höhle sind Geräusche zu hören, vielleicht Schreie, das gespenstische Kriegsgeheul der Comanche. Und dann ein anderes Geräusch: ein hallendes hohes Kreischen, gefolgt von donnerndem Rauschen und dann meinen Schreien, als eine Kolonie unsichtbarer Fledermäuse meinen Kopf umschwirrt, hungrig, Essenszeit.

Ich krieche weiter durch den Tunnel, der immer enger und schmaler wird. Plötzlich Licht. Ich hebe den Kopf. In der Decke eine Öffnung, kaum mehr als schulterbreit, durch die letztes Licht hereinfällt.

Direkt vor mir weiten sich die Wände zu einer unterirdischen Kammer, das Tunnelende. Ich richte mich auf und gehe weiter. Meine Hände bluten stark, und ich zittere. Ich kann meinen Atem sehen.

Auf der Erde geöffnete leere Konservendosen, Bohnen, Mais, Suppe, Apfelsaft. Zertreten und rostig. Da ist eine zerrissene, löchrige Wolldecke. Und auf der Decke liegen die traurigen Reste eines alten blutrünstigen Comics. Ich bücke mich und hebe das Heft auf. Es ist feucht und zerfällt fast in meinen Händen, aber ich kann die Titelzeichnung noch erkennen: ein muskulöser, am ganzen Körper tätowierter Soldat mit Maschinengewehr, der einem messerschwingenden Araber gleich den windelumwickelten Schädel wegschießen wird. Fight to the Finish lautet der Titel. Ich lasse den Comic fallen und starre auf die Wand. Schwarzes Gekritzel in einer Kinderhandschrift: Ich bin weil ich bin weil ich bin weil ich bin.

Und dann taucht er auf. Ein etwa sechzehnjähriger Junge. Teigiges Gesicht, irrer Blick. Er trägt einen breitkrempigen Hut, wie Clint Eastwood in Der namenlose Reiter. *Er macht ein paar Schritte auf mich zu. Ich weiß, wer du bist, sagt er. Ich hebe meine Axt. Er bleibt unbeeindruckt. Kommt weiter auf mich zu. Ich weiß, wer du bist, sagt er noch einmal. Als er nur noch einen Schritt von mir entfernt ist, bedeckt er sein Gesicht mit dem Hut. Ich kann kaum noch atmen. Einen Moment später nimmt er den Hut weg, und ich sehe, dass das Gesicht zerfließt, die Haut wie flüssiges Wachs auf den Höhlenboden tropft. Ich lasse die Axt fallen, und er beginnt zu lachen. Und dann merke ich, dass ich in mein eigenes Gesicht blicke …*

• • •

Zwei Tage danach, drei Uhr morgens, starker Wind. Lilith war gegangen. Zuvor hatten wir uns einen Plan überlegt. Richtig durchdacht war er nicht. Ich fahr zu meiner Tante nach Rifle, hatte Lilith gesagt. Für zwei Nächte. Hier ist der Schlüssel. Vielleicht musst du ihn im Schloss ein paarmal hin und her drehen. Und sei leise. Die Dielen knarren. Obwohl das wahrscheinlich nichts macht. Er schläft wie ein Stein. Vor allem wenn er was getrunken hat. Also eigentlich immer.

Ich hätte nicht einsamer sein können als jetzt. Ich zog meine Jacke an. Ich ging durch den Hotelflur. Eine Zimmertür wurde geöffnet, ein Mann, dichtes graublondes Haar, zu einer Tolle gekämmt. Seine Wangen waren gerötet, der Blick glasig. Die Hände aufgeschürft. Er trug ein zu enges weißes T-Shirt, unter dem sein Bauch hervorquoll. Ich nickte ihm zu. Er sah mir nach, wie ich über den Flur lief, dann hörte ich die Tür ins Schloss fallen.

Ich wollte nicht, dass mich noch jemand sah, deswegen

stieg ich die Feuerleiter hinab. Dabei riss der Schlag meiner Jeans ein. Ich sprang auf den Boden, landete schlecht und rollte seitlich ab. Ich stand auf und klopfte mich ab. Stellte den Kragen meiner Camouflage-Jacke auf, steckte die Hände in die Hosentaschen. Dann stieg ich in meinen Wagen und ließ den Motor an.

Der Himmel draußen war schwarz, der Mond nicht mehr als eine Porzellanscherbe. Ich war ziemlich angespannt. Ich fürchtete, der Fremde oder der Sheriff könnten mir folgen, und blickte immer wieder in den Rückspiegel. Aber da waren nur knorrige Wacholder und Schwarzpappeln zu sehen.

Aus dem Radio kam bloß Rauschen, in meinem Schädel pochte es. Ich kramte nach angenehmen Erinnerungen. Das Kürbisschnitzen mit meiner Mutter am Küchentisch, während draußen das Herbstlaub gemütlich zu Boden segelt. Mit dem Schlitten einem steilen Hügel hinabsausen und mit der Zunge Schneeflocken einfangen. Mit Vater Baseball spielen und sein zufriedenes Lächeln sehen, wenn der Ball gegen das Leder klatscht. An einem stillen Sommernachmittag am See sitzen und Kaulquappen zusehen, wie sie sich durchs Wasser schlängeln. Aber diese Momente hat es nie gegeben, und sie wurden bald von einem groteskeren Bild ersetzt: einer Frau auf einem Himmelbett, aus deren Augenhöhlen Maden krabbeln, und an der Wand dahinter ein umgekehrtes Holzkreuz. Ich zwickte die Augen zu und fuhr blind weiter.

Vorm Haus der McClellans. Ich im Geistertruck, schwer atmend, den Blick auf die dunklen Fenster geheftet. Im Bewusstsein, dass das Schicksal unerbittlich war. Dagegen anzukämpfen war zwecklos. Ich öffnete die Autotür und stieg aus. Schweiß rann mir übers Gesicht. Außer dem Ruf einer Eule völlige Stille. Ich ging langsam, der Kies knirschte unter meinen Schritten.

Die Lichter waren ausgeschaltet, und die Schweine schliefen. Ich stand vor der Haustür. Eine Blechdose rollte über die Veranda und erschreckte mich. Ich öffnete die Fliegentür. Holte den Schlüssel aus der Brusttasche meines Hemds. Der Wind blies, und meine Hände zitterten. Ich brauchte über eine halbe Minute, um den Schlüssel ins Schloss zu stecken. Langsam drehte ich ihn und zog ihn wieder ab. Ich drehte den Knauf und schob die Tür auf.

Ich trat ein. Es war stockdunkel. Ich nahm meine Stiftlampe und schaltete sie an. Ich ging durchs Wohnzimmer, die Schritte hallten leise über den Holzboden. Seltsame Schatten tanzten durch den Raum. Die Orientierung fiel mir schwer. Langsam und unsicher ging ich durch den Flur. Die Dielen knarrten bei jedem Schritt. Ich glaubte etwas zu hören, ein leises mahlendes Geräusch. Bemerkte, dass ich den Atem anhielt …

Die Schlafzimmertür war nur angelehnt. Langsam schob ich sie auf. Die Vorhänge waren offen, das Licht des schmalen Mondes fiel ins Zimmer. Ich schaltete die Stiftlampe aus und steckte sie wieder in die Tasche. Nicks Kleider lagen zerknüllt auf dem Boden, seine Schuhe standen neben dem Bett. Er lag mit seitlich angelegten Armen auf der Decke. Sein Bauch hob und senkte sich sacht. Ich stand auf der Schwelle und sah ihm zu.

Die Stille im Haus wurde unerträglich, genau wie meine Nervosität. Vorsichtig schlich ich zu dem Schlafenden, wieder knarrten die Eichendielen. Ich blieb stehen. Mein Herz raste, und der Schädel schien mir zu zerspringen. Ich ging ein paar Schritte weiter. In der Hand baumelte der Revolver. Nick bewegte sich, seufzte tief und legte sich eine Hand über die Augen. Ich stand reglos da, wagte nicht einmal zu zwinkern.

Am Fuß des Betts lag ein Kissen. Ich hob es hoch und grub meine Finger in die Füllung. Kurz überlegte ich, umzukehren und zu verschwinden. Dann dachte ich an Lilith, und mir fiel alles wieder ein. Ich holte so tief Luft, wie ich konnte, dann stürzte ich nach vorne. Ich drückte ihm das Kissen aufs Gesicht, und er erwachte zappelnd und mit den Armen rudernd. Ich drückte den Revolverlauf dorthin, wo ich seinen Mund vermutete und drückte ein Mal, zwei Mal, drei Mal ab. Sein Körper zuckte, dann entspannte er sich, die Arme fielen aufs Bett, der Kopf rollte seitlich auf die Schulter.

Ich zog das Kissen weg und ließ es auf das Bett fallen. Sein Gesicht war blutiger Brei, die Augen standen weit offen. Nick McClellan war ziemlich tot.

9. Kapitel

Ich dachte, ich müsste mich gleich übergeben. Ich schob mir die Waffe vorne in den Hosenbund und trat zurück. Der ganze Raum drehte sich, wie im *Zauberer von Oz*. Eine Hühnerkiste und zwei Männer in einem Ruderboot flogen durchs Fenster ins Freie.

Ich wankte durchs Haus und wischte Türknäufe ab, um die Spuren meiner Anwesenheit zu beseitigen. Mit dem Fuß drückte ich die Haustür auf und ließ sie hinter mir zufallen. Ich blickte mich um. Nichts. Ein Mensch war tot, und niemand wusste davon. Na und? Jeden Augenblick stirbt jemand. Es hatte zu schneien begonnen, und der immer gleiche scharfe Wind blies die Flocken in alle Richtungen. Ich stopfte die Hände in die Taschen und lief los. Ich begann auszukühlen, konnte nicht aufhören zu zittern.

Vor mir türmten sich die dunklen Schatten der Rocky Mountains auf. Bis auf meinen Herzschlag und den Wind, der durch die Windmühlräder und Bäume pfiff, war es vollkommen still. Ich stellte den Jackenkragen auf und eilte zurück zum Pick-up. Der Schnee lag schon so hoch, dass ich Spuren hinterließ. Sobald ich im Hotel war, musste ich meine Stiefel wegwerfen …

Ich überdachte meine Lage, und mir wurde ein bisschen flau. Wenn jemand stirbt, gibt es kein Zurück. Es ist vorbei, für immer vorbei. Aber darauf kam es nicht an. Wir müssen alle irgendwann sterben. Und Nick McClellan hatte geradezu darum gebettelt. So wie er Lilith behandelt hatte. Ich hatte ihre blauen Flecken gesehen. Das Blut. Ein Mann, der so was … er hatte es nicht anders verdient, genau wie ein tollwütiger Hund. Aber warum wurde ich das ungute Gefühl nicht los?

Beim Fahren hielt ich das Lenkrad mit beiden Händen fest umklammert. Im Radio lief eine faschistische Talkshow, das Gerede war blanker Hass. Der auf die Windschutzscheibe wirbelnde Schnee erschwerte die Sicht. Ich atmete schwer, stoßweise.

Ein dreckiger Sozi und Kommunist und ein Moslem, brüllte der Mann. In meinem Kopf Weißes Rauschen. Und dann drang eine Sirene durch das Rauschen, gedämpft und gespenstisch. Ich sah in den Rückspiegel. Rotes, gelbes und blaues Blinken, das die Dunkelheit sprengte.

Ich ging nicht vom Gas, jedenfalls nicht gleich. Einsam und bedrohlich lag der Revolver auf dem Sitz neben mir. Ich ergab mich meinem Schicksal, trat auf die Bremse und fuhr rechts ran. Doch der State Trooper hielt nicht, und als er vorbeischoss, wackelte mein Pick-up. Eine Weile blieb ich mit zitternden Händen und zusammengezogenen Schultern am Straßenrand stehen. Und dann überkam mich das Gefühl, dass vielleicht der Herr über mir wachte, und ich beruhigte mich ein bisschen. Ich dachte an Lilith, ihre schneeweiße Haut, ihren Kirschmund, und für einen Augenblick, nur einen kurzen Augenblick glaubte ich, dass es eine Erlösung gibt …

• • •

Ungefähr zwei Meilen westlich der McClellan-Ranch lag eine aufgegebene Farm. Und hinter dem Farmhaus stand ein versiegter Brunnen, seitwärts geneigt wie ein Betrunkener kurz vorm Übergeben und mit einem Metallkübel, der noch immer an einem Seil baumelte. Ich stieg aus dem Auto, nahm die Mordwaffe und folgte meinen Atemwolken über den knirschenden Schnee zum Brunnen. Beugte mich über den Brunnenschacht und blickte in den schwarzen Abgrund. Ich spannte den Kiefer an, hielt die Waffe über den Schacht. Dann löste ich meinen Griff, und sie fiel mit einem Platschen ins modrige Wasser.

• • •

Fünfzehn Minuten später war ich wieder im Hotel. Der Himmel hatte sich aufgehellt und war kaugummirosa, doch in fast allen Zimmern war es noch dunkel. Ich ging durch die Lobby, stets mit dem Gefühl, am Rand meines Blickfelds eine zusammengesunkene Person zu sehen. Als ich die Treppe hinaufstieg, klebten Totenschatten an den Wänden. Ich ging durch den Flur, stieg über aufgeworfene Bodendielen und alte Seufzer bis zu meiner Zimmertür und sperrte auf. Das Fenster stand einen Spaltbreit offen, und es war eiskalt. Ich schob es zu, dann zog ich mich rasch aus und warf meine Kleidung auf den rostigen Radiator.

Lange Zeit saß ich zusammengekauert und zitternd auf dem Bett und war sicher, dass jeden Augenblick die Hölle losbrechen würde.

• • •

In den nächsten Tagen passiert fast nichts. Die meiste Zeit saß ich nur in meinem Zimmer, schnupfte Tabak und trank. Es war okay. Niemand störte mich. Ein paarmal versuchte ich Lilith anzurufen, aber sie ging nicht ran. Was auch okay war.

Manchmal ging ich ein bisschen in der Stadt spazieren. Ich hielt nach dem Fremden Ausschau, hielt nach dem Sheriff Ausschau. Ich sah keinen von beiden, aber ihre Anwesenheit war spürbar. Ich las die Lokalzeitung und sah die Abendnachrichten. Über den Mord wurde mit keinem Wort berichtet …

Dustin rief mich an. Wo zum Teufel bist du?, sagte er. Vor einer Stunde war Schichtbeginn. Der Boss ist ziemlich angepisst.

Sag ihm, ich bin raus, sagte ich.

Warum denn, Joseph? Jobs liegen heut nicht auf der Straße. Ich kann dich ja entschuldigen. Dass du Dünnschiss hast oder irgendeinen Mist. Du musst es ja nicht überstürzen, Kumpel.

Es hat sich was geändert. Ich brauch keinen Job mehr.

Hast du im Lotto gewonnen, oder was?

Hat nichts mit Lotto zu tun. Nur mit anderen Prioritäten.

Ach ja?

Wenn man kapiert, dass man nicht selbst die Zügel in der Hand hat, sondern gelenkt wird.

Was zum Henker quasselst du da?

Bis bald mal, Dustin.

• • •

In meinem Hotelzimmer begann es zu stinken. Irgendwas Totes. Eine Ratte vielleicht. Gerüche lösen Erinnerungen aus …

Erinnerst du dich an die Frau? Nur Haut und Knochen in einem langen weißen Nachthemd. Der Körper mit Wunden übersät, aus denen blaue Fasern fließen, weiße Fäden und schwarze Flecken …

Erinnerst du dich an den alten Mann? Der mit den Zähnen knirscht und sich die Kleider vom Leib reißt? Der mitten in der Nacht losheult. Auf schorfigen Knien betet …

Erinnerst du dich an den Jungen? Der am Fußende des Betts sitzt und sie ansieht. Das leise Schleichen durch Gänge, den Widerhall der Orgel von Wänden, die aufs Linoleum plätschernden Gottesworte …

Erinnerst du dich an die Nachbarn? Die an der Tür klopfen und sich nach allem Möglichen erkundigen. Die nachts plötzlich auftauchen und rund ums Haus Desinfektionsmittel sprühen …

• • •

Schließlich bekam ich Lilith ans Telefon. Sie klang völlig verändert.

Wer ist da?, sagte sie.

Du weißt, wer da ist, sagte ich mit rauer, heiserer Stimme.

Lilith schwieg. Ich hörte ihren Atem.

Es ist erledigt, sagte ich. Er wird dich nicht mehr anrühren, nie mehr.

Schweigen.

Er hat um Gnade gebettelt. Aber manche verdienen keine Gnade.

Oh mein Gott, sagte sie mit zitternder Stimme. Du meinst das ernst.

Ja, verdammt, ich mein's ernst. Wann sehen wir uns? Ich muss dich sehen.

Ich weiß nicht. Scheiße. Ruf mich nicht mehr an.

Was?

Es ist vorbei, Joseph. Kapiert?

Augenblick mal. Ich –

Es klickte, und die Leitung war tot. Ich drosch den Hörer auf die Gabel, und das Telefon zerbarst, Gehäuse und Platine polterten über den Boden.

Ich lag auf dem Bett und starrte an die Decke. Mit den Daumen massierte ich mir die Schläfen. Fürchterliche Bilder stiegen hinter meinen Augen auf. Ein kleines irakisches Mädchen stand an ein rauchendes Haus gelehnt und sah mich mit großen braunen Augen an … Ein amerikanischer Soldat mit gebräunten kräftigen Armen warf ein Baby in die Luft und fing es mit seinem Bajonett aus dem Amerikanischen Bürgerkrieg auf … Der Marsch durch ein tiefes widerliches Tal, angeführt von einem gesichtslosen Mann, und unten brodelt ein Fluss aus Blut … Der Blick in eine bodenlose Grube, in der sich verunstaltete Körper winden, sich aneinanderreiben und gegenseitig die kranke Haut abkratzen …

Diese Welt wurde immer unerträglicher.

10. Kapitel

Er trug eine Maske. Eine weiße Gummimaske, so straff wie das Fell einer Trommel übers Gesicht gezogen, und einen schwarzen breitkrempigen Hut, unter dem Büschel von bleigrauem Haar hervorquollen. Und die Augen hinter der Maske waren zwei schwarze Löcher, leer und tot. Er stand auf einer Holzkiste vor Del's Lounge und bellte mit dröhnender Stimme. Mit Cowboykrawatte und Gehrock und einer abgegriffenen Bibel in der Hand, die er in die Höhe hielt und herumschwenkte, predigte er über Satan und die Erlösung, Himmel und Hölle und Sünde, Sünde, Sünde.

Er rief: Gott wird die Verderbten jederzeit in die Hölle stürzen! Er hat die Schaufel schon in der Hand, und er wird das Korn in die Scheuer einbringen, und dann wird er die Spreu in seinem unlöschbaren Feuer verbrennen! Ja, die Gerechtigkeit verlangt, dass Missetäter zur Hölle fahren, es erhebe keiner die Stimme gegen Gottes Werk der Vernichtung. Und hört, wenn ich sage, dass jeder Ungläubige zur Hölle fährt – denn dort ist sein Platz!

Ja, Brüder und Schwestern! Ich war in Dutzenden Städten, ich war überall im Land, von Küste zu Küste, in der Wüste und auf den höchsten Bergen, aber noch nie war ich in einer Stadt, in der die Sünde aus jeder Ritze kriecht! Saufen und huren, stehlen und rauben! Ihr seid wahrlich das Volk von Gomorra, und ihr werdet in Feuer und Schwefel untergehen!

Aber vielleicht ist es auch nicht zu spät. Vielleicht ist die Zeit des Erwachens gekommen, die Zeit, auf das Dröhnen von Gottes Wort zu hören und seinen Zorn zu fliehen. Lauft, ihr Sünder! Lauft um euer Leben, dreht euch nicht um, flieht diese Welt, wenn ihr nicht untergehen wollt.

Ein paar Leute standen um ihn und hörten zu, ein paar lachten oder riefen Beleidigungen. Aber dieser Vertreter in Sachen Verdammnis predigte ungerührt weiter, und keine Gummimaske konnte seinen Zorn verbergen. Er rief: Ihr Sünder, die ihr nicht auf Gottes Stimme hört, ihr macht euch alle was vor! Ihr irrt auf schreckliche Weise! Und wegen dieses Irrtums werdet ihr auf ewig in der Hölle schmoren, da ihr Wurm nicht stirbt und ihr Feuer nicht verlöscht! In tiefster Hölle, dem Ort schrecklichster Qualen. Dort wo die reuelosen Sünder sich in unendlichem Schmerz winden, ohne jegliche Hoffnung. Ja, ihr reuelosen Sünder, ihr werdet bald sterben und erkennen, was ihr verloren habt!

Eine birnenförmige Frau in einem zu großen Parka wollte ihm Geld geben, doch der maskierte Prophet wurde böse und schrie: Ich bin kein Fernsehprediger! Ich bin kein zweitklassiger Schwindelprediger! Ich bin ein Prophet des Allmächtigen, und meinen Lohn bekomme ich in einer besseren Welt! Darauf hob die Frau den zu Boden geworfenen Dollarschein auf, steckte ihn in ihre Parkatasche und eilte unsicher lächelnd davon.

Ich konnte mich nicht von ihm losreißen, weil ich ihn so gut kannte, aus einem früheren Leben. Und er, er bemerkte nicht, dass ich im Schatten verborgen dastand …

Und dann ging die Tür zu Del's Lounge auf und mehrere Personen kamen raus – vier oder fünf schäbige Typen und eine nuttige Frau. Alle waren betrunken und grölten bösartiges Zeug.

Der Prophet mit der Maske erkannte seine Chance. Er packte einen von ihnen am Arm und sagte mit flammender Stimme: Jesus hat mich gerettet, ja, das hat er getan. Er hat mich aus dem Strom der Schweine gezerrt und mir ein Leben geschenkt, das ich nicht verdient hatte. Und im Gegenzug habe ich ihm etwas versprochen. Ich hab ihm versprochen, dass ich von Stadt zu Stadt ziehe und allen die Wahrheit verkünde, jedem Einzelnen von euch. Und die Wahrheit lautet: Ein Leben ohne Jesus ist überhaupt kein Leben. Ein Leben ohne Jesus ist ein Leben mit dem Teufel. Ein Leben ohne Jesus bedeutet ewige Verdammnis. Und in der Hölle ist es noch heißer als im Hochofen! Er schwieg kurz und deutete auf seine Maske. Die Leute fragen nach der Maske. Die Leute sagen, Reverend Wells, warum verstecken Sie sich? Die Maske macht uns Angst. Zeigen Sie uns Ihr Gesicht. Aber das trau ich mich nicht! Versteht ihr, es wäre für euch viel zu entsetzlich. Euch würden die Augen aus den Höhlen quellen, Galle würde eure Kehlen verätzen. Denn unter dieser Maske steckt ein Schmerzensgesicht! Unter dieser Maske steckt ein Gesicht übelster Sünden! Lasst es euch eine Warnung sein. Wenn ihr so weitermacht, dann werden eure Seelen genauso aussehen. Und für eine Seele auf dem Weg in die Hölle gibt's keine Maske und kein Versteck.

Danach hob der Reverend beide Arme wie der Christus in Rio de Janeiro. Er sammelte die ganze Kraft seiner Teufelsstimme und sagte mit funkelndem Blick auf die Kerle und die Nutte: Oh ja, ich kenne das sündige Leben. Alkohol, Huren, Gewalt. Ich sage euch, ich war eine Marionette an den Strippen des Teufels. An den Zehen spürte ich schon, wie das Fegefeuer von unten immer heißer wurde. Aber dann hatte ich eine Vision. Wahrhaftig eine Vision von Gott! Ihr lacht! Ihr glaubt, ich bin verrückt! Aber ich sage die Wahrheit. Der Allmächtige hat zu mir gesprochen. Und er hat Folgendes gesagt: Er sagte, geh zu Hal's Hardware in El Hornillo, unten in Texas, und kauf dir eine Flasche ätzende Lauge. Selbstverständlich hab ich nicht nachgefragt! Wie Abraham, der seinen einzigen Sohn geopfert hätte, hab ich getan, was er mir aufgetragen hat. Und dann saß ich in einem verlotterten Motelzimmer und hab auf die nächsten Anweisungen gewartet. Es dauerte Tage, bis ich wieder von ihm gehört hab. Es war bestimmt 35 Grad heiß, und der Schweiß lief in Strömen an mir runter. Und als er mir wieder was eingab, war ich schon ganz schwach vor Durst. Doch was ich gehört habe, hab ich mir nicht eingebildet. Der Allmächtige hat mir befohlen, die Flasche aufzumachen und mein hübsches Gesicht mit Lauge zu übergießen. Ein Befehl direkt aus dem Mund Gottes! Und ich hab ihn damals befolgt, Wort für Wort, und ich tu es bis heute, an jedem Tag! Begreift ihr's nicht? Ich hab mein Gesicht verätzt, damit nicht meine Seele verätzt wird!

Als die Umstehenden hörbar nach Luft schnappten und zu tuscheln begannen, sprach er einfach weiter, die Fäuste geballt. Und jetzt will ich, dass ihr euch im Spiegel anschaut. Könnt ihr das überhaupt? Ihr seid doch nichts weiter als Huren und Diebe und Lügner. Glaubt ihr, ihr könnt euch vor eurem Schicksal verstecken? Es ist nur eine Frage der Zeit. Ihr wollt euch unter Gottes weitem Mantel verkriechen, aber das hilft euch nichts. Der Allmächtige wird die Spreu vom Weizen trennen!

Ich konnte mir diesen Müll nicht mehr anhören. Ich trat aus meiner dunklen Ecke hervor und zeigte mein Schmerzensgesicht, mein Sündengesicht. Ich sagte: Ist es das Gesicht, über das Sie hier predigen? Und die Menge verstummte, genau wie Reverend Wells.

Plötzlich waren meine Fäuste geballt. Ich ging auf den Reverend zu, rief: Sie kennen mich überhaupt nicht! Mein Gesicht mag widerwärtig sein, aber meine Seele ist rein! Woher nehmen Sie sich das Recht?

Ein Gesicht der Sünde!, rief er.

Nein, Sir, sagte ich. Ein Gesicht des Kriegs!

Wie ich's mir gedacht hab! Ein Mörder, auch wenn er sich anders nennt! Wie viele haben Sie getötet, junger Mann? Wie viele Kriegsopfer gehen auf Ihr Konto? Wie viele Sünden büßen Sie nach dem Tod?

Ich hatte genug. Adrenalinüberschwemmt stürzte ich mich auf den Propheten mit der Maske und schlug ihm gegen die Brust. Mein jäher Angriff überraschte ihn, und er verlor das Gleichgewicht, taumelte zurück wie betrunken und ruderte mit den Armen. Voller Wut sprang ich ihm nach und stieß ihn zu Boden. Dann holte ich aus und ließ die Faust auf das Maskengesicht krachen, ein Mal, zwei Mal, drei Mal. Schlug ins Gesicht, auf den Körper, den Hinterkopf.

Unterdessen jaulte und jammerte die nuttige Frau, und zwei Besoffene wollten mich von dem Prediger wegzerren, der auf dem Boden lag und sein verborgenes Gesicht mit dem Arm zu schützen versuchte. Ich zerrte an der Gummimaske, worauf er plötzlich loszappelte und rumbrüllte und um sich trat. Nach längerem Kampf konnte ich ihm die Maske endlich vom Kopf ziehen.

Sein Gesicht war überhaupt nicht verätzt. Nein, die Haut war glatt und heil, und ich wusste, dass er kein Prophet war. Ein Schwindler!, rief ich. Ein verdammter Schwindler! Mit neuem Zorn drosch ich ihm die Faust ins Gesicht, wieder und wieder, bis die Haut aufplatzte und alles blutüberströmt war.

Schließlich zogen mich zwei Männer von dem Betrüger weg und hielten mich fest. Schwindler!, rief ich immer wieder. Bald hörte ich eine Sirene herankommen. Noch immer zornig und wütend beobachtete ich, wie ein großer Polizeiwagen am Straßenrand parkte und Sheriff Baker ausstieg. Er rückte seinen Stetson zurecht und blies sich in beide Hände, dann betrat er langsam und müde die chaotische Szene. Er nickte den bärtigen Betrunkenen zu, die mir die Arme auf den Rücken gedreht hatten, und sagte: Alles klar, Jungs, lasst ihn los.

11. Kapitel

Die Betrunkenen gaben meine Arme frei und stießen mich zu Boden. Der falsche Prophet setzte sich auf, betastete entsetzt sein zerschlagenes Gesicht und nuschelte etwas von lodernden Höllenfeuern. Baker musterte mich von Kopf bis Fuß und schüttelte den Kopf. Na, wen haben wir denn da, sagte er. Strattons Staatsfeind Nummer eins. Was haben wir jetzt wieder angestellt?

Ich hab nichts getan, sagte ich. Sie sollten sich lieber um den Prediger da kümmern.

Baker grinste, ehe er mich über meine Rechte aufklärte. Dann legte mir der Hilfssheriff, ein viehisch aussehender Mann mit schiefen Zähnen, Handschellen an, drückte meinen Kopf nach unten und bugsierte mich auf den Rücksitz des Streifenwagens. Meine Finger taten weh, wahrscheinlich war was gebrochen.

Wir fuhren eine Weile, und die Polizisten flüsterten leise miteinander, dann kamen wir zum örtlichen Gefängnis. Das alte marode Backsteingebäude lag ein paar Meilen östlich vor der Stadt. Drinnen nahmen sie meine Fingerabdrücke und fotografierten mich, danach wurde ich durchsucht. Brieftasche, ein Streichholzbriefchen, Schnupftabak und ein Satz Karten mit nackten Frauen auf der Rückseite wurden mir abgenommen. Meine Besitztümer kamen in einen Umschlag, und der aufnehmende Beamte reichte mir die Quittung. Ich durfte einmal telefonieren. Niemand fragte mich etwas.

Sie steckten mich zu ein paar Mexikanern und zwei tätowierten Rednecks in eine kleine Zelle. Ein Redneck sah mich an und schüttelte den Kopf. Ich unterbot selbst seine Geschmacksgrenzen.

• • •

Am nächsten Tag fesselten sie mir die Hände mit Handschellen auf dem Rücken und führten mich durch den Gang zu einer anderen Zelle. Der stämmigere der beiden Wachmänner stieß mich hinein, der andere verriegelte die Metalltür. Wortlos drehten sie sich um und gingen mit knarrenden Stiefeln im Gleichschritt davon.

Die Zelle war karg. Matratze, Toilette, Waschbecken. Und ein kleines vergittertes Fenster. Die Betonwände vollgekritzelt mit Obszönitäten. Ich legte mich auf die Matratze und verschränkte die Hände hinter dem Kopf. In der Ferne hörte ich die Schreie von Häftlingen durch den betonierten Gang hallen. Ich schloss die Augen und drückte mir die Hände auf die Ohren. Bald war ich eingeschlafen. Ich träumte von Krieg in Städten, Häusern in Schutt und Asche, bis zur Unkenntlichkeit verbrannten Kindern.

Als ich aufwachte, hatte das Schreien aufgehört, und alles war dunkel. Ich bekam Panik. Ich fürchtete mich nicht vor der Dunkelheit, sondern davor, was im Dunkeln passieren könnte. Ich rüttelte an den Gitterstäben und rief nach der Wache. Niemand kam. Entsetzt kauerte ich mich in eine Ecke. Der Geruch von Blut und Urin stieg mir in die Nase.

• • •

Den ganzen nächsten Tag lief ich unter flackerndem Neonlicht und dem Widerhall dröhnender Stahltüren in meinem Käfig auf und ab. Ab und zu tauchte vor meiner Zelle eine Gruppe von Männern in identischen blauen Hemden und roten Krawatten auf, die leise und hinter vorgehaltener Hand tuschelten. Ich schrie sie an und fragte, was man mir überhaupt vorwarf, verlangte nach einem Anwalt, aber sie schüttelten nur den Kopf und schrieben irgendwas in ihre Ringhefte.

Später, als ich auf dem Betonboden lag und den Querschlägern meiner trübseligen Gedanken nachlauschte, hörte ich Schlüssel klappern. Ich sah zu, wie die Tür aufgestoßen wurde und zwei Wachmänner mit der Hand an der Waffe eintraten. Und direkt hinter ihnen Sheriff Baker, den Stetson auf dem Kopf. Mit einem kleinen Nicken und etwas, das man beinahe Lächeln nennen konnte, ging er zu mir, bis er über mir stand.

Wie geht's so, Joseph?, sagte er.

Ich setzte mich auf und starrte ihn an. Spröde Haut, vom Wind zerfurchtes Gesicht. Warum bin ich immer noch hier drin?, sagte ich. Warum gab's noch keine Anklage? Was ist mit einem Anwalt?

Sie kriegen schon noch einen Anwalt, sagte er. Und die Anklage auch.

Er nickte den Wachen zu, die aus der Zelle gingen, aber mit vor der Brust verschränkten Armen auf dem Gang stehen blieben.

Baker zog eine Tabaksdose heraus und kippte sie mit einer Drehung des Handgelenks sie ein paarmal nach rechts und links, um den Tabak etwas zu komprimieren. Er bot mir davon an. Ich schüttelte den Kopf. Er nahm eine sehr große Portion und schob sie sich zwischen Zahnfleisch und Unterlippe. Dann grinste er mit schwarzen Flecken auf den Zähnen.

Er lehnte sich gegen die Wand und schüttelte den Kopf. Langsam verschwand das Grinsen aus seinem Gesicht. Ich mach den Job jetzt schon viele Jahre, sagte er. Normalerweise passiert hier nicht viel. Ab und zu prügelt einer seine Frau, dazu kommen ein, zwei Kneipenschlägereien, aber nicht so was. Er beugte sich über die Kloschüssel und spuckte einen fetten braunen Batzen hinein.

Geht's um den Prediger?, sagte ich. Oder haben Sie's immer noch mit dem Schwein?

Er funkelte mich kurz an. Dann wischte er sich mit dem Handrücken über den Mund und schüttelte den Kopf. Für uns ist das mit dem Schwein erledigt. Und der falsche Prediger ist auch kein großes Problem.

Was dann?

Baker nahm den Hut ab und legte ihn aufs Bett. Dann setzte er sich. Ich saß immer noch auf dem Boden. Irgendwo begann ein Häftling zu kreischen, das Geschrei hallte von Wänden und Türen wider.

Ist Ihnen nicht klar, dass Sie unser Hauptverdächtiger sind?, fragte Baker leise knurrend.

Von was reden Sie überhaupt?

Das wissen Sie schon. Ihr Kumpel. Nick McClellan. Wurde im Schlaf erschossen. Drei Kugeln. Durch ein Kissen.

Er hatte mich unvorbereitet erwischt, rostige Nägel bohrten sich mir in den Bauch. Aber ich ließ mir nichts anmerken, schüttelte den Kopf. Sagte: Keine Ahnung.

Seine Frau hat ihn gestern Abend gefunden. An die erinnern Sie sich aber noch? Den heißen Schlitten? Mal mit roten Haaren, mal nicht.

Ich hab den Mann nicht umgebracht, sagte ich. Wie auch, wenn ich hier drin war?

Todeszeitpunkt ist offenbar volle achtundvierzig Stunden

vor Ihrem kleinen religiösen Zoff. Irgendwann nach Mitternacht, vorgestern. Und da waren Sie ja nicht hier, oder? Wollen Sie's noch mal versuchen?

Klar, sagte ich. In der Nacht war ich im Paisano. Da können Sie die Besitzerin fragen. Die hat mich gesehen. Bin die ganze Zeit in meinem Zimmer gewesen.

Was Besseres haben Sie nicht auf Lager?

Ist die Wahrheit.

Es gibt einen Zeugen. Der hat gesehen, wie Sie in der Nacht aus Ihrem Zimmer sind. Es ist nicht schwer, sich Ihr Gesicht zu merken.

Ich hab den Mann nicht umgebracht, sagte ich wieder.

Nein. Natürlich nicht. Darf ich trotzdem was fragen? Seit wann vögeln Sie seine Frau?

Sie können mich mal.

Verdammt, Downs. Wir haben uns mit Lilith unterhalten. Und die hat geplaudert. Wie Sie Nick plattgemacht haben, weil er sie ein bisschen härter angefasst hat. Wie sie zu Ihnen ins Paisano kam. Sich bedankt hat. Und das nicht nur einmal.

Ja und?, sagte ich.

Sie hat uns erzählt, wie Sie auf sie abgefahren sind. Wie Sie anfingen, komisches Zeug zu reden. Dass Sie ihren Alten fertigmachen würden. Von seiner Lebensversicherung geredet haben und davon, wie Sie beide mit dem Geld in den Bergen neu anfangen könnten. Sie hat's nicht ernst genommen. Aber als sie die Leiche von ihrem Mann fand, hat sie ihre Meinung geändert.

Meinen Körper durchrauschte eine Welle der Wut. Nicht weil man mir einen Mord vorwarf. Die Wut kam von der Einsicht, dass ich betrogen worden war. Von der Einsicht, dass sie untreu war. Wut darüber, dass sie genauso war wie alle anderen …

Ich stand auf und ging zur Stahltür. Ich packte die Gitterstäbe mit festem Griff und ließ den Kopf sinken. Ich stellte mir Liliths Gesicht vor und wie sich meine Hände um ihren Hals legten …

In der nächsten Stunde stellte mir Baker immer wieder dieselben Fragen. Er formulierte sie nur ständig anders. Er machte sogar auf verständnisvoll: Sie wollten sie doch nur beschützen, sagte er. Und er hat gekriegt, was er verdient hat. Er war ein Dreckskerl: Sie müssen reden, Joseph, sonst geht's Ihnen an den Kragen!

Ich kannte die Spielchen. Ich wusste, warum er sie spielte. Ich spielte nicht mit. Ich wollte einen Anwalt. Er tat so, als hätte er nicht gehört. Ich war kurz vorm Durchdrehen …

12. Kapitel

Schließlich brach er das Verhör ab und ließ mich schlafen. Aber es half nichts. Die Welt war nur Stöhnen und Lachen und dröhnende Metalltüren. Die Wände und Rohrleitungen klopften und klapperten mit geheimen Botschaften. Ich hielt mir die Ohren zu. Ich kniff die Augen zusammen. Ein Zahn tat mir weh, er faulte vor sich hin. Ich zupfte daran rum.

Ich dachte an Lilith, an die Tätowierung auf ihrer Brust. Ich dachte daran, was ich mit ihr anstellen würde, wenn ich je wieder rauskäme.

Ich musste eingenickt sein, weil ich jäh aus dem Schlaf gerissen wurde, als ein Wachmann mit seinem Schlagstock gegen meinen Käfig drosch und meinen Namen brüllte. Ich öffnete die Augen. Sie mussten sich kurz an die Helligkeit gewöhnen. Der Wachmann war groß und glatzköpfig, seine Wampe hing über den Gürtel. Sie hatten alle die Augen von Mördern, diese Wachen.

Raus aus den Federn, sagte er. Der Richter hat jetzt Zeit.

Er kam in meine Zelle, legte mir Handschellen und eiserne Fußfesseln an und führte mich in den Gang hinaus. Die Verbrecher in ihren Käfigen fingen an zu rufen, zu pfeifen und an den Gitterstäben zu rütteln. Unterwegs holten wir noch sechs weitere Gefangene ab, alle mit glasigen bösen Augen. Aber zu mir sagte niemand ein Wort, kein Einziger, wegen dieser

Fratze, die mein Gesicht war. Sogar dem Teufel kann man einen Schreck einjagen.

Wir wurden ins Freie geführt und in einen schwarzweißen Bus mit der Aufschrift *Huerfano County Prison* geladen. Vor und hinter uns gingen Wachleute, jeder mit Gewehr, das sie auch benutzen würden. Wir setzten uns in den Bus, dann hieß es, wir sollten unsere verdammten Schnauzen halten, und alles war wie bei einem Ausflug, nur dass wir zum Gericht fuhren und die Anklage verlesen bekamen.

Die Fahrt dauerte zwanzig Minuten. Keiner sprach ein Wort. Das Gerichtsgebäude stand im Schatten eines riesigen Getreidesilos. Der alte Betonbau, der wie ein umgebautes Krankenhaus aussah, wirkte bedrohlich. Wir wurden auf die Rückseite gebracht und in eine Gemeinschaftszelle gesteckt. Sie war wie die im Gefängnis, nur kleiner und feuchter.

Nach kurzem Warten wurden wir aufgerufen, und die Gerichtsdiener führten immer zwei von uns in einen winzigen Gerichtssaal. Dort trat ein dicklicher alter Mann mit einem verknitterten Anzug, miesem Haarschnitt und Riesenbrille zu mir und klopfte mir auf die Schulter. Ich bin Desmond Harris, sagte er. Ihr Rechtsbeistand, okay? Ich werd alles versuchen, Sie auf Kaution rauszukriegen, okay?

Kaution?

Sie sind Kriegsheld, keine Gefahr für die Gesellschaft. Für die haben Sie ja gekämpft. Ich hol Sie auf Kaution raus, okay?

Der Richter sah aus wie alle Richter. Graues Haar, beginnende Glatze. Brille runtergerutscht bis zur Nasenspitze. Der Blick streng oder selbstzufrieden. Er nannte meinen Namen, und Mr. Harris packte mich am Arm und führte mich vor ihn. Der Richter nahm sich einen Augenblick, um in meiner Akte zu lesen. Er sah mich über seine Brille hinweg an, die Lippen skeptisch verzogen.

Mr. Downs, sagte er. Sie kennen die Anschuldigung gegen Sie?

Ich nickte und sagte ja.

Sie brauchen sich heute noch nicht dazu äußern.

Verstehe.

Ihr Vorverfahren ist für Montag, den 2. Dezember angesetzt.

In diesem Moment hob mein Anwalt den Finger. Euer Ehren, sagte er. Wir beantragen die Freilassung meines Mandanten auf Kaution. Er hat keine Vorstrafen, nicht mal einen Strafzettel. Er ist Irakveteran. Mit Auszeichnung.

Ein Soldat, wie?

Ich nickte. Ja, Sir. 1. Bataillon, 7. Regiment, 1. Division. In Mosul stationiert.

Der Richter musterte mich eine Zeit lang und nickte dann langsam. Wir sind Ihnen Dank schuldig, sagte er.

Danke, Sir.

Ich hoffe, Sie haben die Taten, die man Ihnen zur Last legt, nicht begangen.

Nein, Sir. Das habe ich nicht.

Unter diesen Umständen, sagte der Richter, und weil keinerlei Vorstrafen vorliegen, sowie in Anbetracht der Dienste für unser Land wird eine Kaution von 750.000 Dollar festgelegt. Er schlug mit dem Hammer. Nächster Fall.

Der Staatsanwalt, ein geschniegelter Kerl mit strahlend weißen Zähnen und roter Krawatte, wollte sich damit nicht abfinden. Euer Ehren, sagte er. Ich bin der Auffassung, Sie sollten den Fall noch einmal überdenken. Er steht unter Mordverdacht.

Der Richter nahm die Brille ab und funkelte ihn an. Wir haben bislang nur einen Verdacht, sagte er. Ich habe meine Entscheidung getroffen. 750.000 Dollar.

Mein Anwalt sagte etwas zu mir, das ich aber nicht verstand. Vermutlich sollte ich Dankbarkeit zeigen. 750.000 Dollar? Das bedeutete – wie viel? 75.000 Dollar für den Kautionsagenten? Das war genauso, als hätte ich keine Kaution bekommen. Die Gerichtsdiener führten mich zurück in die Gemeinschaftszelle. Jetzt würde es nicht mehr lang dauern. Man würde mich entlausen, waschen, mir eine Gefängnisuniform, ein Handtuch und Bettzeug ausgeben und mich dann wieder in meinen Stahlkäfig bringen.

• • •

In den folgenden paar Nächten starb ich tausend Tode. Am knorrigen Ast einer Kastanie hängend. Langsam in einem schmutzübersäten Teich untergehend. Mit gezackten Wunden an den Handgelenken langsam verblutend …

Dann fiel frühmorgens, als ich noch auf meiner Pritsche lag und die Risse in der Betondecke anstarrte, ein langer Schatten in meine Zelle. Ich hörte das Klappern jener besonderen Schlüssel, dann das dumpfe Knirschen der Stahltür, die geöffnet wurde. Ich setzte mich auf. Ein milchgesichtiger Wachmann mit Bulldozerfigur stand an der Schwelle, die Hand fest um den Schlagstock geschlossen.

Joseph Downs?, sagte er.

Ich stand auf. Ja, Sir.

Mitkommen.

Er packte mich am Arm, und wir gingen durch den Gang. Wohin gehen wir?, sagte ich.

Ihre Kaution wurde hinterlegt.

Meine Kaution?

Ja.

Wer hat das getan?

Er gab keine Antwort.

Wir kamen an die Pforte. Der Polizist hinter dem Empfang ließ mich ein Formular unterschreiben, ehe er mir eine Tüte mit meinen Sachen aushändigte. Dann gab er mir ein anderes Formular, auf dem mein nächster Gerichtstermin stand. Das war alles. Ich durfte gehen. Ich griff in die Tüte, holte meinen Tabak heraus und rieb mir etwas unter die Lippe. Dann nickte ich dem Beamten zu. Wiedersehen, sagte ich. Und ging.

• • •

Ich wusste nicht, was ich von alldem halten sollte. Ich hatte keine Freunde. Die Luft draußen war kalt, der Wind pfiff.

Ich ging den Highway entlang und streckte den Daumen raus. Ab und zu wurden Autos langsamer, aber sobald die Fahrer mein Gesicht sahen, gaben sie wieder Gas. Ich vergrub meine Hände in den Taschen und murmelte ein Gebet.

Als ich endlich zum Hotel Paisano kam, hatte sich eine dünne Wolkendecke über den Mond gelegt. Ich schlich mich durch die Hintertür rein und stieg die Treppe hinauf. Irgendwo klingelte ein Telefon, niemand hob ab. Völlige Verlassenheit. Endlich war ich vor meinem Zimmer, öffnete die Tür. Mehrere Tage waren vergangen. Meine Tasche war weg. Und das war nicht alles. Ein dürrer alter Mann mit eingefallener Brust und Einstein-Frisur saß auf dem Bett, die Augen verdreht. Auf seinem Schoß saß die Nutte und summte ein patriotisches Liedchen. Eine rosa Perücke, nackter Rücken. Ich sah einen Augenblick zu, dann schloss ich die Tür.

Ich setzte mich in den Flur und spielte Messerspicken mit meiner Hand. Ich begann darüber nachzudenken, wie viel Glück ich gehabt hatte, dass ich den Krieg überlebt hatte und dass ich auf Kaution aus dem Gefängnis gekommen war und dass ich in den nächsten Tagen ganz bestimmt mal bei Lilith McClellan vorbeischauen würde …

Ich ging hinunter in die Lobby. Die blauhaarige Frau saß an der Rezeption und hatte den Kopf auf den Tresen gelegt. Ich schlug auf den Tresen, und sie schoss in die Höhe. Als sie mein Gesicht sah, stieß sie einen unterdrückten Schrei aus. Es dauerte einen Moment, bis sie die Fassung wiedergewann.

Entschuldigung, sagte sie. Sie haben mich erschreckt.

Mein Zimmer, sagte ich. Ich hatte noch nicht ausgecheckt.

Ich dachte, Sie würden fürs Erste nicht wiederkommen …

Wo ist meine Tasche?

Sie deutete mit dem Kopf auf einen Schrank. Ich hol sie, wenn Sie wollen, sagte sie. Ein Missverständnis. Hoffentlich kommen Sie beim nächsten Mal wieder ins Paisano …

• • •

Ich blieb die Nacht über im Auto. Ich schnupfte Tabak, trank Schnaps, hörte The Handsome Family. Irgendwann begann es zu regnen, und unter dem gleichmäßigen Getrommel schlief ich ein.

Ich träumte von Lilith, und dass wir in der alten Grubenhütte tanzten und der Boden voller Ratten war, mehrere Schichten Ratten, die übereinanderkrabbelten und an anderen toten Nagern knabberten, und dass Lilith, als ich sie an mich zog, keine Haut mehr hatte, es war nur ein bleicher weißer Schädel übrig, und ich stieg eine dunkle Treppe hinab …

• • •

Ich erwachte, weil jemand an die Scheibe klopfte. Mir blieb das Herz stehen, und ich riss die Augen auf. Beklommen kurbelte ich das Fenster runter. Eine Taschenlampe leuchtete mir ins Gesicht. Ich zwinkerte und hielt mir einen Arm vor die Augen. Der Wind pfiff, der Regen peitschte. Die Taschenlampe wurde gesenkt, und ich sah grausame Augen unter einer grauen Wollmütze. Der Fremde. Ich öffnete den Mund, um was zu sagen.

Er hob eine Pumpgun und zielte auf meine Stirn.

13. Kapitel

Tür aufmachen, sagte er und deutete auf die Beifahrerseite. Ich öffnete die Verriegelung. Der Fremde ging hinten um das Auto herum, ohne den Lauf von meinem Kopf zu wenden. Er machte die Tür auf und kletterte auf den Sitz. Seine Augen waren blutunterlaufen, und er stank wie ein Schafbock.

Motor anlassen, sagte er. Wir drehen ne Runde.

Also fuhren wir los. Er sagte mir, wie ich fahren sollte, wie schnell, wo abbiegen, und hielt die ganze Zeit die Waffe ruhig und gerade.

Schließlich waren wir auf dem Highway 52. Es war weit nach Mitternacht. Auf der Straße waren keine anderen Autos. Ich konnte seinen Atem rasseln hören. Ich fragte mich, ob er mich erschießen wollte. Ich fragte mich, ob ich meinen Körper von oben sehen würde. Noch ein paar Meilen, sagte er.

Ich stellte keine Fragen. Ich fragte nicht, wer er war. Ich fragte nicht, was er wollte. Das würde er mir bald selbst sagen. Oder auch nicht. Es war völlig egal. Eigentlich war alles egal …

Ein Schild kündigte Dacono an. Er befahl mir, dort abzufahren. Es schneite mittlerweile stärker, die Sicht war schlecht. Ich schaltete das Fernlicht ein, aber dadurch wurde es noch schlechter. Wir überquerten die Grenze zwischen zwei Countys, fuhren entlang weißer Felder, ehe wir durch ein Dorf kamen, in dem es nichts gab außer einer Kneipe und einer

Post. Wir bogen in einen Feldweg und rumpelten eine Zeit lang dahin. Dann ließ er mich anhalten.

Wir waren am Ende der Welt, und der Mann neben mir war der Teufel, der mir nun die Rechnung präsentieren würde …

Motor ausschalten, sagte er.

Ich tat es.

Haben Sie diesen Nick McClellan umgebracht?

Ich gab keine Antwort.

Sie können's mir sagen. Es spielt keine Rolle mehr. Außerdem. Finden Sie nicht, dass ich's verdient hab, das zu erfahren? Nachdem ich mein ganzes Erspartes für Ihre Kaution hingelegt hab?

Ich drehte mich zu ihm. Mein Mund war ausgetrocknet. Mir schwirrte der Kopf. Lang würd es nicht mehr dauern.

Was wollen Sie von mir?, flüsterte ich.

Er zögerte einen Augenblick. Dann schlug er mir den Gewehrlauf gegen die Schläfe. Mein Kopf prallte gegen das Fenster. Ich legte meine Hände aufs Gesicht. Er zielte mit der Pumpgun darauf. Sie wissen, was jetzt passiert, Soldat?, brüllte er. Ihr Schädel wird platzen wie eine Kokosnuss.

Danach sagte er lange Zeit nichts mehr. Schließlich wurden seine Arme schwer, und er senkte die Waffe, legte sie sich auf den Schoß. Ich blickte vorsichtig hinüber, überlegte, ob ich es wagen sollte. Dachte, besser nicht.

Im trüben Licht wirkten seine Wangen eingefallen, seine Haut gelblich. Als er wieder zu sprechen begann, lagen Unheil, Krankheit, Tod in seiner Stimme. Er sagte: Ich will Ihnen von meinem Sohn erzählen. Sie sollten da ein paar Dinge wissen.

Plötzlich wurde mir klar, wohin das alles führen würde. Ich wollte nichts davon hören.

Er war Soldat. Wie Sie. Selbes Bataillon. Selbes Regiment. Selbe Division.

Die Wahrheit, die Wahrheit. Wer entscheidet darüber?

Hat sich im März verpflichtet. Drei Monate später war er in der Wüste. 50 Grad. In voller Montur. Trat Türen ein, kämpfte gegen die Aufständischen. Mein Sohn. Mein guter Sohn.

Aber er hat's nicht lang gemacht, oder? Ist gefallen. Ein Soldat kam zu uns nach Hause. Meine Frau sank auf die Knie. Er hat uns die Geschichte erzählt. Wie der Konvoi meines Sohns auf eine Sprengfalle fuhr. Wie's zur Explosion kam. Wie er bis zur Unkenntlichkeit verbrannte. Dass sie nur herausbekamen, wer er war, weil ein anderer Soldat eine seiner Marken zu fassen bekommen hatte. Und er gab mir die Marke. Legte sie mir selbst in die Hand. Ein Andenken an seinen Tod.

Der Fremde hörte auf zu reden und starrte mich an. Die Wut in seinem Blick war Traurigkeit gewichen, Resignation. Endlich sagte auch ich etwas, weil ich die Stille nicht mehr aushielt. Ich versteh's immer noch nicht. Was hat das alles mit mir zu tun?

Seine Augen wurden schmal, seine Unterlippe zuckte. Er begann zu nicken, auf und ab, auf und ab, auf und ab … ich dachte, er würde nicht mehr aufhören. Er sagte: Auf der Müllkippe haben Sie mir eine Marke gezeigt.

Ja? Und?

Was ist mit Ihrer zweiten Marke?

Was meinen Sie damit?

Komm schon, Joseph, oder was dein Scheißname wirklich ist. Jeder Soldat kriegt zwei Marken.

Ich schüttelte den Kopf, sagte: Die andre hab ich verloren.

Schwachsinn!

Der Fremde packte meine Hand und drückte mir etwas hinein. Ich saß da, saß lange nur still da und hielt das Metallplättchen umklammert. Dann öffnete ich langsam die Finger und blickte auf meine Handfläche.

Eine Marke. Downs. Joseph. Meine Vergangenheit löste sich auf, wurde vernichtet. Mit zitternden Händen nahm ich die Marke von meinem Hals und verglich sie mit der in meiner Hand.

Sie waren identisch.

Das muss ein Irrtum sein, sagte ich.

Er drückte mir den Gewehrlauf mitten auf die Stirn. Das war kein Irrtum. Ich hab eine Weile gebraucht und musste nachbohren, aber jetzt weiß ich, was passiert ist. Ich weiß –

Einen Scheiß wissen Sie, sagte ich.

Ein Adrenalinstoß schaltete jeden Gedanken aus. Als ich wieder zu mir kam, rang ich um das Gewehr und es gab eine ohrenbetäubende Explosion. Kurz dachte ich, ich wäre tot. Aber das stimmte nicht. Meine Hände hatten Lauf und Kolben des Gewehrs gepackt. Wir kämpften, und auf seinem Gesicht stand nackte Angst, die Adern an seinem Hals traten hervor. Ich war jünger und stärker, und schließlich gelang es mir, ihm die Waffe gegen den Hals zu pressen. Er drückte dagegen, aber seine Muskeln und sein Wille fingen an zu erlahmen. Er konnte nicht mehr atmen, und seine Augen traten hervor. Zuletzt lockerte er den Griff um die Waffe. Ich konnte mir etwas Platz verschaffen. Ich riss das Gewehr jäh zurück, zielte auf sein Gesicht und drückte ab. Blut und Hirn klatschten gegen die Scheiben und auf mein Hemd. Der Teufel war tot, und ich war meinem Zuhause wieder etwas näher gekommen.

• • •

Lange saß ich nur da und hörte auf das Rauschen meines Bluts. Ich wusste, wer ich war.

Auf der Pritsche meines Pick-ups lag eine Schaufel. Ich schaltete die Scheinwerfer ein und stieg aus. Überall um mich herum wirbelte der Schnee. Ich ging ein Stück von der Straße weg und fing zu graben an. Der Boden war hart gefroren, das Schaufeln war mühsam. Ich brauchte bestimmt dreißig Minuten, bis ich ein flaches Grab geschaufelt hatte. Ich schwitzte trotz der Kälte. Ich schlurfte zurück zu meinem Wagen und öffnete die Beifahrertür. Tod und Zerstörung. Ich griff mit beiden Händen unter die Arme des Fremden und zerrte ihn aus dem Auto. Er war nicht schwer, und ich schleifte ihn über den Schnee zum Grab und rollte ihn die letzten paar Schritte in seine Ruhestätte. Schwer atmend wischte ich mir Schweiß und Schnee von der Stirn und bedeckte die Leiche mit Erde und Schnee, dann sank ich auf die Knie und betete mit aller Kraft zu Jesus Christus.

•••

Ich stieg in den Truck und fuhr. Tammy Wynette sang davon, wie sie zu ihrem Mann hielt. Die Weizenfelder um mich herum lagen in tiefster Dunkelheit. Während meine Scheinwerfer durch die Nacht pflügten, hatte ich Angst, verloren zu gehen. In der Ferne tauchten die Lichter eines Sattelzugs auf, die so lange unbeirrt auf mich zuhielten, dass ich daran zweifelte, ob ich sie je erreichen würde. Doch plötzlich waren sie direkt vor mir, und ich hielt mir eine Hand vor die Augen. Mein Chevy wackelte, als das schwere Gespann vorbeirauschte. Ich sah den roten Heckleuchten im Rückspiegel nach, wie sie kleiner und kleiner wurden und im Nichts verschwanden. Dann war ich wieder allein. Erneut kroch die alte

Kälte in mir hoch, rasch und unerwartet. Ich rang nach Atem. Ich stieg auf die Bremse, und der Wagen kam quietschend zum Stehen. Ich schaltete die Scheinwerfer aus, und die Welt ging unter. Auf einmal hatte ich das seltsame Gefühl, dass ich auf meinen eigenen Hinterkopf starren würde.

Panisch stürzte ich aus dem Pick-up, ließ die Fahrertür auf und den Motor laufen. Ich stand auf der County Road 13 und starrte in endlose Meilen von Nichts. Wie ein Idiot lief ich die Straße entlang, ich lief einfach, so schnell ich konnte. Ich wusste nicht, ob ich es noch länger mit mir aushalten konnte.

• • •

Zurück in Stratton. Auf allen Straßen war es ruhig, still, bis auf das Geraschel der toten Blätter, die auf ihre Gräber zu trieben. Die Fabrikschornsteine im Süden stießen Rußsäulen in den schmutzigen Himmel, eine Opfergabe der Menschen für Gott. Ich fuhr die Main Street entlang zu einem Liquor Store. Meine Kleidung war blutbeschmiert. Ich trat ein, mit schleppendem Gang wie ein Zombie. Die Fenster waren vergittert, und der Mann an der Kasse verfolgte meine Suche nach dem billigsten Gin mit misstrauischem Blick. Ich bezahlte den Schnaps, und noch als ich zum Auto zurückwankte, drehte ich den Verschluss auf. Dann saß ich im Truck und trank. Ich trank viel. Mein Kopf fiel unkontrolliert hin und her, die Zunge hing mir aus dem Mund. Das Gewehr des Teufels lag auf meinem Schoß.

Kreuz und quer fuhr ich durch die Stadt. Ich wusste, wohin ich wollte, aber nicht, was ich dort tun würde. Mein Name war Joseph Downs und ich stammte aus einer Kleinstadt in

Ohio. Ich wurde in Mosul verwundet, als unser Humvee in die Luft flog. Ich wusste, wer ich war.

• • •

Ich parkte am Rand ihres Grundstücks und stellte den Motor ab. Mein Truck stand versteckt im Schatten eines Wacholders. Die Fenster des kleinen Ranchhauses leuchteten orange, die Vorhänge waren zugezogen. Ab und zu sah ich die Silhouette einer Frau, dann wieder die Silhouette eines Mannes, die durch die leere Diele gingen.

Ich stellte das Radio an und hörte einem Südstaatenprediger zu, der mir einen Schauder über den Rücken jagte. Der Mond war ein böses Grinsen auf dem Basalthimmel.

In der Nacht kam niemand aus dem Haus. Ich beobachtete, wie die Lampen erloschen. Erst in der Küche. Dann im Wohnzimmer. Zuletzt im Schlafzimmer. Das Haus war dunkel. Ich zwang einen letzten Schluck hinunter, schloss die Augen und schlief ein.

• • •

Früh am nächsten Morgen sah ich ihn. Groß, kräftig, auch gut aussehend. Der *vaquero* aus der Bar. Seine Jeans hatte er in die Cowboystiefel gesteckt, und er trug eine braune Carhartt-Jacke. Eine Weile stand er draußen und blickte über die Ödnis zu einem einsamen Windrad, dessen metallene Rotorblätter und hinteres Flügelrad in der dunstigen Wintersonne leuchteten, lila, pink, orange. Er ging ganz langsam zu seinem Auto. Dabei pfiff er ein Lied, das ich noch nie gehört hatte. Dann stieg er ein und ließ den Motor an. Ich hörte die gedämpften Klänge der Los Ponchos aus seinem Radio. Er legte einen Gang ein und fuhr los, direkt an mir vorbei, Staub und Schmutz aufwirbelnd.

Etwas Zeit verstrich. Ich stieg aus dem Pick-up. Der Schnee knirschte unter meinen blutbefleckten Stiefeln. Im Schlafzimmer ging Licht an, und ich sah Lilith am Fenster stehen. Sie trug ein langes weißes Nachthemd, ihr Gesicht wie aus einer anderen Welt. Ich stand vor meinem Leichenwagen und ließ das Gewehr runterbaumeln, als wäre es ein Stahlfortsatz meiner Hand. Irgendwo in der Ferne pfiff ein einsamer Zug. Ich strich mir das Haar zurück und ging langsam auf die Tür zu. Und jetzt wusste ich, was ich tun würde, was ich tun musste. Man hat keine Wahl. Es gibt keinen freien Willen.

Zweiter Teil:
Benton Faulk (2003)

»There was something terrible in me sometimes at night
I could see it grinning at me I could see it through
them grinning at me through their faces it's gone now
and I'm sick ...«
(William Faulkner, *The Sound and the Fury*)

14. Kapitel

Mein Vater hielt Ratten im Keller, Hunderte von Ratten, in Metallkäfigen, aufeinandergestapelt in einem Regal aus Betonziegeln. Mann, war das ein Anblick, wenn diese räudigen Ratten mit ihren schwarzen Knopfaugen von unten raufschauten und einem am liebsten mit ihren peststarrenden Zähnen das Fleisch vom Körper genagt hätten. Und in der Kellermitte stand ein großer rechteckiger Tisch voller Laborgläser, Bunsenbrenner, Pipetten und Notizbücher mit Formeln und weiß der Teufel was, und die Leute auf dem Berg tuschelten und sagten, was treibt der bloß da unten, das kann doch nichts Rechtes sein, aber mir war das egal, weil Dad mehr wusste als sie alle zusammen und ich ihm mehr vertraute als allen Ärzten mit ihrem Kopfschütteln und Hm, hm, hm.

Und jetzt, wo Mutter mit schrumpfenden Muskeln und kreischender Stimme im mottenzerfressenen Nachthemd im Bett lag, zeigte mir Vater die Christratte, ganz allein, in einem Käfig für sich, ruhig und mit wachen Augen, und sagte, drei Tage, mein Junge, und keine Symptome. Nur ein bisschen Tetrabenazin und Paroxetin gemischt. Das Gegenmittel, ein Gottesgeschenk. Weiß gar nicht, warum ich nicht früher draufgekommen bin! Und da fiel mir auf, dass Vaters Augen irgendwie wie die Rattenaugen aussahen, aber trotzdem glaubte ich nicht, was die Leute im Laden sagten, glaubte ich nicht, dass er reif für die Burg war.

Und einen Stock darüber lief ich hin und her, genau wie unten die Ratten im Käfig, und war ziemlich mies drauf und hoffte, dass niemand kam und nach mir sah, denn die Wohnung war ein einziges Chaos, überall Kleidung, Decken, Kissen und Dosen und Teller, und vielleicht würden sie sagen, also, jetzt reicht's, jetzt kommt das Jugendamt und holt dich. Sie könnten sagen, Zeit, dass du zu Pflegeeltern kommst, oder noch Schlimmeres! Ich ging in meinen Stiefeln über die knarrenden Dielen durchs Wohnzimmer, zog die Vorhänge auf und starrte hinaus. Der Berg war schneebedeckt, und erst da merkte ich, dass das ganze Haus eiskalt war, kälter als ein Pinguinbürzel, oder wie das heißt, daher holte ich Holz aus einer Zimmerecke und schichtete es im Kamin auf, und als die ersten Flammen lustig tanzten, war ich müde und legte mich auf die Couch und schnupfte ein bisschen Tabak und schlief ein. Später war ich wieder wach und hatte Kopfweh und hörte, wie mein Vater traurige Lieder sang und schluchzte, und ich wusste, dass er wieder heimlich selbstgebrannten Bourbon getrunken hatte, der bringt dich noch um, hatte ich mal zu ihm gesagt, und er lächelte nur und sagte, lieber an einer kaputten Leber sterben als an gebrochenem Herz, und ich hab gelacht und gesagt, das stimmt, Dad, das stimmt.

Unruhig und vielleicht auch ein bisschen mehr als unruhig ging ich zum Schrank und holte meine Flanelljacke raus, weil ich überlegte, ob ich nicht einfach rausgehen sollte, vielleicht durch die Berge und die Höhlen ziehen sollte, aber gerade als ich den rechten Arm in den Ärmel gesteckt hatte, hörte ich die Stimme meiner Mutter, schwach, aber immer noch schrill, meinen Namen rufen: Benton … Benton … Benton. Einen Moment überlegte ich, ob ich sie einfach überhören sollte, aber dann bekam ich ein schlechtes Gewissen, und ich ging langsam zum Schlafzimmer, aus dem durch den Schlitz unter der Holztür der Gestank von Krankheit drang.

Ich blieb eine Zeit lang vorm Schlafzimmer stehen und hoffte, sie würde aufhören mit dem Rufen, aber sie war hartnäckig, und deswegen öffnete ich die Tür, und dann stand ich nutzlos da, blickte mit hängenden Armen auf den Boden. Ich hörte sie atmen, laut, und mir wurde schlecht, und ich hatte Angst, ich müsste mich übergeben.

Mir geht's nicht gut, sagte sie, obwohl ich das schon Millionen Mal gehört hatte, schon jahrelang. Ich werd nicht mehr lang leben, Benton. Bald bin ich nicht mehr, und allen ist das egal. Ich werd in einen billigen Sarg gesteckt und vergraben, und dann haben die Würmer ihre Freude an mir, was meinst du? Ist es dir auch egal, wenn ich unter der Erde bin?

Und als ich sagte, nein, das ist es nicht, und dass ich sie lieb hab, weil sie meine Mutter war und es sechzehn Stunden gedauert hatte, bis sie mich auf die Welt gebracht hatte, lachte sie nur, lachte laut und sagte, dass ich ein Schwindler bin, und dass das kein Vorwurf ist, weil sie eine schreckliche Mutter war, und mir und meinem Vater gegenüber untreu, ich sollte meine Liebe lieber nicht an sie verschwenden, weil es auf der Welt nur soundso viel Liebe gibt und man seine Liebe besser für jemand aufspart, für den's auch eine Erlösung gibt.

Dann wollte sie, dass ich mich zu ihr setze, und vor dieser Bitte habe ich mich immer am meisten gefürchtet, nicht weil ich sie nicht lieb gehabt hab, sondern weil ich nicht gern in der Nähe von Krankheiten war, da hatte ich Angst, dass sie auf mich überspringen.

Sie saß aufrecht, den Kopf auf mehrere Kissen gestützt. Ihr Gesicht war grau, aschfahl, wächsern, die Augen eingefallen, und der Mund hing schief, in ewigem Hohn erstarrt. Nur die Haare, lang und gewellt und schwarz, sahen aus wie die von meiner Mutter. Ihre nackten Arme lagen auf dem Quilt, aber sie waren bedeckt von seltsamen Narben.

Ich wollte sie nicht ansehen, daher blickte ich das Stahlkreuz an der Wand an. Die Ärzte sind ratlos, sagte sie. Aber sie haben keine Schuld. Ich hab die Krankheit direkt vom Teufel. Unter meiner Haut krabbeln Parasiten!

Ich sagte ihr, dass sie gesund würde, dass Dad ein Mittel finden würde, dass seine Arznei ein Treffer war und bei der Christratte schon wirkte, deswegen würde sie auch bei ihr wirken.

Sie grunzte nur, und dann fragte sie, wie's in der Schule lief. Ich hab ihr nicht erzählt, dass ich nicht mehr hinging, weil ich wusste, dass sie das traurig machen würde. Stattdessen sagte ich, dass ich lauter Einser und Zweier hatte, dass ich im Debattierclub war, im Footballteam. Ich sagte, dass ich wahrscheinlich ein Stipendium bekommen würde – ach, das müsstest du sehen, wie diese Luschen von Verteidigern mich tacklen wollen! –, und ich erzählte ihr, dass ich mit einem netten Mädchen ging, die an Gott glaubte und Pferde mochte, und dass wir heiraten wollten. Tja, da geriet Mama ganz aus dem Häuschen! Sie fing an zu weinen, Freudentränen, und sie sagte, ich hab immer gewusst, dass du was Besonderes bist, gleich am Anfang, als ich dich bekommen hab.

Ich saß eine Zeit lang bei ihr, und sie hielt meine Hand, und ich wünschte mir, dass sie einschlief und ich gehen konnte. Aber sie schlief nicht ein, so dass ich irgendwann sagte, ich muss gehen und lernen, und Mama sagte, dass sie stolz auf mich war und hoffte, dass ich sie bald wieder besuchen würde, bevor es zu spät war, bevor sie im Nichts verschwand.

Dann ging ich aus dem Haus. Es schneite, und ich zitterte. Ich war sechzehn, aber ich hatte kein Auto, daher musste ich den ganzen Weg laufen, was im Sommer nicht so schlimm war, aber im Winter war's kalt und ätzend. Ich ging auf einem Schotterweg und sah, dass aus allen Kaminen Rauch aufstieg, und Grandpa Skinner tauchte mit einem Bündel Holz unter jedem Arm hinter einem rostigen Ford Pick-up auf, und ich winkte ihm zu und rief guten Tag, aber er grunzte nur und ging einfach weiter. Ich war das gewohnt, das war schon immer so, jammern bringt nichts.

Bis ich in der Gold Street war, waren meine Füße Eisklumpen, und in meinem Kopf krachte und knirschte es. Die Gold Street war eigentlich keine richtige Straße, sondern auch eher ein Schotterweg, aber da gab's eine Schule und eine Kirche, einen Laden und ein Café, das Miner's Café, und dorthin ging ich gern mal, weil Constance Durban dort bediente und mir manchmal zuzwinkerte. Ich blies mir in die Hände und öffnete die Tür, und drinnen war keiner außer Eli Wyatt am Tresen. Er hatte seine langen weißen Haare zum Pferdeschwanz gebunden, und seine roten Backen waren unter einem jahrzehntealten Bart versteckt, und ich fragte mich, ob Constance kommen würde oder ob heute ihr freier Tag war, aber ich sagte nichts, weil ich Eli nicht misstrauisch machen wollte und damit er nicht sagte: Was interessierst du dich denn für die, die könnte doch deine Mutter sein! Daher schaute ich mir lieber die Kuchen und Sandwiches in der Glasvitrine an und versuchte so normal auszusehen, wie ich konnte. Jetzt sagte er, Na, wie geht's, Benton Faulk, wobei er den Tresen mit einem Lappen abwischte. Hast du keine Schule?

Ich sagte nein, sagte, dass meine Mutter krank war und mein Vater wollte, dass ich daheim blieb und ihm half, aber ich sagte nichts von der Christratte, und Wyatt nickte nur und sagte, es ist wirklich schlimm, dass Catherine krank ist.

Ich sagte, ja, das stimmt, dann bestellte ich ein Root Beer, aber keins aus dem Zapfhahn, sondern das in der Flasche mit der alten Schrift drauf, und er nickte langsam, wischte sich die Hände an der Schürze ab und holte eine Flasche aus dem Kühlschrank. Er öffnete sie und goss das Root Beer in ein geeistes Glas, dann fragte er, ob ich ein Stück Kirschkuchen möchte, er würde mich einladen, und ich sagte, das ist sehr nett, der Kuchen sieht lecker aus. Und er sah wirklich lecker aus – man konnte die Kirschen sehen, die den Deckel durchbrochen hatten, und sie sahen süß und saftig aus.

Dann saß ich ganz allein am Ende eines langen metallenen Picknicktischs und trank Root Beer und aß Kirschkuchen und sah zu, wie der Schnee fiel. Und kurz nach fünf ging die Cafétür auf, und Constance Durban trat ein, und sie schien jetzt schon müde und abgespannt, obwohl ihre Schicht noch gar nicht angefangen hatte, aber ich fand, dass sie die schönste Frau der Welt war. Sie war groß, ein bisschen kräftig vielleicht, und hatte leuchtend rotes Haar. Als sie mich sah, zwinkerte sie mir heimlich zu, und ich schwöre, dass mein Herz einen Satz machte, wirklich, wie ein Hase mit einem Knallfrosch im Hintern, oder wie das heißt.

Ich beobachtete sie, wie sie ihre Schürze umband, wie sie sich eine Haarsträhne aus dem Gesicht strich, wie sie mit Eli Wyatt rumalberte, zu den Gästen ging, Kaugummiblasen platzen ließ, in ihrem Notizblock blätterte.

Und in den folgenden ein oder zwei Stunden trank ich ein Root Beer nach dem anderen, bis mir der Bauch wehtat, und ab und zu sah sie zu mir, und die Welt war nicht so beschissen, und ich dachte nicht an Moms Krankheit und Dads Ratten und mein Leben.

15. Kapitel

In jener Zeit las ich viel, nur keine Schulbücher, sondern eine Comic-Reihe, *Fight to the Finish*, und die handelte von dem Soldaten, ein Wahnsinnstyp, der zögerte keine Sekunde, alle Araber plattzumachen, wenn Amerika dadurch sicherer wurde. Er hielt sich an keine Regeln, und wenn sich andere in Feldlagern verschanzten, spazierte er einfach in eine Moschee voller Dschihadisten und verpasste jedem der Mistkerle eine Kugel, und aus ihren 72 Jungfrauen wurde auch nichts, das stand schon mal fest. Aber er machte nicht nur Leute platt, er hatte auch ein gutes Herz, weil er zum Beispiel einen kleinen irakischen Jungen aus einem einstürzenden Haus rettete, was ja nicht so viele Soldaten tun würden, schätz ich mal.

Ich dachte, dass ich mit achtzehn sofort zur Army gehen würde, dachte, dass ich aus Silverville weg würde, sobald's ging, um gegen diese ganzen Terroristen in der Wüste zu kämpfen, und dass ich natürlich auch an Constance schreiben würde: Liebe Constance! Ich hoffe, dir geht's gut. Es ist schwer, den Irak zu beschreiben, ein Riesengemetzel überall. Erst gestern waren wir auf Patrouille und haben eine tote Irakerin in ihrem Auto gesehen, sie hatte Mund und Augen offen, so als ob sie gleich schreien würde. Irgendwie tu ich nichts anderes als dasitzen und warten und denken, dass ich jeden Tag sterben könnte, aber ich hoffe, es ist alles gut in Silverville und mit dem kleinen Timmy. Sag ihm, dass ich, so

Gott will, bald heimkomme. Ich liebe euch beide mehr als mein Leben!

Unterdessen werkelte Dad ununterbrochen im Keller vor sich hin, stach Nadeln in Ratten und murmelte die Ergebnisse in den Kassettenrekorder: morphologische und elektrophysiologische Veränderungen in Striatum und Cortex. Reduzierte Membrankapazitanz und erhöhter Eingangswiderstand bei den Neuronen erkrankter Mäuse. Schrumpfung von somatischer Größe, dendritischem Feld und pyramidalen Neuronen im Cortex. Und die Christratte, ganz allein, in einem Käfig für sich, seit fast einer Woche symptomfrei.

Was Mutter anging, so hatte sie schon überall Zuckungen, das Anfangsstadium der Chorea. Ihr Kiefer verkrampfte sich, das Sprechen fiel ihr schwer, schlucken konnte sie auch nicht mehr richtig. Wenn sie was sagte, war es wirr, und ich verstand sie nur manchmal. Wenn sie weinte, dann wie ein kleines Mädchen, und ich weinte ebenfalls, während die schwarzen Kiefern draußen vorm Fenster bedrohlich schwankten.

Dr. Tanner kam, um meine Mutter zu untersuchen. Er trug einen grauen Anzug, der ihm zu groß war. Auch sein grauer Bart war zu groß. In der Hand hatte er eine alte braune Arzttasche, aus Leder, glaub ich, aber ich glaube nicht, dass wirklich etwas drin war. Gut aufgelegt betrat er das Zimmer meiner Mutter, scherzte mit Vater und lachte dröhnend wie ein zweibeiniger Lachsack. Mein Vater, gekrümmt wie Quasimodo, brabbelte was von Tetrabenazin und Paroxetin, aber der Doc hörte ihm gar nicht zu.

Sie blieben lange im Zimmer. Ich saß in unserem Schaukelstuhl und dachte an den Kirschkuchen und das Root Beer und an Constance Durban und hörte meine Mutter schreien. Und dann kamen der Doc und mein Vater raus, und der Doc lachte nicht mehr. Er redete leise auf meinen Vater ein, und dann legte er mir die Hand auf die Schulter und sagte, ich soll gut auf mich aufpassen, und ich dachte an die Zeit, als Mutter noch gesund war und alles nicht so traurig.

Eine Stunde später stand ich in Lucky's Liquors und redete mit dem alten Henderson, dem mit dem Kropf wie ein Golfball. Ich sagte, dass ich für meinen Vater eine Flasche Whiskey holen sollte, aber er glaubte mir nicht. Er sagte: Für einen Gauner wie dich setz ich doch meine Lizenz nicht aufs Spiel, und dann lachte er, als wär's ein Witz, aber ich wusste, dass es keiner war. Ich sagte, kein Problem, ich würd Dad einfach sagen, dass er selber losmuss, um seinen Schnaps zu kaufen, was für den Kropfkopf anscheinend okay war, und dann wartete ich, bis er sich umdrehte, und schnappte mir irgendeine Flasche und schob sie mir unters Hemd und sagte, also dann, bis zum nächsten Mal, Mr. Henderson, hoffentlich schneit's heut Nacht nicht so viel.

Draußen schaute ich aufs Etikett der Flasche: Jelínek's Sliwowitz. Ich schraubte den Deckel ab und nahm einen großen Schluck. Es schmeckte furchtbar, aber nach ein paar weiteren Schlucken gewöhnte ich mich dran, und ich fühlte mich besser, und die Eisluft fühlte sich auch wärmer an.

Ich betrank mich also ein bisschen und lief ein bisschen durch Silverville, vorbei an den Hütten und Schuppen, und sang Weihnachtslieder und stolperte über herabgefallene Äste und lachte über irgendwelche Geheimnisse.

Irgendwie hab ich dabei nicht aufgepasst, denn plötzlich war ich weit in den Bergen und vielleicht auch ein bisschen verirrt, es regnete und der Wind pfiff. Ich hatte aber keine Angst, weil ich wusste, das Schlimmste, was passieren konnte, war, dass ich sterben würde, aber das war auch nicht viel schlimmer, als es schon war. Deswegen lief ich einfach weiter und sang weiter, aber jetzt sang ich leiser und langsamer.

Und dann geschah etwas Erstaunliches. Mitten im Nichts stieß ich auf eine alte eingestürzte Grube und nicht weit davon entfernt auf eine kleine Grubenhütte, und mich überkam das komische Gefühl, dass ich schon mal hier gewesen war, dass ich hier schon mal gelebt hatte, in einem anderen Leben vielleicht oder in einem anderen Jahrhundert, und dass ich ganz schreckliche Dinge getan hatte. Langsam ging ich auf die Hütte zu, und ich hatte Angst, aber dann dachte ich an den Soldaten und nahm mir einen langen geraden Ast und tat so, als wär das ein Gewehr, und schrie: Also gut, ihr verdammten Kanaken, kommt da raus jetzt, und zwar langsam und mit erhobenen Händen, oder ich knall euch eure umwickelten Rüben weg, das schwör ich beim wahrhaftigen Gott. Aber es kam keine Antwort außer dem Pfeifen des Winds und dem Plätschern des Regens, deswegen trat ich in die Hütte, in der's ganz staubig war, und außerdem gab's drinnen einen Holzofen, eine Gaslaterne, einen kaputten Stuhl und eine kleine Liege. Neben dem Kamin lagen Schaufel und Besen und ein Schürhaken, alle mindestens hundert Jahre alt. Ich ging in der Hütte auf und ab, und unter meinen Schritten knirschte der Boden wie trockenes Laub, und dann rasten mir schreckliche Vorstellungen durch den Kopf, halsbrecherisch schnell, und ich bekam wieder Angst, und diesmal konnte auch der Soldat nichts machen, dass es mir wieder besserging. Deswegen ging ich aus der Hütte, aber ich wusste ganz genau, dass ich wiederkommen würde. Das war mein neues Versteck, von dem niemand je was erfahren würde, außer vielleicht Constance, ihr würde ich alles erzählen.

Danach dauerte es noch eine ganze Zeit, aber am Ende fand ich wieder nach Hause, nur dass ich mich gar nicht darüber freute, weil als ich reinkam, saß mein Vater allein in der Küche und trank Bourbon, er hatte den Kopf in die Hände gestützt, völlig erledigt. Ich stand an der Schwelle und fragte, ob alles okay ist, Dad, du siehst ein bisschen blass aus. Er sah auf und schüttelte den Kopf und hob die rechte Hand, die in seinem Schoß gelegen hatte, und da spürte ich, dass es keine Hoffnung mehr gab, weil darin eine Ratte lag, und die war tot, und zwar die Christratte.

16. Kapitel

Dad wollte die Christratte nicht wegwerfen, weil er darauf wartete, dass sie wiederauferstehen würde. Unterdessen blieb die Schlafzimmertür abgesperrt, es gab keine Möglichkeit reinzukommen, obwohl ich's wirklich probiert hab, mehr als einmal. Oft hörte ich meinen Alten hinter der Tür schluchzen und beten, und da wusste ich, dass es wirklich schlimm war, weil Dad nie betete, jedenfalls nicht dass ich wüsste, und er ließ mich nicht zu ihr, nicht zu meiner eigenen Mutter. Wenn man mich fragt und ich wirklich ehrlich sein soll, dann glaube ich, dass er's aufgegeben hatte, nach einem Medikament zu suchen, weil er nicht mehr in sein Kellerlabor ging und die ganzen Ratten sich um sich selbst kümmern mussten. Ratten überleben nur eine bestimmte Zeit ohne Futter, dann werden sie zu Kannibalen, aber da sind sie auch nicht anders als wir, wenn wir mal ehrlich sind.

Und jedes Mal wenn er aus dem Zimmer kam, bat ich ihn, dass er mich zu Mutter ließ, sagte, dass ich schon Wochen nicht mehr bei ihr war, aber Dad ließ nicht mit sich reden. Je mehr du ihr auf die Nerven gehst, desto kränker wird sie! Kümmer dich um deinen eigenen Mist, hörst du!

In der Zwischenzeit rief auch dauernd eine Frau an, deren Namen ich immer vergaß, und sagte, ich sollte besser wieder in die Schule gehen, sonst würde das Jugendamt kommen, und das wäre dann gar nicht lustig, daher dachte ich, dass ich's mal wieder probiere, nicht für immer, nur bis ich diese Kuh los war. Natürlich war ich schon länger nicht mehr in der Schule gewesen, und ich hatte Angst, dass mich die Lehrer gar nicht mehr kennen würden, aber deswegen hätte ich mir nicht den Kopf zerbrechen müssen, absolut nicht! Alle kannten noch meinen Namen und wussten, wer ich war, und alle schienen sauer, dass ich wieder da war, so als würd ich ihnen nur das Leben schwer machen. Ts, ts, das ist ja schon eine Weile her, Benton Faulk, sagte der Lehrer mit der Hakennase und den Schuppen auf dem Kragen seines Jacketts, und ich gab ihm recht, es war schon ne Zeit her. Ich hab mich um meine kranke Mutter kümmern müssen, sagte ich. Oh, das tut mir wirklich leid, bla, bla, bla.

Ich saß also in allen Stunden in der letzten Reihe, die ganze Zeit mit einem schrecklichen Gefühl, das kann ich sagen, weil ich mich überhaupt nicht für Sinus und Kosinus oder Subjekte und Pronomen interessiere, auch für den Ersten und Zweiten Weltkrieg nicht. Und mittags gab's keinen, neben den ich mich setzen konnte, bis ich ein paar sah, die ich noch von früher kannte: Edward Kelly mit seinem Polohemd und dem superschlauen Grinsen; Tanner Fitzgerald mit Stoppelkopf, der so schwul lispelt; Billy Gallegos, das Pickelgesicht mit den Kuhaugen. Kann ich mich zu euch setzen?, sagte ich mit meinem Tablett in der Hand, Hackbraten mit Apfelmus und Schokomilch, und sie sahen sich an und lachten komisch, so dass ich auch zu lachen anfing, und es war, als würden wir alle über einen Riesenwitz lachen, wir vier Kumpel von früher. Und dann hatte ich eine Idee. Ich begann, ihnen alle Witze zu erzählen, die ich kannte, nur damit's immer so weiterging. Ich sagte: Wusstet ihr, dass eine Möse im Durchschnitt ein halbes Pfund wiegt? Wirklich wahr! Und wisst ihr, wie viel ein Arschloch wiegt? Sie waren total platt, richtig platt. Hey Billy, warum steigst du nicht auf ne Waage, dann wissen wir's!

Ja, also, der war doch echt lustig, aber von den anderen fand das keiner, und so standen sie bald alle auf und gingen, und ich saß ganz allein da, und kurz danach hab ich beschlossen, dass ich sowieso keinen Hunger mehr hatte, und ich ließ mein Tablett stehen und ging aus der Mensa und bin aus der Schule geschlichen und am nächsten und am übernächsten Tag gar nicht mehr hin.

• • •

Stattdessen war ich viel im Miner's Café, und Constance war wirklich nett zu mir. Sie hatte von meiner Mutter gehört – in einer kleinen Stadt spricht sich so was schnell rum –, und sie sagte, es tut ihr wirklich leid und sie weiß, wie's mir geht, weil sie auch erst vor Kurzem jemand verloren hat und dass ihr das immer noch jeden Tag das Herz bricht. Und sie trug ein Medaillon um den Hals, an dem sie herumspielte, und ich fragte, was für ein Bild da drin war, worauf ihre Augen feucht und rot wurden, weil der Gedanke an den Verlust und weiß der Teufel was sie traurig machte, und ich nahm meinen Mut zusammen und fragte, ob sie mal mit mir was trinken gehen wollte, und sagte, dass sie die hübscheste und netteste Frau in ganz Silverville war, aber sie meinte wohl, dass der kleine Benton nur einen Scherz gemacht hatte, und sie wischte sich die Tränen ab und lächelte ein bisschen und ging weg, mit langsamen wiegenden Schritten.

Danach zog sich die Zeit, die Minuten wurden zu Stunden, die Stunden zu Tagen, aber irgendwann wurde mir klar, dass es das Beste wäre herauszukriegen, wo Constance wohnte, daher hab ich eines Abends gewartet, bis sie Schluss hatte und ihr Trinkgeld abgerechnet hatte, und bin ihr gefolgt, immer mit ein bisschen Abstand, hinter einem Baum versteckt oder so, und da kam heraus, dass sie ganz in der Nähe wohnte, weil sie nicht mit dem Auto fahren musste, und wenn sie mich gesehen hätte, hätte ich einfach gesagt, Oh, hi, Miss Durban, ich gehe gerade nach Hause, ich bin Ihnen nicht nachgegangen, wirklich nicht!

Sie wohnte in einer kleinen Holzfällerhütte mitten im Wald. Ich sah zu, wie sie den Fußabstreifer hochhob, einen Schlüssel nahm und die Tür aufsperrte, und dann duckte ich mich hinter eine Kiefer, die schneeweiß überpudert war, und wartete und schaute und wartete. Ich dachte an Mom und den Soldaten und die Christratte, und das war's dann, ich wurde ganz traurig und fing an zu weinen wie ein verdammtes kleines Mädchen, konnte gar nicht mehr aufhören, bis ich aufsah und hinter dem Vorhang ein oranges Leuchten sah, da hörte ich auf zu weinen, und plötzlich fing ein Klavier zu spielen an, weich und schön, und ich stellte mir vor, wie sie auf der Couch saß und Musik hörte und an die Liebe dachte, an mich dachte. Lange beobachtete ich die Hütte und hoffte, dass sie den Vorhang öffnete, obwohl's gar keinen Grund gab, aber Jesus musste mich bemerkt haben, denn schließlich zog sie wirklich den Vorhang zurück, und ich sah, wie sie dastand und in die Dunkelheit und Kälte hinausblickte und das Klavierstück schon zum dritten Mal spielte, mindestens. Sie trug ein gelbes Nachthemd, und ihr rotes langes Haar war glatt und wunderschön. Ich zog sie an mich, wischte ihr eine Träne aus dem Gesicht und sagte, keiner wird dir je wieder wehtun, Constance, das versprech ich dir. Oh, Benton, sagte sie. Ich halte es einfach nicht mehr aus. Die Welt ist einfach zu schrecklich! Ich küsste sie auf den Mund, zärtlich und sanft. Wir lassen all das hinter uns, sagte ich. All die Traurigkeit und

Gemeinheit. Wir lassen sie einfach hinter uns. Dann wurde der Vorhang zugezogen, und die Musik hörte auf, und sie war verschwunden, und ich fing wieder an zu weinen, verdammte Scheiße noch mal.

• • •

Jetzt sollte ich allmählich von Horace Faulk erzählen, denn er spielt in dieser Geschichte eine wichtige Rolle, und keine so gute, wie man vielleicht glauben möchte. Er war der Bruder meines Vaters, also mein Onkel. Er war groß und ernst und fromm und hatte einen Schnauzer. Mein Vater mochte ihn nicht besonders, und er meinen Vater auch nicht. Ich kannte ihn nicht gut genug, um eine Meinung über ihn zu haben, aber normalerweise hab ich kein Problem mit anderen, solange sie mich oder meinen Dad in Ruhe lassen.

Also, eines Morgens stand er plötzlich vor unserer Tür und klopfte, rief meinen Vater und glotzte wie ein Scheißspanner durchs Fenster. Mein Vater war irgendwohin und meine Mutter in ihrem Zimmer eingesperrt, also war ich allein mit meinen schlimmen Gedanken, oder wie das heißt. Später hat Dad immer wieder gesagt, dass ich dieses selbstgerechte Arschloch nicht reinlassen darf, aber damals hatte er mich noch nicht gewarnt, und ich hab aufgemacht, weil ich dachte, er gehört ja zur Familie und so.

Er trug Anzug und Krawatte, obwohl er kein Geld und keinen Job hatte, und er sagte, hi, Benton, wie geht's, wie steht's?

Ich war nicht ganz sicher, ob er mich austricksen wollte, weil er so freundlich und nett war, ob er mir irgendwelche geheimen Informationen rauslocken wollte, deswegen gab ich keine Antwort und sagte gar nichts.

Wo ist dein Vater?, sagte er, was aber mehr wie ein Vorwurf als eine Frage klang.

Steif: Tja, kann nicht behaupten, dass ich das wüsste.

Und was ist mit deiner Mom?

Die schläft.

Ich spürte, dass Onkel Horace das nicht genügte, ganz und gar nicht genügte. Er rückte seine Krawatte zurecht und strich sich über den Bart und sagte: Ich hab sie schon eine ganze Zeit nicht mehr gesehen, und ehrlich gesagt mach ich mir ein bisschen Sorgen. Ich hab einiges gehört. Was so geredet wird. Daher dachte ich, ich schau mal nach.

Ich hab doch gesagt, dass sie schläft. Sie fühlt sich nicht gut.

Aber Onkel Horace blieb einfach stehen und starrte mich mit seinen Rattenaugen an, mit denselben Rattenaugen wie die von Vater, und plötzlich hatte ich das furchtbare Gefühl, dass er ganz schrecklich war und uns allen was Schreckliches antun würde.

Soll ich ihr was ausrichten?, sagte ich.

Ich würd's ihr lieber selber sagen.

Na ja, sagte ich, das ist, glaub ich, grad nicht möglich. Ich glaube, du solltest besser gehen.

Er ging aber nicht, jedenfalls nicht gleich, sondern blieb einfach stehen und stellte Fragen, schwierige Fragen, sagte, dass irgendwas nicht stimmte, dass die Leute hier auf dem Berg schon zu reden anfingen, dass sich mein Vater komisch benahm, und ich hörte ihm einfach nicht mehr zu und stellte mir vor, dass ich der Soldat war und bereit zum Kampf, mit der einen Hand meine AK-57 abfeuerte und mit der anderen die Verletzten mit mir schleppte. Mit zerrissenem blutigem Hemd und einer Kugel in der Schulter. Das sind meine Jungs!, brüllte ich. Sie haben ein Zuhause, Familie! Solang ich bei ihnen bin, stirbt keiner von ihnen.

Soll ich dir verraten, was geredet wird?, fragte Onkel Howard.

Kein Interesse, sagte ich. Ist mir egal. Die Leute kennen uns gar nicht. Die wissen nicht, wer wir wirklich sind.

Da täuschst du dich, Junge. *Du* weißt nicht, wer du wirklich bist.

Und das brachte mich zum Nachdenken, weil das ja ziemlich philosophisch war und wir nie genau wissen, wer wir wirklich sind, und zulassen, dass unsere Feinde über uns bestimmen, und am Ende ging Onkel Horace, aber vorher schimpfte er noch und sagte, wir sollten sauber machen, das Haus sei eine Schande. Aber ich sagte ihm nichts von der Christratte und ihrer baldigen Auferstehung, weil er das gegen meinen Vater verwendet hätte, und dann hätten sie ihn in die Burg geschleppt, mit viel Geschrei und Heulen und Stöhnen und Geschrei …

17. Kapitel

Und dann war da der Geruch. Ich hab ihn nicht gleich bemerkt, aber das lag wohl daran, dass er sich erst nach und nach entwickelt hat, so wie bei Obst, das zu lange in der warmen Küche liegt, und nicht plötzlich, wie wenn jemand einen fahren lässt. Und als ich den Geruch dann bemerkt hab, war's wahrscheinlich schon zu spät, weil Dad schon zu hinüber war, um irgendwas dagegen zu unternehmen, und weil es Mutter nicht gut ging, so wie diese Krankheit ihren Körper kaputtgemacht hatte, und das Allerletzte, was ich tun wollte, war, in den Keller zu gehen und mich um die tote Christratte und ihre ganzen Jünger zu kümmern, weil ich Ratten hasse – man muss nämlich wissen, dass Ratten zwanzig Tage ohne Schlaf auskommen und ihre Zähne immer weiter wachsen und manche bis zu acht Pfund wiegen, ehrlich!

Also war ich die meiste Zeit nicht im Haus und ging manchmal auch zur Schule, und ich beobachtete Constance, wenn es ging. Keiner wusste, was ich für sie empfand, Constance auch nicht. Ich wusste, dass ich sie nie verlassen würde, und wenn mir wer Ärger machte, dann würd ich's ihm zeigen, denn mittlerweile hatte ich ein Messer in der Jackentasche – ein altes Browning-Jagdmesser mit Aufreißhaken.

Und wenn's mir richtig mies ging, wenn ich das Gefühl hatte, ich würd gleich explodieren, dann wanderte ich hinauf in die Berge, zu meinem neuen Versteck, der alten Grubenhütte. Ich nannte sie Totenkopfhütte – weil jeder, der sie betrat, sterben würde. Ich legte darin ein Lager an, lauter Dosen und Decken und Messer und Kissen und alte Hefte von *Fight to the Finish,* falls ich mich mal vor den ganzen Ungläubigen verstecken musste, die durch Silverville schlichen.

An einem Abend stand mein Vater plötzlich hinter mir, und ich merkte, dass er getrunken hatte, so wie er nach billigem Bourbon und noch billigeren Stumpen roch. Als ich mich umdrehte, sah ich, dass sein Gesicht ganz blass und wie Wachs war und sein Mund zu einem schrecklichen Grinsen verzogen. Er war eigentlich nur ein buckliges Skelett, so wackelte sein Kopf auf dem klapprigen Rückgrat rum. Hast du rumgeschnüffelt, sagte er mit ruhiger Stimme, wie um mich in Sicherheit zu wiegen. Ich schüttelte den Kopf und sagte, nein, Sir. Er legte mir die knochige Hand auf die Schulter und sagte, deiner Mutter geht's jetzt noch schlechter. Du kannst sie in nächster Zeit nicht besuchen.

Da wurde ich wütend und fragte ihn nach den Ratten und seinen Experimenten und ob er aufgegeben hatte, nach einem Medikament zu suchen. Ob er sie einfach sterben ließ, ganz ohne Kampf. Aber Dad wich meinen Fragen aus und sprach stattdessen vom Glauben und von Gott. Er sagte: Früher hab ich nicht an ihn geglaubt, dachte, das ist alles Humbug, dafür gibt's keinen wissenschaftlichen Beleg, auf den man sich verlassen könnte. Aber jetzt bin ich ein anderer Mensch. Jetzt glaub ich wirklich!

Was ist passiert?, fragte ich. Hattest du vielleicht eine Erleuchtung?

Ja, eine Erleuchtung. Das ist das richtige Wort, Benton. Die Erleuchtung kam, weil ich gesehen hab, was mit deiner Mutter passiert ist, was mit der ganzen Welt passiert ist. Jetzt bin ich mir sicher, dass es ein höheres Wesen gibt, das ist die einzige Erklärung. Nur ist unser Gott nicht gütig und gnädig, sondern voller Hass und Gemeinheit, genau wie ein böses Kind, das einen Ameisenhügel zertrampelt.

Und dann, ohne ein weiteres Wort, griff er in die Brusttasche seines Hemds und zog einen bronzenen Dietrich heraus und machte sich daran, die Schlafzimmertür aufzusperren und hineinzugehen. Ich wollte die Chance nutzen und ebenfalls reinschlüpfen, mich an ihm vorbeidrängen, aber er war darauf vorbereitet und stieß mich zurück und schlug die Tür zu. Und trotz meines Klopfens und Bittens und Schluchzens blieb die Tür versperrt, und ich sah meinen Vater erst nach drei Tagen wieder, und vier Wochen sollte es dauern, bis ich meine Mutter sah.

• • •

Also, eins kann man wirklich sagen: Die Christratte stank. Sie stank so schlimm, dass einem ganz schwindlig wurde, und jedes Mal wenn ich ins Haus kam, musste ich würgen. Man möchte nicht glauben, dass ein so kleines Tier so einen Gestank verbreiten kann, aber ich kann es beschwören, und der endgültige Beweis kam, als ich von der Beratungslehrerin aus der Klasse geholt und in ihr Büro geführt wurde, wo sie sagte, das ist ein heikles Thema, das ich nicht gern anspreche, aber mehrere Schüler haben sich über deine Körperpflege und vor allem über deinen Geruch beschwert, und ich muss ihnen recht geben, du riechst schon etwas, Benton, du riechst sogar ziemlich stark. Und dann wurde ich aus der Schule gezerrt, obwohl ich brüllte und um mich schlug, und sie sagten, ich soll bloß nicht wiederkommen, bevor ich mich gründlich abgeschrubbt und desinfiziert hab! Und wenn das noch immer nicht reicht, um es zu glauben, dann könnt ich noch erzählen, dass der kleine Mann und seine kleine Frau, die weiter unten in der Straße wohnten, mit Desinfektionsmittel zu uns kamen und weil sie glaubten, wir sehen sie nicht, wie die Irren ums Haus rumsprühten, während mein Dad am Fenster stand und die Vorhänge zurückzog, damit er sie besser beobachten konnte, und mit seiner Whiskeystimme murmelte: Irgendwann kriegen die alle, was sie verdienen, das kriegen sie.

Und dann verzog sich der Gestank, das Misstrauen aber offenbar nicht, weil eines Morgens, als es frisch geschneit hatte, Onkel Horace an unsere Tür klopfte, und ich schwöre, dass das die drei einsamsten Klopfer waren, die je ein Mensch gehört hat. Vater saß auf der Couch und süffelte Bourbon und las eine zerfledderte Ausgabe des *American Journal of Medicine*, während ich meine eigene Version von *Fight to the Finish* zeichnete, mit Constance als Geisel, die von den Arabern zu schrecklichen Dingen gezwungen wurde, bis der Soldat ihnen allen die Kehlen durchschnitt und sie rettete. Auf das Klopfen hin sah Dad langsam auf und starrte auf die Tür. Dann nickte er mir zu und sagte, mach auf, wir kriegen mal wieder Besuch.

Ich fand's nicht gut, aber was konnte ich tun, außer Dad zu folgen? Horace Faulk stand draußen, im selben alten Anzug wie immer. Sein Schnauzer war dichter und länger als beim letzten Mal, und er hätte eine Rasur vertragen. Auf seiner schmalen Nase saß eine Brille mit goldenem Gestell. Sein graues Haar war ungekämmt und stand in alle Richtungen ab. In einer seiner knochigen Hände hielt er ein ledergebundenes Buch, ich glaube, eine King-James-Bibel. Ich sagte nichts, stand einfach da und versperrte Onkel Horace den Weg ins Haus. Hallo, Benton, ich würd gern mit deinem Vater sprechen.

Ich sagte, nein, das geht nicht, mein Vater hatte mich nämlich ermahnt, den selbstgerechten Mistkerl nicht ins Haus zu lassen, aber er gab nicht auf und wollte nicht weggehen. Da stand Dad auf, das Gesicht im Halbdunkel verborgen. Er trat ein paar Schritte näher und hielt sich die Hand vor die Augen, um sie vor dem Tageslicht zu schützen. Sein Gesicht verzog sich zu einer hasserfüllten Grimasse. Was willst du, Horace? Ich denke nicht, dass du in meinem Haus besonders gern gesehen bist.

Wo ist sie, Flan?

Wo ist wer?

Catherine.

Sie ist krank.

Was heißt krank?

Krank.

Darauf grinste Vater, er grinste ganz abscheulich, und er sagte, sie ist so krank, dass du vielleicht nie mehr mit deinen Drecksfingern in ihr rumfummeln kannst.

Onkel Horace schüttelte den Kopf. Ich hab deine Frau niemals angerührt.

Da hab ich aber was anderes gehört.

Du bist verrückt, Flan. Du brauchst einen Arzt.

Ich glaube, du gehst jetzt besser, sagte Dad.

Doch Onkel Horace tat einen Schritt nach vorne und versuchte, einen Blick ins Wohnzimmer zu werfen. Dad begriff, was er vorhatte, und humpelte herbei, um ihm die Sicht zu versperren. Verschwinde von meinem Grund oder ich hol den Sheriff. Und vielleicht hätte Onkel Horace auch gehorcht, wenn sein Blick nicht auf das hölzerne Kaminsims gefallen wäre, wo sich ein Sonnenstrahl im Diamanten von Mutters Verlobungsring brach.

Vermutlich hat dieser Anblick den Verdacht von Onkel Horace bestärkt, denn trotz Dads Warnung tat er noch einen Schritt nach vorne und dann noch einen. Vater kam mir auf einmal schwach und alt vor, und er sagte nur, bitte, geh, geh einfach und lass mich in Ruhe. Aber Horace sah ihn hasserfüllt an, dann holte er aus und schlug zu, die offene Hand knallte auf Dads Wange. Es war kein fester Schlag, aber Dad traf er unerwartet, das war klar zu sehen, weil er über seine eigenen Beine stolperte und krachend mit dem Kinn auf den Holzboden fiel. Ohne einen Augenblick zu zögern, ging Horace weiter ins Haus und zum Schlafzimmer, und er hatte es fast schon erreicht, als Dad sich wieder gefangen hatte und auf die Knie kam und ihn am Knöchel packte und zu Fall brachte. Dann legte er ihm die knochigen roten Hände um den Hals und drückte immer fester zu, und ich glaube wirklich, dass er seinen eigenen Bruder umbringen wollte.

Als mein Vater mit Horace kämpfte, sah ich, dass der Schlüssel aus seiner Hosentasche gerutscht war, und mich überkam schreckliche Neugier. Ich schnappte mir den Schlüssel vom Boden und ging langsam zur Schlafzimmertür, was man mir wohl kaum verdenken kann, weil ich meine Mutter schon so lange nicht mehr gesehen hatte.

Ich sperrte das Schloss auf und öffnete die Tür, und dann wünschte ich, ich hätte es nicht getan, denn sie lag nackt auf dem Himmelbett, die Arme seitlich angelegt, und von ihren früher so schönen schwarzen Haaren waren nur noch ein paar Klumpen auf dem Kissen übrig. Fliegen und Maden krabbelten über die braunen Flecken auf ihrem Körper, von ihren Augen waren nur noch leere Höhlen übrig, und ich lachte und brüllte und betete gleichzeitig.

18. Kapitel

Der Mond zerbrach in tausend Scherben, und Vater heckte einen Plan aus. Er sagte, wenn die glauben, dass sie einen Mann ernsthaft daran hindern können, zur Beerdigung seiner eigenen Frau zu gehen, dann können sie sich auf was gefasst machen! Ich will verdammt sein, wenn ich mich zum Paria machen lasse, wo ich doch nie was anderes getan hab, als sie zu lieben und anständig zu ihr zu sein. Es war meine Lebensaufgabe, für diese Frau ein Medikament zu finden, meine Lebensaufgabe! Und das sogar, obwohl sie mit meinem Bruder und allen anderen was gehabt hat. Ich hab sie trotzdem geliebt und war anständig zu ihr. Und was haben die anderen für sie getan, was, bitte schön? Ich kann's dir sagen: Keinen Finger haben sie krumm gemacht für sie. Und jetzt wollen sie mich dafür bestrafen? Und jetzt kommen sie daher und sagen: Also, Flan Faulk, es ist wohl das Beste, wenn du zuhause bleibst, es ist das Beste, wenn du nicht kommst, wir kümmern uns schon um die Beerdigung, okay? Also, ich sag dir was, Benny, mein Junge, so leicht geben wir nicht auf! So leicht machen wir's ihnen nicht.

Ich wusste, dass es keinen Zweck hatte zu widersprechen, weil wenn Vater etwas beschlossen hatte, dann war er schrecklich stur, und deswegen heckte er einen Plan aus, und ich machte mit, obwohl ich wusste, dass es ein Fehler war, sogar obwohl ich wusste, dass er dann in die Burg kommen würde …

• • •

An jenem Dezembermorgen war die Lage folgende: Draußen fiel Schnee, und am Berg war so viel los wie in einem Mormonenpuff, oder wie das heißt. Ich zog mich in meinem Zimmer an und betrachtete mich dann im Spiegel, ein schlaksiger Junge mit schulterlangem Haar, blasser Haut und einem alten ausgebeulten Anzug, ich hätte am liebsten losgelacht, mich am Boden gewälzt vor Lachen, aber ich wusste, dass mich Vater hören konnte und dann vielleicht den Gürtel rausziehen würde. Ehe wir gingen, schnupfte ich ein Prise Tabak und nahm einen kräftigen Schluck von dem geklauten Sliwowitz, so dass ich voller Feen, Harfenklänge und Weihnachtsfreude war. Ich rief auf Wiedersehen, aber mein Vater gab keine Antwort; er war im Keller am Tüfteln, Werkeln, Planen.

Die Kirche war nur einen kurzen Fußmarsch entfernt, ich ging aber nicht oft dorthin, in dieses Kirchlein im Blauen mit Krähen im Turm. An der Pforte begrüßte mich Pastor Rucker und wollte mich umarmen, aber ich wich ihm aus, und eine alte Frau wollte mich auch umarmen, aber sie ließ ich auch nicht und sagte, Sie glauben wohl, Sie können meinen Vater zum Paria machen, und sie trug ein knöchellanges Kleid und Nickelbrille, und ihr silbergraues Haar war zu einem Knoten erwürgt.

Es waren fast keine Leute da, und die paar, die da waren, starrten mich an und flüsterten hinter vorgehaltener Hand, und die kleine Peggy Weiss mit ihren Shirley-Temple-Löckchen zupfte an meinem Ärmel und sagte, oh Benton, es tut mir wirklich leid wegen deiner Ma, und ich tätschelte sie am

Kopf und sagte, mach dir um mich keine Sorgen, aber als keiner hersah, beugte ich mich zu ihr runter und flüsterte ihr ins Ohr: Ich fürchte, die arme Frau hatte es nicht so mit Jesus unserem Herrn, daher schmort sie jetzt im Höllenfeuer, und das erschreckte die kleine Peggy und macht ihr Angst, und deswegen ging sie zurück zu ihrem Platz, und ich war ganz allein.

Ich wusste nicht genau, wo ich mich hinsetzen sollte, deswegen nahm ich in der hintersten Reihe Platz. Ein älterer Herr mit Hosenträgern, Fliege und Augenklappe sagte, Junge, du musst vorn beim Sarg sitzen, das gehört sich so, aber ich dachte, Toten ist's wahrscheinlich egal, was sich gehört, deswegen blieb ich, wo ich war, und draußen blitzte und donnerte es, und wenn einer wirklich an Gott glaubte, dann dachte er vielleicht, dass Gott jetzt ein bisschen Rabatz machte.

Pastor Rucker wartete noch, wohl weil er hoffte, dass weitere Leute kommen würden, aber es kam keiner mehr, deswegen stellte er sich ans Pult, streckte die Hände zum Himmel und sagte mit dröhnender Stimme: Wir haben uns heute versammelt, um Catherine Faulks zu gedenken und dem Herrn zu danken für das ewige Leben, in das sie nun eingeht. Denn das ist die Wahrheit. Catherine ist heimgegangen. Im Sterben hat Jesus Christus den Tod überwunden und uns durch seine Auferstehung das ewige Leben geschenkt. Bitte begreift: Eines Christen Tod ist kein Anlass zur Trauer. Denn eines Christen Tod ist etwas Wunderbares. Aber warum weinen wir dann? Warum klagen, warum trauern wir? Warum denken wir, der Tod sei ein Feind? Stellen wir uns vor, wir wären Kriegsgefangene und würden jeden Tag malträtiert und gefoltert, würden täglich geschlagen mit einer Peitsche aus zerschnittenen Autoreifen, bis uns die Haut auf dem Rücken in Fetzen hinge.

Und dann stellt euch vor, dass ein Soldat die Tür eintreten und unsere Peiniger bezwingen würde, dass er uns von unserem Schmerz erlösen und mitnehmen würde an einen Ort des Friedens, des guten Essens, der Freude. Würden wir diesen Retter nicht für unseren Freund halten? Warum tun wir das nicht auch beim Tod? Warum nicht auch bei Jesus Christus?

Und die anwesenden Damen zogen die Taschentücher heraus und tupften sich die Augen und sagten: Amen! Ja, der Tod ist unser Freund! Ja, Jesus Christus ist unser Freund! Er sorgt sich um uns, und er sorgt auch für uns!

Und der Pastor redete weiter, redete mit hochrotem Kopf und schlug mit der Faust auf das Pult. Ja, meine lieben Brüder und Schwestern, im Leben ist unsere Freude an Gott beschränkt und unvollkommen, aber im Tod erleben wir eine unendliche Freude! Der Wonnen des Himmels sind so viele, dass sie jegliche Vorstellung übersteigen, sind so viele, dass sie jegliches Maß sprengen! Hier auf Erden empfangen wir seine Gnade, im Himmel jedoch seine Herrlichkeit. Wer hier auf Erden nach ihm sucht, sieht nur seinen Umriss, seinen Abglanz, aber nach dem Tod zeigt er uns sein wahres Gesicht, seine funkelnde Schönheit! Der Tod gleicht einem zweiten Moses, der uns von der Qual befreit und aus der Knechtschaft führt. Der Tod ist eines Christen Hochzeit mit dem Leben, das Ende aller Sünden, das Ende aller Traurigkeit, Versuchung und Krankheit! Der letzte Tag eines Christen ist, liebe Brüder und Schwestern, sein bester Tag, ein Tag des Triumphs und des Jubels, ein Tag der Befreiung und ein Tag des Trosts, ein Tag endgültigen Friedens und ewiger Befriedigung! Dann senkte er den Kopf und sagte mit leiserer Stimme: Lasset uns beten.

Ich senkte den Kopf wie alle anderen auch, betete aber nicht eine Sekunde. Stattdessen dachte ich, das ist doch nichts als ein Haufen Scheiße, jedes einzelne Wort, und ich wünschte mir, sie würden den Tatsachen ins Auge sehen. Und die sahen so aus: Der Tod war kein Freund von Dad. Der Tod war kein Freund von mir. Und er war ganz gewiss kein Freund von meiner Mutter.

In der Kirche war es ganz still, und Mutters Sarg stand vorne, und ich fragte mich, wie ihre Leiche jetzt aussah. Hatte man sie konserviert, ihr Gesicht genäht, Wattebäusche in die Augenhöhlen gestopft, Einbalsmierflüssigkeit in die Adern gespritzt? Oder hatte man sie weiter verwesen lassen, diesen fauligen Haufen, diesen Berg Fäulnis?

Ja, in der Kirche war es still. Aber dann ging die hölzerne Pforte auf, und alle drehten sich um, so wie in einem schlechten Western die Whiskeytrinker im Saloon. Auf der Schwelle stand mein Vater in seinem Laborkittel und seiner Schlafanzughose, und in jeder Hand hielt er einen riesengroßen Käfig. Und in diesen Käfigen waren – so eng zusammengepfercht, dass sie sich kaum bewegen konnten, kreischend und quietschend und wütend aneinander knabbernd – eine Million Krankheiten übertragende Ratten.

19. Kapitel

Mit einem schiefen breiten Grinsen kniete sich Dad auf den Boden und öffnete die Käfige, aber dann passierte erst einmal gar nichts – die Ratten müssen misstrauisch gewesen sein und gedacht haben, das ist ja zu schön, um wahr zu sein, dass wir jetzt plötzlich freigelassen werden –, aber Vater schubste ein paar hinaus, und bald darauf marschierten sie wie die Rattenbefreiungsfront im Gleichschritt raus und schnupperten mit zuckenden Schnauzen, und dann gaben sie ihre Ordnung auf und huschten los in Richtung Altar, vielleicht weil sie den Geruch von Mutters verwesendem Fleisch kannten. Einige Zeit reagierte die versammelte Gemeinde überhaupt nicht – die Synapsen brauchten offenbar etwas, um sich kurzzuschließen, damit die Leute kapierten, was los war –, dann schnauften die Ersten und begannen zu flüstern, und schließlich stieß Donna Gallegos, die hässliche Hexe mit der Warzenbacke, einen ohrenbetäubenden Schrei aus, der so was wie der Startschuss für das losbrechende Höllenspektakel war, so was hatte ich schon lang nicht mehr erlebt.

Ratten! Ratten!, schrien alle durcheinander, und gleich darauf waren sie aufgesprungen und hüpften auf den Bänken herum und brüllten, als wäre die elfte ägyptische Plage über sie reingebrochen, und der Pastor predigte einfach weiter und sagte, dass Jesus ein wunderbarer Freund ist und uns die Last unserer Sünden und Sorgen abnimmt und es ein großes Glück ist, dass man im Gebet Gott alles anvertrauen kann, aber niemand hörte zu, alle drängelten und schubsten einander und wollten raus aus der uralten Kirche, und deswegen dauerte es nicht lange, bis die Ersten auf dem Boden lagen, Kinder und Alte, und man über sie hinwegtrampelte, und Dad lachte und schlug sich vor Vergnügen auf die Schenkel, und dann winkte er mir zu und rief: Vorwärts, Streiter des Herrn!, doch ich war wie erstarrt, am ganzen Körper wie gelähmt, so dass ich keinen Schritt tun konnte. Enttäuscht kam er zu mir, packte mich fest am Arm und begann zu ziehen und zu zerren. Los, Junge, sagte er, jetzt zünden wir Stufe zwei!

Die Leute liefen alle in eine Richtung und wir in die andere, und nur Pastor Rucker und ein paar Getreue hielten aus, um die Leiche zu schützen und möglicherweise die Wiederauferstehung des Leibs meiner Mutter, die nie gebetet und die Sünde genauso genossen hatte wie die Gnade, und mein Vater sagte, los jetzt, Junge, du gehst ans eine Ende, ich ans andere, und alles war verschwommen, aber bald darauf trugen wir den Sarg, Diebe im Hause des Herrn, und der Sarg war schwerer, als man meinen würde, und dann packten ein paar Männer Dad, ein paar andere mich, und der Sarg fiel zu Boden und ging auf, und Mutter war immer noch tot, verweste immer noch, war immer noch abscheulich anzusehen, und man brachte Dad weg, brachte ihn weit, weit weg, führte ihn langsam durch einen Korridor, Arm in Arm in Arm, schaffte ihn in eine weiße Gummizelle mit nur einer Matratze und einer Bibel und einer flackernden Neonröhre drin, und Ratten krabbelten durch Rohre, und Dads Blick war leer, und er wippte hin und her, riss sich büschelweise Haare aus, kratzte mit den Nägeln über den Boden, zerbiss sich die Lippen, schrie, so laut er konnte, schlug nach nicht vorhandenen Fliegen, lachte wie irr, er war in der Burg.

• • •

Ich hätte erst in einem Jahr alleine wohnen dürfen, deswegen kam ich zu Onkel Horace und Tante Rose, mit denen ich aber lange kein Wort sprach, ich saß nur in meinem Zimmer und las über den Soldaten und nagte mir die Haut von den Knöcheln. Onkel Horace gab sich wirklich Mühe, setzte sich zu mir und sagte, das ist jetzt dein Zuhause. Ich weiß, dass du viel durchgemacht hast, aber bei Tante Rose und mir bist du sicher. Und nach einer Weile sprach ich auch wieder, aber ich sprach nie von Mutter und Vater, und bald war es so, als hätte es sie nie gegeben.

Bei Onkel und Tante war natürlich alles anders. Wir beteten vor dem Essen, und im Haus durfte man keine Kopfbedeckung aufhaben, und sie wollten, dass ich auch bete und Jesus mein Herz öffne, und ich sagte, dass ich das tun würde, ich sagte auch, dass ich an den Heiland glaube und dass Jesus mich von meinen Sünden erlöst, und Onkel Horace und Tante Rose waren beide überglücklich, Tante Rose weinte sogar, und ich war dankbar, dass ich in einem schönen Haus leben durfte, in dem es keine Ratten gab und nicht stank.

Weil meine Tante immer nörgelte, ging ich manchmal wieder zur Schule, und weil alles so neu war, dachte ich auch kaum an Constance, doch dann sah ich sie in den Bergen, wie sie in Jeans und Flanelljacke herumlief, und das rote Haar ging ihr bis zur Hüfte. Sie war ein Gnadenengel, eine Seelenretterin, ein Herzensmessias, und ich dachte mir, dass es wirklich eine Erlösung gibt.

Ich wollte ihr keine Angst einjagen und sie nicht erschrecken, aber ich folgte ihrer Spur durch den Schnee, der unter meinen Stiefeln knirschte. Sie drehte sich nicht um, war vielleicht tief in Gedanken. Sie stieg im Schatten der Kiefern den Bergpfad hinauf, und ich blieb ein Stück hinter ihr, wie immer ganz vorsichtig. Und Constance ging weiter und weiter bergauf, die Luft wurde kälter, wir kamen vorbei an aneinandergereihten Felsen und aufeinanderliegenden Baumstämmen, und überall waren aufgelassene Grubenschächte und Balken, die rumlagen wie Mikados und durch Wind und Wetter langsam verrotteten.

Nach weiteren zwanzig Minuten oder noch länger hielt sie an, blieb kurz stehen und setzte sich dann zum Ausruhen auf einen Felsen. Sie zog eine Wasserflasche heraus und führte sie an den Mund, und ich stand im Schatten, unsichtbar, beobachtete sie, und da fiel mir ein, dass überall auf dem Berg der Tod lauerte, Schnee und Geister, und wie gern ich mich irgendwann auf den Berg zurückziehen würde und dass vielleicht Constance mitkommen würde, wir waren ja beide so einsam wie die verlassenen Grubenschächte, die überall in die Bergflanke getrieben waren.

Und dann summte ich *Teddy Bear* von Red Sovine und ging dorthin, wo Constance saß, und ich wollte sie bestimmt nicht erschrecken, aber ich stand direkt hinter ihr, und sie dachte, sie wäre allein, und als sie sich umdrehte, sprang sie auf und schnappte nach Luft. Ich sagte, keine Angst, ich bin's nur, Benton Faulk aus dem Café, aber sie sah trotzdem verängstigt aus und sagte, was machst du hier?

Nur ein bisschen wandern, sagte ich, manchmal komm ich hier rauf, wenn ich den Kopf frei kriegen will. Und sie nickte, aber sie war blass, und ihr Blick zuckte hin und her wie der eines verwundeten Hirschs, und ich war wütend auf mich, weil ich mich so angeschlichen hatte, ausgerechnet hier oben in den Bergen, wo's niemand hören würde, wenn sie schrie.

Ich sagte, hast du das von meiner Mutter gehört, und sie nickte und sagte, ja, sie hätte es gehört, wirklich schlimm. Mein Vater hat ihr nichts getan, sagte ich, er wollte ihr nur helfen, und mit der Christratte wär's ihm auch fast gelungen, aber dann ist sie gestorben, und allen anderen war es egal, ob sie lebt oder tot ist, alle dachten nur, sie ist bloß Gesindel aus den Bergen, aber das stimmt nicht, ihr Großvater ist mit Silber reich geworden, ihm haben zehn oder mehr Minen gehört. Und einmal sind meine Mutter und ich bis zum Gipfel vom Pewter Hill gestiegen, mitten in der Nacht, es war kalt und hat geschneit und die Welt war ganz still, und sie nahm meine Hand und deutete auf das, was um uns war, und sagte, das ist der Himmel, Benton, das darfst du nie vergessen, und dann standen wir lange da, meine Mutter und ich, und haben nur geschaut und uns an den Händen gehalten und alles gefühlt. Und diese Erinnerung kann mir niemand nehmen …

Und dann gingen mir die Worte aus, und Constance sagte, dass sie jetzt besser zurückgeht und runtersteigt, und ich sagte, einen Augenblick noch, soll ich dir was zeigen, eine verlassene Grubenhütte, die ist mein Versteck, davon weiß keiner was, aber dir zeige ich sie, und sie sagte, nein, sie muss sich jetzt wirklich auf den Rückweg machen. Ich nickte und sagte, dass sie gut aufpassen soll, weil es Berglöwen gibt und überall am Weg eingestürzte Schächte und dass man sich vor so was hüten muss, weil ein Leben gleich vorbei sein kann, mit einer Kugel ins Herz, einem Messer durch die Kehle, einem Schlag auf den Kopf.

Ich stand im Schatten der schwankenden Bäume und sah ihr nach, wie sie den Pfad hinablief, diesmal viel schneller, und sie drehte sich ein paarmal um, dabei lächelte sie nicht, und der Schreck war ihr immer noch anzusehen, und es fing zu schneien an, und ich wusste, dass meine Tante und mein Onkel sich fragen würden, wo ich war, aber ich beschloss, zur Grubenhütte zu gehen und über den Soldaten zu lesen und mir zu überlegen, was ich in nächster Zeit tun würde.

20. Kapitel

Wir saßen beim Abendessen, es gab Elchgulasch, und Onkel Horace schmatzte laut, und Tante Rose sah mich misstrauisch an. Wenn wir zusammen waren, redete ich nicht viel, weil es eigentlich auch nichts zu sagen gab, und wenn sie mich was fragten, konnte ich genauso gut nicken oder den Kopf schütteln oder gar nicht reagieren. Aber ich spürte, dass Rose was auf dem Herzen hatte, weil sie ihr Gulasch nicht anrührte, obwohl sie normalerweise drei oder vier Portionen aß, weswegen sie auch so dick war und diesen riesigen Hintern hatte. Na, jedenfalls sagte sie gerade, als ich aufstehen und meinen Teller zur Spüle bringen wollte, einen Augenblick, Benton, bleib noch kurz sitzen, und ich zögerte kurz, weil mich etwas an ihrem Ton störte, doch dann setzte ich mich hin und wartete auf das, was kommen würde.

Sie klang aufgeregt und enttäuscht. Sie erzählte mir, dass heute Vormittag eine Frau da gewesen war und mich sprechen wollte, und als sie gefragt hatte, worum es ging, hatte die Frau gesagt, dass ich ihr Angst machte, so wie ich mit ihr redete und sie beobachtete und so weiter. Kennst du diese Constance Durban, fragte Tante Rose. Nein, Ma'am, sagte ich und wollte aufstehen, weil mir nicht gefiel, worauf das Gespräch hinauslief, ich wollte nur die neueste Ausgabe von *Fight to the Finish* lesen, wo der Soldat richtig tief in der Klemme saß. Aber Tante Rose ließ mich nicht. Dieser Frau, sagte sie, war es wirklich ernst. Wenn du sie nicht in Ruhe lässt, will sie zur Polizei gehen. Kennst du diese Constance Durban wirklich nicht?

Darauf gab ich keine Antwort, weil die Frage gemein und hinterhältig war. Stattdessen warf ich meinen Teller auf den Boden, wo er zerbrach, und Tante Rose und Onkel Horace waren ziemlich überrascht, als überall Elchgulasch und Scherben rumlagen, und ich ging in mein Zimmer und las ein bisschen, und dann trank ich etwas Sliwowitz und kaute etwas Tabak, was schön langsam zur Gewohnheit wurde.

Was soll denn das, fragte ich Constance, die blutunterlaufene Augen hatte und sich mit zitternder Hand ein Taschentuch ans Gesicht hielt. Warum kommst du zu mir nach Hause und erzählst solche Sachen? Ich war wirklich wütend, und ich sah, dass Constance ziemlich viel Angst hatte. Es ist wegen meinem Ex, sagte sie. Er war lange weg, aber jetzt ist er wieder zurück. Und er ist sehr eifersüchtig und will mich nicht gehen lassen. Ganz egal, was ich sage. Und ganz egal, was ich tue. Er hat uns zusammen gesehen und wurde wütend, und jetzt droht er mir und sagt, hör auf, mit dem Jungen rumzumachen, oder ich stech dich ab wie ein Schwein! Ich wollte deiner Tante nichts davon sagen, aber ich hatte Angst. Ich liebe nur dich, Benton! Du bist der Einzige, den ich will!

• • •

Wieder in der Totenkopfhütte las ich vom Soldaten und wie er sich vier Tage und Nächte in einem Rattenloch versteckte, während ihn die Taliban mit Knochenscheren, Abhäutmessern und Stachelrollen suchten, wie ihm der Schweiß übers Gesicht lief, er aber nie Panik bekam, nicht eine Sekunde lang, weil er mehr Willen und Widerstandskraft hatte als all diese Windelträger zusammen. Und dann sah ich mich in der Hütte um und begriff, dass ich hier nicht sicher war, dass sie mich hier finden und foltern könnten, und deswegen entschied ich, dass ich eine Art Versteck im Versteck brauchte, und ich hatte auch schon eine ziemlich gute Idee, wie ich mir eins bauen konnte, aber dafür brauchte ich ein paar Werkzeuge.

Kyle Weaver war verrückt und außerdem blind, und er arbeitete in einer kleinen Berghütte über dem Fluss an einem Amboss und einer Esse. Er hat mich immer gemocht, hat immer gelächelt, wenn ich kam, deswegen meinte er, als ich sagte, dass ich eine Säge, eine Hacke und einen Spaten brauche, na, das ist kein Problem, und dann fragte er noch, wie geht's, ich hab gehört, dass bei dir einiges los war. Das ist das Problem mit den Leuten. Immer mischen sie sich in Dinge ein, die sie nichts angehen, und das war auch ein Grund, warum ich mir diesen Vorratskeller anlegen würde, damit ich vor den Einmischern sicher war.

Es war keine leichte Arbeit, und an manchen Tagen sägte ich stundenlang, und ich hörte meine Tante Rose sagen, ich mach mir wirklich Sorgen um Benton, er benimmt sich so komisch, schon seit Tagen hat er kein Wort mehr gesagt, worauf Onkel Horace sagte, meine Güte, er hat Mutter und Vater verloren, und das auf die schlimmste Art, die man sich denken kann, also lass ihm Zeit, lass dem Jungen Luft zum Atmen.

Manchmal ging ich zur Schule, damit ich keine Scherereien bekam, und manchmal versteckte ich mich hinter Constances Haus und wartete auf ihren Mann, aber der traute sich nicht herzukommen, und dann arbeitete ich wieder an meinem Projekt in der Hütte. Mit dem Gesäge war ich fertig, ich hatte aus den Bodendielen ein fast perfektes Quadrat ausgesägt, und jetzt brauchte ich Hacke und Spaten, und meine Hände waren voller Blasen, weil ich keine Handschuhe trug, und ich sang, bis ich heiser war:

I'm lonesome since I crossed the hill,
And o'er the moorland sedgy
Such heavy thoughts my heart do fill,
Since parting with my Betsey
I seek for one as fair and gay,
But find none to remind me
How sweet the hours I passed away,
With the girl I left behind me.

Ich schätze, ich hab mehr als einen Monat gebraucht, aber am Ende hatte ich ein großes Loch ausgehoben und eine Holzleiter gemacht, und die Wände waren aus Betonblocksteinen und oben gab's eine Klappe mit Schloss, und niemand hörte mich, wenn ich da unten war, nicht einmal, wenn ich rief und brüllte und gegen die Holzklappe schlug. Meinen Vater, der da in diesem verrückten weißen Zimmer gefangen saß, konnte auch niemand hören, niemand hörte ihn, obwohl er schrie, dass die Adern an seinem Hals hervortraten, und flüsternd versprach ich ihm, dass ich ihn aus der Burg holen würde, sobald ich konnte, und dass ich ganz bestimmt mein Versprechen halten würde.

• • •

Trotz allem dachte ich, dass es am Ende vielleicht doch eine Erlösung gab, trotz allen Neinsagern und Zynikern, die mich aufgegeben hatten (einen Jungen mit sechzehn!). Und was den Mann betraf, der meine Constance bedroht hatte, nun, der sollte bloß aufpassen. Denk immer dran, was der Soldat machen würde, der würde garantiert niemandem erlauben, mit einer so schönen Frau wie Constance mies umzuspringen. Also musste ich mir was einfallen lassen, um das zu verhindern.

Und so wartete ich, bis sie weg war, bis beide weg waren, und ging auf die Rückseite ihrer Hütte, schlug mit einem Hebeleisen das Fenster ein und kletterte hinein, und überall lagen Glasscherben herum, und meine Hände und mein ganzer Körper waren voller Blut, aber ich lachte den Schmerz weg, wie immer schon.

Jedenfalls war es eigenartig und ziemlich aufregend, dass ich bei Constance war, und ich schaute mir erst einmal alles an, nahm mir Zeit für jeden einzelnen Raum. Küche: Kerosinherd, Keramikspüle voll mit schmutzigem Geschirr, kleiner schwarzer Metalltisch und schwarze Metallstühle, Linoleumboden, Kühlschrank mit fast nichts drin. Badezimmer: Klo mit Kettenspülung, Badewanne mit Löwenfüßen, Medizinschränkchen mit Zahnbürste, Pillen gegen Depression, Angstlöser, Hautcreme. Wohnzimmer: Kamin, geblümte Couch, Perserteppich, Fernseher, CD-Spieler mit traurigem Beethoven eingelegt.

Keine Spur vom psychopathischen Exmann, aber er war hier gewesen, hatte sich ihr gezeigt und sie mit Lügen verwirrt, und das Schlafzimmer verströmte Melancholie und Traurigkeit, Decke und Kissen waren ein verknäulter Haufen am Fußende des Betts, überall lagen Kleidungsstücke herum, auf dem Nachttisch Liebesromane. Und das Überraschendste war die Wiege, die in einer Zimmerecke stand, mit sorgfältig gefaltetem Deckchen, darüber hing ein Mobile, das also hatte sie verloren, ihr Baby, ihren Jungen, ihren Benton, das Bild im Medaillon, kein Wunder dass sie so traurig war, kein Wunder, dass sie immerzu geweint hat.

Ich lag im Bett und trank von dem Gin, den ich aus der Küche mitgenommen hatte, und ich hatte mein Jagdmesser in der Hand und wartete, wartete einfach, und ich war der Soldat und trug eine Gasmaske, und sie hatten Constance gezwungen, eine Maske zu tragen, und machten alle schreckliches Zeug mit ihr, immer abwechselnd, und es gab eine Menge Wachen mit primitiven Kalaschnikows, und alle sagten mir, es ist zu gefährlich, die Wachen würden mich erledigen, aber ich schlich mich von hinten an sie ran und schnitt ihnen die Kehlen durch, und überall war Blut, und ich packte Constance, doch die Beine knickten ihr weg, deswegen legte ich sie mir sanft über die Schulter, und wir verschwanden in die Berge und in die Höhlen, und zuletzt waren wir in der Totenkopfhütte, und ich pflegte sie gesund, und sie gab sich mir hin, und jetzt waren in ihrem Bett lauter Löcher von meinem Jagdmesser.

Und dann hörte ich Geräusche an der Tür, und ich bekam Panik, die Tür ging auf, und sie summte ein Lied, das ich noch nie gehört hatte. Ich schätze, dass dann das Adrenalin einschlug, und ich wurde wieder zum Soldaten. Jedenfalls wollte ich das Schlafzimmerfenster aufreißen, aber es ließ sich nicht bewegen, und ich hörte sie im Wohnzimmer pfeifen. Ich zog noch einmal, und dieses Mal ging es auf, aber nicht ganz, und es gab ein quietschendes Geräusch, und ich hörte Constance sagen, hallo? Ist da wer? Und ich war da, halb drin, halb draußen, was lächerlich ausgesehen haben muss, und die Panik packte mich, und ich zappelte und zappelte und schließlich plumpste ich nach draußen. Und keine zehn Sekunden später öffnete Constance die Schlafzimmertür und ging zum Fenster, aber ich stand so an die Wand gepresst, dass sie mich nicht sehen konnte, und sie stand lange da, und ich wette, sie hatte richtig viel Angst, und nach einer Weile hörte ich wieder ihre Stimme, nur dass sie jetzt mit der Polizei telefonierte und sagte, jemand ist bei mir eingebrochen, und ich fühlte mich wie Goldlöckchen, nur dass ich nicht ungeschoren davonkam, ganz im Gegenteil, sie wussten, dass ich es war, sie wussten die ganze Zeit, dass ich es war, und ich bekam Bewährung, wofür ich dankbar war, und ich bekam Kontaktverbot, worüber ich wirklich richtig sauer war, weil es ja nicht Constance war, die das wollte, das war ihr Exmann, der sie nicht gehen ließ, und da beschloss ich auf der Stelle, dass ich sie vor ihm retten würde und sie an einen Ort bringen würde, an dem sie nicht gefoltert werden konnte, und ich hatte dafür den idealen Ort, wo, ist ja wohl klar.

21. Kapitel

Oh, was waren die nächsten paar Wochen kalt, kälter als der Arsch eines Bergmanns, oder wie das heißt, und es schneite auch, Schicht um Schicht legte sich auf den Berg, bis alles aussah wie ein Riesenhaufen Marshmallows, und mein Onkel und meine Tante waren so sauer auf mich wegen der Sache mit Constance, wegen dem Einbruch und der Vorladung vor Gericht und allem, aber sie kannten ja nur die halbe Geschichte, und es war hart für mich, dass ich ihnen nicht die WAHRHEIT über ihren Exmann sagen konnte, der sie nicht gehen ließ, die WAHRHEIT über ihr totes Baby und die WAHRHEIT über ihre Gefühle für mich, aber man muss immer auf der Hut sein, wie die Leute reagieren, deswegen hielt ich den Mund.

Einmal aber machte ich den Fehler und fragte nach meinem Vater, ob ich ihn in der Burg besuchen könnte. Ach, das wird noch dauern, bis du ihn wiedersehen kannst, sagten sie, und es war zu spüren, dass sie es gut so fanden, und da kam mir der Gedanke, dass sie vielleicht sogar etwas davon hatten, dass er eingesperrt war, vielleicht bekamen sie das ganze Geld, das er unter den Dielen versteckt hatte, und das war sicher eine Menge!

Deswegen beschloss ich eines Morgens, als meine Gedanken klar waren und die Stimmen in meinem Kopf nur leise flüsterten, dass ich mich nicht mehr an ihre Vorschriften halten würde und auch nicht an die von irgendwem anders, weil ich mich schon mein ganzes Leben an die Vorschriften gehalten hatte und mich das ja erst in diese Situation gebracht hatte. Und vielleicht konnten diejenigen, die die Vorschriften machten, mich hindern, Constance zu sehen, aber sie konnten mich nicht hindern, meinen eigenen Vater zu sehen, oder? Deswegen habe ich mir was überlegt …

• • •

Ein paar Tage später: Ich trottete durch den Schnee, mit oranger Pudelmütze, lumpiger Jacke und ausgelatschten Schuhen, Ohren, Nase, Finger und Zehen schon taub, weit, weit weg von der Burg. Ehrlich, ich hab mir noch nie so sehr ein Auto gewünscht wie an diesem einen Nachmittag, ein gutes Auto mit Hemi-Motor, Stollenreifen und bullernder Heizung. An Kälte gewöhnt man sich nie, und ich war müde und schluchzte leise. Aber immer wenn ich aufgeben und umdrehen wollte, dachte ich an den Soldaten und was er machen würde, und der würde sich von dem bisschen Schnee und Kälte sicher nicht abschrecken lassen, deswegen ging ich weiter.

Zwei Meilen weiter die Straße runter sagte Gott, hey, Benton, ich geb dir armem Kerl mal ne Verschnaufpause, und er sandte mir einen Sattelzug, der anhielt, ehe es wieder zu schneien begann. Der Fahrer war ein netter kleiner Kerl mit nach hinten gekämmtem blondem Haar, einem Fu-Manchu-Bart und einer Brille, die mal heller, mal dunkler wurde. Wo geht's denn hin, fragte er, und ich sagte Denver, und dann erzählte ich ihm, wie sie Vater gegen seinen Willen weggebracht hatten, obwohl er nichts Falsches getan hatte, außer seine Frau zu lieben, und Fu Manchu runzelte die Stirn und sagte, das ist ja ein starkes Stück, Junge, und da konnte ich nicht widersprechen.

Was interessant ist: Ich war mein ganzes Leben lang noch nie vom Berg runtergekommen. Na ja, mein Vater hat auch immer gesagt, dass Silverville ein kleines Stückchen Himmel auf Erden ist, ein Ort voller schöner Natur und Menschen, die sich um ihren eigenen Kram kümmern. Wenn man den Berg verlässt, kommt man zu Leuten, die ihre Nasen in fremde Dinge stecken, zu Leuten, die dauernd was von einem wollen und einen fertigmachen. Da beurteilen sie dich nach deinen Klamotten und deinen Freunden und deiner Hautfarbe. Ganz anders als auf dem Berg, sagte er. Da lassen sie einen in Frieden.

Aber da hat sich Vater offensichtlich getäuscht.

Fu Manchu fuhr schnell und immer weiter abwärts, und bald waren wir vom Berg runter. Und ratterten auf dem Highway zu den Häusern, dem Lärm, der Welt; der knietiefe Schnee war nur eine bedeutungslose Erinnerung.

Mein Fahrer nahm mich so weit mit, wie er konnte, und ich wusste nicht, wo die Burg war, nicht genau jedenfalls, deswegen ließ er mich an einer Straße mit Pfandhäusern und Schnapsläden und Abrisshäusern und Schwarzen aussteigen, sagte, viel Glück, Junge, hoffentlich findest du deinen Vater, Junge, hoffentlich findest du deinen Frieden.

Ich ging die Straße hinunter, blickte hierhin und dahin und überallhin, und ganz komische Wesen folgten mir und wollten Geld, fragten, was ich wollte, was ich hier tat. Ich hatte vierundzwanzig Dollar, die ich mir aus Tante Roses Geldbeutel geliehen hatte, und weil ich ein bisschen hungrig wurde, ging ich in ein kleines chinesisches Restaurant, und da redeten sie in lautem Englisch auf mich ein, aber es war ein Englisch, das ich vorher noch nie gehört hatte, und die Speisekarte war ein Plastikbuch, und ich deutete auf Worte, die ich erkannte, und fünf Minuten später stellte ein Chinese einen Teller mit Huhn und Reis vor mich hin.

Ich verputzte das Essen in null Komma nichts; dann zahlte ich und fragte den Chinesen, wie man zur Burg kam, und wieder sprach er in diesem seltsamen Englisch mit mir, und weil er mir verrückt vorkam, bin ich gegangen und lief die Colfax Avenue hinunter und sah ein Tattoostudio, und ich dachte, dass ein Tattoo cool wäre, vielleicht den Soldaten, wie er mit seinem Gewehr zielt, aber ich hatte nicht genug Geld, deswegen ging ich rein und fragte den Mann, dem die Tattoos bis über den Hals krochen, ob er wusste, wo die Burg war, weil mein Vater dort Patient war, und er sah mich an, als ob ich verrückt wäre; er sagte, dass er davon noch nie gehört hatte, deswegen bin ich von da auch weg und weitergegangen und hab weitergefragt und bin immer weitergegangen.

Stundenlang bin ich durch die Straßen gelaufen und hab die Burg gesucht, hab rumgefragt und nichts rausbekommen. Und ganz zum Schluss, als ich schon die Hoffnung aufgeben wollte, mich damit abgefunden hatte, dass ich mein eigen Fleisch und Blut nie, nie wiedersehen würde, da sah ich den alten Mann, der sich die Hände über einem Feuer in einer Mülltonne wärmte, und bei dem hatte ich so ein Gefühl, und natürlich wusste er genau, wovon ich sprach. Klar kenn ich die Burg, sagte er. Meine einzige Tochter war mal längere Zeit da. Nur dass sie jetzt Colorado Psychiatric Hospital heißt. Ist aber nicht weit von hier …

Und er hatte recht, es war nicht weit. Höchstens zwei Meilen oder so. Die Lage des Gebäudes war aber irgendwie seltsam. Damit meine ich die Gegend, die Umgebung mit den vielen Einfamilienhäusern, ganze Straßen voller kleiner trauriger Ranchhäuser, und dann kam plötzlich dieser große Backsteinkasten, und er sah überhaupt nicht so aus, wie ich es erwartet hatte, sondern ganz normal, was mir aber ziemlich passend vorkam, weil Verrückte ja auch ganz normal aussehen, manchmal kann man sie kaum von den anderen unterscheiden, meine ich jedenfalls.

Na ja, die Sonne versank nun schon hinter den Bergen, schneller, als man glaubt. Ich zog Mütze und Handschuhe aus und kämmte mir das Haar mit den Fingern, und mir fiel auf, dass ich schon seit Wochen nicht mehr in den Spiegel gesehen hatte, und ich ging zur Eingangstür, und mein Schatten war lang und schief, und es pfiff, obwohl alles ruhig war.

Im Krankenhaus drinnen war nichts auffällig, ich hörte kein Schreien, was mich wahrscheinlich überrascht hat. An der Rezeption saß eine Frau mit schwarzen Haaren und weißem Kittel, und ihr Lächeln machte mir schrecklich Angst. Kann ich dir helfen, sagte sie, aber so wie sie es sagte, wusste ich, dass sie mir eigentlich nicht helfen wollte, eigentlich wollte mir niemand helfen.

Ich suche meinen Vater, sagte ich, und in ihren wellensittichgrünen Augen blitzte kurz so was wie Mitleid auf, aber das verschwand schnell wieder, und dann war da die übliche Gemeinheit, die mir seit kurzem überall auffiel. Wer ist denn dein Vater?, sagte sie, und ich nannte ihr seinen Namen. Sie tippte rasch etwas auf einer Tastatur, und ich sah, wie sich der Bildschirm in ihrer Brille spiegelte.

Ach ja, sagte sie und tippte wieder was ein, und ich wartete, dass sie mich in das Geheimnis einweihte. Nach zwei Minuten sagte sie: Flan Faulk. Dr. Polson ist der behandelnde Arzt. Momentan sind die Besuchszeiten eingeschränkt.

Was heißt das?, fragte ich.

Das heißt, dein Vater darf keinen Besuch haben. Niemand darf zu ihm, auch du nicht.

Oh ja, in der Stimme dieser Teufelsschwester schwangen Selbstgefälligkeit und Freude mit. Ich wollte mehr wissen: Warum darf er keinen Besuch haben? Wie wird er behandelt?

Weil ich von Lobotomien gehört hatte und wusste, wie's ging. Augenlid anheben und einen Eispickel oberhalb des Augapfels ansetzen, mit einem Hammer draufschlagen und die Augenhöhle durchbohren …

Tja, die Schwester konnte meine Fragen nicht beantworten, konnte mir nicht im Geringsten helfen, deswegen hab ich eine abfällige Bemerkung über ihren Hintern gemacht, und sie sagte, ich sollte jetzt die Güte haben und das Gebäude verlassen, sonst würde sie die Security holen. Ich merkte schnell, dass ich einen Fehler gemacht hatte, und bedauerte alles, entschuldigte mich immer wieder und sagte, Scheiße, ich weiß gar nicht, wie mir das rausgerutscht ist, aber es ist alles so schlimm, so verdammt schlimm. Aber die Schwester beeindruckte das nicht, ihre Augen wurden schmal, und sie sagte, und dabei schwang schon ein bisschen Verachtung mit, der Apfel fällt nicht weit vom Stamm. Dann grinste sie, und ihre Zähne waren belegt und blutig.

Mich überkam eine Welle des Zorns, eine Wut flammte auf, die von meinem Gesicht ausging und dann durch meinen ganzen Körper jagte; ich war kurz davor, wieder auszurasten, und diesmal mit Karacho! Die Schwester nahm das Telefon, und ich schlug es ihr aus der Hand. Dann, auf Befehl des Soldaten, sprang ich über die Rezeption und rannte in Richtung Korridor …

22. Kapitel

Und dann rannte ich durch den Flur, vorbei an Ärzten und Pflegern, an Backsteinwänden entlang und auf Linoleumboden. Dabei rauschte in Lichtgeschwindigkeit eine Parade von Kranken und Irren an meinen Augen vorbei: ein lieber stiller junger Mann, der die linke Hand zu einer Klaue verformt hatte, die nutzlos herunterbaumelnde Rechte hin und her schlenkernd; eine Frau zwischen zwanzig und sechzig mit breitem kleinem Gesicht, zurückweichendem Haaransatz, bösem Blick, die spuckte und fluchte und schrie; ein sanft wirkender Typ in Sweatjacke, mit irischem Akzent, der den vorgereckten Kopf wie ein Wachposten langsam nach links und rechts drehte und den Flur beobachtete; eine Frau mit einem Höcker mitten auf der Stirn, die sich für die Jungfrau Maria hielt; ein Mann mit schütterem rotem Haar, der einen verbogenen Nagel im Mund hatte und dabei von einem kürzlich begangenen Mord redete (ich warf ihm ein Stück Holz an den Hinterkopf; ich traf so gut, dass er überhaupt nicht blutete; hab ihn nur schlafen geschickt); ein Mann oder eine Frau unter einer Sauerstoffmaske, das Gesicht entstellt, die Augen blutunterlaufen und unkontrolliert rollend; eine ältere Frau, die erst kürzlich aus einem Altenheim eingeliefert worden war und nun panische Angst vor einem Mann eine Etage über ihr hatte, der sie totschießen wollte; ein Mexikaner mit milchigen Augen, der sich El Presidento nannte, splitternackt durch den

Flur lief und behauptete, man habe ihn mit Syphilis und Gelbfieber infiziert und ganz mit Blutgefäßen überzogen …

Es dauerte nicht lange, und alle waren hinter mir her, das Personal wie die Kranken, wie in einem Romero-Film, und ich rannte und schlitterte über den Linoleumboden und rief den Namen meines Vaters. Aber der Flur war unendlich lang, und die Elektrokrampftherapie war grad angesagt, und dann sah ich Ratten unter einer Tür hervorkrabbeln und wusste sofort, dass er da drin war, und rief Dad … Dad … Dad, aber natürlich brachte das nichts, das hat noch nie was gebracht, und bald erwischten sie mich und schnallten mich auf eine Liege und pumpten mich mit Medikamenten voll, und ich sagte zu der Schwester, wissen Sie vielleicht, wann ich ihn besuchen kann, ich bin ganz allein ohne ihn, und sie schüttelte den Kopf und sagte, sie würde mich herzlich gerne anrufen, wenn er so weit war, und ich dankte ihr tausend Mal und ging, und es wurde nie gebrüllt und geflucht, keine Security wurde gerufen, keine Flure durchspurtet.

• • •

In jener Nacht schlief ich in einem kleinen Motel, es hieß Lamplighter, und darin gab's Termiten, verstopfte Abflüsse und Handtücher mit Lippenstiftflecken drauf und einen Pool mit schwarzen Fliesen, damit man ihn nie putzen musste. Ich rief meine Tante und meinen Onkel an, sagte, dass es mir gut ging, dass ich einen kleinen Ausflug gemacht hatte, es keinen Grund zur Sorge gab, und ich spürte, dass sie erleichtert waren, sie waren keine schlechten Menschen, wenn's nur mehr Menschen wie sie gäbe, dachte ich, und dann ließ ich die Jalousien runter und verriegelte die Tür, und ich schlief gut, wie ein betäubter Stein, oder wie das heißt, träumte nicht von Irrenhäusern und Lobotomien, sondern vom Soldaten und von Constance, meiner wunderbaren Constance, wachte traurig auf und wünschte mir, dass die Welt vielleicht doch ein bisschen schöner wäre.

Mit dem letzten geliehenen Geld kaufte ich mir zum Frühstück einen Burrito mit schwarzen Bohnen und Käse, dann hatte ich wieder Glück und wurde fast bis ganz auf den Berg von einem Aufzugsvertreter mitgenommen, der achtundzwanzig Jahre lang mit derselben Frau verheiratet war, und kein einziges Mal war sie ihm untreu gewesen, obwohl er Streichhölzer von jeder Bar und jedem Motel in Denver in ihrer Handtasche fand und er sich wunderte, wie sie schwanger geworden war, nachdem er sich mit achtzehn Jahren hatte sterilisieren lassen!

Nach einem längeren Fußmarsch war ich dann endlich zuhause und in gewisser Weise auch erleichtert, Tante Rose war netter zu mir als je zuvor, umarmte und küsste mich und sagte, wir haben uns solche Sorgen gemacht, lieber Benton! Sie machte mir Nudel-Käse-Auflauf mit viel Ketchup (mein Lieblingsessen!), und sogar Onkel Howard war freundlich und sagte, ich könnte über alles mit ihnen reden, über wirklich alles, ich bräuchte keine Angst haben, dass sie enttäuscht wären und so weiter, und so weiter. Aber natürlich lief's drauf raus, dass sie alles über meine Erkundungspatrouille rauskriegen wollten, sie wollten, dass ich ihnen erzähle, wo ich gewesen war. Aber obwohl sie mir dauernd sagten, dass sie mich lieb hatten, ganz ohne Wenn und Aber, dachte ich gar nicht daran, ihnen zu verraten, dass ich Vater gesucht hatte, denn dann hätten sie mich zu irgendeinem Dr. Sigmund geschickt (das ist so, da braucht man nicht drum rumreden), der mit mir über meine Unsicherheit und meine Neurosen und Ödipusvorstellungen und den ganzen Scheiß reden würde, der mit seiner Therapie oder Hypnose oder Folter, worauf's wahrscheinlich rausgelaufen wäre, in den hintersten Winkel meines Kopfs schauen wollte.

Deswegen bin ich an jenem Abend mit vollem Bauch und klarem Verstand ins Bett gegangen und wusste ganz genau, dass morgen alles ganz anders sein würde, dass sich manche Leute womöglich vor mir auf den Boden werfen und um Gnade betteln würden, bitten, dass ich mir's noch mal überlege.

• • •

Onkel Horace hatte eine 1200er Winchester zur Selbstverteidigung. Sie lag oben auf seinem Schrank, aber das war kein Geheimnis, denn er hatte sie mir schon gezeigt und erklärt, wie man sie lädt und alles andere. Ich hatte noch nie geschossen, war nicht mal jagen gewesen, aber ich vermutete, dass es nicht so schwer sein konnte, nur die Patronen ins Magazin stecken, laden und dann den Abzug drücken und schießen. Nicht, dass ich schießen musste, ich brauchte sie nur, weil ich eher klein bin und nicht so überzeugend und bestimmt auftreten kann wie eine Winchester.

Als Horace und Rose zur Arbeit waren und glaubten, dass ich wieder in die Schule ging, lief ich zum Schrank und lieh mir das Gewehr und mehrere Schuss, und dann ging ich raus zum Schuppen und sägte den Lauf mit einer Eisensäge schön kurz. Sie passte gut unter meine Jacke, was wichtig war, denn ich wollte Constance keine Angst einjagen, jedenfalls nicht gleich.

Es hatte wieder zu schneien begonnen, und ich war froh darüber, denn dann waren meine Schritte nicht zu hören, und wegen der Fußspuren machte ich mir keine Sorgen, denn ich trug die Stiefel zum ersten Mal und würde sie wegwerfen, wenn ich fertig war – ich hatte mir alles ganz genau überlegt. Und ich stellte mir vor, dass ich der Soldat war, und dass ich mit den Männern meines Zugs sprach, ihnen alles Gute wünschte und den ganzen Scheiß, aber dann dachte ich, besser, wenn ich nicht so laut rede, damit es niemand hört, und deswegen führte ich die Gespräche in meinem Kopf.

Ich kannte Constances Arbeitszeiten und wusste, dass sie noch mindestens eine Stunde lang nicht nach Hause kam, aber ich wollte sichergehen, dass ich genug Zeit hatte, mich richtig in Stellung zu bringen, schließlich braucht ein kurzer Krieg eine lange Vorbereitung, oder wie das heißt. Ich kauerte mich hinter einen Baum, dieselbe Kiefer, hinter der ich mich immer versteckte, und der Schnee fiel vom bleigrauen Himmel.

Man singt alte Kinderlieder und erzählt sich selbst Märchen, dieselben, die einem die eigene Mutter erzählt hat, die Märchen über Eltern, die ihre Kinder im Wald zurücklassen und hoffen, dass die wilden Tiere sie fressen, und man wartet, dass das Liebchen kommt, mit Blumenkranz im Haar und blutroten Lippen, und die Wimperntusche läuft ihr über die Wangen …

Die Zeit verging nur langsam, jede Sekunde dauerte ewig, und dann war sie da, aber ganz anders, als ich gedacht hatte, keine Blumen im Haar. Sie ging langsam auf die eine Seite der Hütte und nahm einen Arm voll Holz, eine verbitterte Frau. Ich hörte meinen eigenen Atem, und der wurde immer lauter, und ich bekam Angst, dass sie ihn auch hören könnte, deswegen presste ich die Lippen aufeinander und hörte eine Zeit lang zu atmen auf. Wie sehr wünschte ich mir, meinen Kopf in ihren Schoß zu legen, wie gern wollte ich ihre weiche Haut spüren, wie sehr sehnte ich mich danach, ihren Schweiß zu schmecken, ihre Tränen. Sie öffnete die Fliegentür, und dabei fiel ihr das Holz aus dem Arm und polterte auf den Boden, und ich hörte, wie sie leise fluchte. Wahrscheinlich wusste sie nicht, dass sie beobachtet wurde; wahrscheinlich wusste sie nicht, dass sich der große böse Wolf im Schnee versteckt hatte. Nach einer Weile hatte sie das ganze Holz wieder eingesammelt und ging ins Haus, und hinter ihr fiel die Fliegentür scheppernd zu.

Ich wartete ein bisschen und dann noch ein bisschen. Drinnen begann Musik zu spielen, Beethovens Klavier, gedämpft und undeutlich. Der Himmel wurde schwarz, der Wind heulte, die ganze Welt war eine weihnachtliche Schneekugel. Meine Hände steckten tief in den Taschen meiner Arbeitshose, meine Mütze hatte ich tief ins Gesicht gezogen, dennoch hörten meine Zähne nicht mehr auf zu klappern. Ich wusste, was ich tun musste.

Und plötzlich rief ein Prediger: Ihr werdet Wehklagen hören und Schreie des Schmerzes! Ihr werdet spüren, wie eure Haut Blasen wirft und sich ablöst. Ihr werdet versengtes Fleisch riechen, verschmortes Haar! Ihr werdet eine Welt in Flammen sehen, Landschaften des Schmutzes, und ihr werdet flehen, gib mir noch eine Chance, oh Herr, eine Chance, mich zu retten. Und dann wird der Herr sagen: Du Narr! Ich habe dir meinen Sohn geopfert, nur um dich zu erlösen, habe dir einen Platz angeboten im Hause des Herrn, und du hast mir ins Gesicht gelacht, dich über mich lustig gemacht. Und jetzt flehst du um deine Rettung, um ewiges Glück? Der Herr ist gnädig, aber nur gegenüber jenen, die ihm dienen. Ihr Sünder und Huren, ihr werdet ernten, was ihr gesäet, und das nicht zu knapp!

Vorwärts: Rauch quoll aus dem Kamin, die Fenster flackerten orange, die Luft zitterte, und ein verwundeter Kojote jaulte, der Boden voller kniehoher Eiszapfen, und die Hütte konnte jeden Augenblick in die Luft gehen, und ich konnte jeden Augenblick in die Luft gehen, und die Tür war auf und ich stand da und ich hielt ein Gewehr und Constance schrie und Tränen traten in ihre Augen.

23. Kapitel

Wo ist er?, schrie ich, und dann fühlte ich mich schlecht, weil ich schrie, mit einem Gewehr in der Hand, deswegen beruhigte ich mich ein bisschen. Ich senkte die Waffe, aber sie hatte immer noch Angst, zitterte und weinte. Ich will dir nicht wehtun, sagte ich. Verstehst du? Ich will dir doch nicht wehtun. Ich liebe dich. Aber es war so lächerlich, ihr hier, jetzt meine Liebe zu gestehen, dass ich den Kopf schüttelte und lachte, völlig unentspannt.

Was willst du?, flüsterte sie kaum hörbar. Was willst du von mir?

Du brauchst keine Angst haben, sagte ich. Er kann dir nichts mehr tun. Er war's, oder? Er hat dein Baby getötet. Er hat dich gezwungen, zur Polizei zu gehen.

Keine Antwort.

Das warst doch nicht du. Das kannst gar nicht du gewesen sein.

Bitte, sagte sie. Geh einfach. Ich sag niemand, dass du hier warst. Das braucht niemand wissen.

Aber ich schüttelte den Kopf. Ich geh nicht ohne dich. Ich kann nicht mehr ohne dich leben. Vielleicht verstehst du das, vielleicht auch nicht. Aber das ist egal. Ich kenne da was. Es ist weit oben in den Bergen. Da findet uns keiner. Wir könnten da glücklich sein, vielleicht. Einen Versuch ist's doch wert.

Ihre Unterlippe bebte, ihre Wange zuckte, und sie sagte, warum ich? Du bist doch ein netter Junge. Warum suchst du dir nicht jemand aus der Schule, jemand in deinem Alter? Ich, ich könnte fast deine Mutter sein.

Und sobald sie's gesagt hatte, begriff sie ihren Fehler, weil meine Mutter tot war und alles, und sie entschuldigte sich, und ich sagte, macht nichts, schon vergessen, und was deine Frage betrifft, warum ich dich ausgewählt hab, nun, das war gar nicht meine Wahl, da hatte ich kein Mitspracherecht.

• • •

Spät in der Nacht sind wir dann los, und Constance hatte sich ein bisschen beruhigt, das heißt, sie weinte und schrie nicht mehr, jedenfalls nicht mehr so sehr, aber mitkommen wollte sie immer noch nicht, flehte, ich soll sie gehen lassen, sagte, sie wüsste, dass es mir schlecht ging, dass es Leute gab, die mir helfen könnten, und ich begriff, wie sehr dieser Mann, dieser Berg ihre Gedanken vergiftet hatte.

Der Himmel war pechschwarz, und Mond und Sterne leuchteten so trüb, dass wir gerade genug Licht hatten, um zwei Schritt weit zu sehen, aber inzwischen kannte ich diese Berge so gut, dass ich uns auch mit verbundenen Augen hätte führen können. Dabei drückte ich ihr immer das Gewehr in den Rücken und versuchte, mit ihr zu plaudern, über Politik und Religion und so was, aber sie ging nicht drauf ein, und deswegen fing ich an, alte Countrysongs zu singen, Songs, die Dad auf seinem Lenco-Plattenspieler gespielt hatte: George Jones und Marty Robbins und Don Gibson. D-Dur: *The lights in the harbor don't shine for me. I'm like a lost ship adrift on the sea – sea of heartbreak.*

Na, irgendwann fing sie auch an, mit mir zu reden, vielleicht weil ihr mein Singen nicht gefiel, vielleicht weil sie sich im Dunkeln fürchtete. Sie stellte mir Fragen, Fragen nach meinem Vater, Fragen nach meiner Mutter. Wie war sie gewesen? Sie hatte langes schwarzes Haar. Sie konnte überhaupt nicht kochen. Zeitweise hat sie mich geliebt. Meinen Vater hat sie nicht so geliebt. Woran ist sie gestorben? Sie war krank. An irgendeiner Krankheit ist sie gestorben. Mein Vater ... er hat sie bei sich behalten. Selbst als sie tot war. Er wollte sie nicht hergeben. Kann man ihm doch nicht vorwerfen. Das Leben ist grausam und gemein. Das kann man meinem Vater doch nicht vorwerfen. Sie haben ihn abgeholt, weil er sie geliebt hat ...

Wenn man mitten in der Nacht in den Bergen ist, fängt man an, komische Sachen zu sehen. Jemand baumelt an einer Kiefer, die Augen quellen ihm aus dem Schädel, die Zunge hängt ihm aus dem Mund; ein Kojote nagt an seinem eigenen verletzten Bein, Blut breitet sich auf dem Boden des Bergs aus; eine Frau in weißem Nachthemd steht hüfttief in einem Fluss und wiegt ein totes Baby in den Schlaf; ein Bergmann aus früheren Zeiten, in der einen Hand eine Spitzhacke, in der anderen eine Karbidlampe ...

Und um die Wahrheit zu sagen: Ich hatte keine Angst, sie aber schon, sehr viel sogar, und sie fürchtete sich nicht nur vor dem Geist des Bergmanns, sie hatte auch Angst vor dem Berg, sie hatte Angst vor mir. Sie stellte mir Fragen, aber ich stellte ihr keine, weil ich ihre Geschichte ja kannte, immer schon. Und dann wehte ein eisiger Wind über den Berg und fegte durch die Baumgerippe, und der Tod wirbelte wild durch die Luft, und ich wusste, dass Constance vielleicht nicht lange auf dieser Welt sein würde. Und ich wusste, dass ich ganz sicher nicht lange auf dieser Welt sein würde.

Wir gelangten zur Totenkopfhütte, und dort würde uns niemand finden. Drinnen war es kalt, deswegen machte ich gleich Feuer, beobachtete sie dabei aber aus dem Augenwinkel, damit sie nicht plötzlich nach dem Gewehr griff, damit sie nicht zur Tür rauslief, aber das tat sie nicht, sie war wie ein Hund, der auf den Teppich gepisst hat und dafür getreten wurde, saß zusammengekauert an eine Wand gelehnt.

Es dauerte lang, bis ich das Feuer in Gang hatte, denn das Holz war feucht, und ich wurde zornig und wütend, und obwohl Constance nicht grinste, spürte ich, dass sie's gern sah, dass ich mich abmühte, und ich wollte ihr wehtun, aber ich tat's nicht, ich würde ihr nie wehtun, wahrscheinlich jedenfalls, ich war ja da, um sie vor der Welt zu beschützen, vor dieser ätzenden, sündigen, verrottenden Fotze von Welt, und ich sagte zu ihr, ich werd dir nie wehtun, das kannst du mir glauben, ich werd dir nie wehtun, versuch nur nicht wegzulaufen, die Welt sollte man erwürgen und totschlagen und den Toten überlassen.

Also heirateten wir, und es war eine ganz stille Angelegenheit ohne Familie und Hochzeitstorte, und sie lag zusammengerollt da, die Schultern hoben und senkten sich, überall rotes Haar, Blut rann aus ihrer Nase, ein Auge war zugeschwollen und ein bisschen lila.

So ging es eine ganze Zeit, wir waren verheiratet, aber sie war nicht glücklich. Dabei hatten wir genug zu essen und zu trinken, eigentlich alles, was wir brauchten. Ich war sicher, dass sich ihre Unruhe nach einer Weile legen würde, wenn sie ein bisschen mehr von Liebe und Treue wusste, aber in der Zwischenzeit kam's darauf an, nicht einzuschlafen. Ich wusste nur zu gut, dass wenn ich als Erster einschlief, wenn ich überhaupt schlafen würde, sie tapp, tapp, tapp aus der Hütte schleichen würde und ich allein wäre und wütender als je zuvor, deswegen blieb ich wach und nickte nur ab und zu kurz ein und fuhr sofort wieder hoch mit einem Blutfilm auf den Augen, und sie beobachtete mich und brütete vor sich hin, brütete etwas aus.

Ich musste schlafen, musste mir was einfallen lassen. Schließlich versuchte ich es mit einer Kuhglocke um ihren Hals. Zunächst fand sie es richtig lustig und sagte, das ist eine verrückte Idee, Benton, aber sobald ich das Ding an ihr festgemacht hatte, sah sie, dass ich es ernst meinte, und sie hörte auf zu lachen. Allerdings will ich sagen, dass es mir nicht drum ging, sie zu quälen, es fiel mir nur immer schwerer, Nacht für Nacht wach zu bleiben, und jetzt hörte ich jedes Mal wenn sie aufstand, zum Pissen oder um Wasser zu trinken, die Glocke läuten und machte die Augen auf und sagte, lauf bloß nicht weg, hörst du, und sie tat's nicht, sie traute sich nicht.

Schwer zu sagen, wie lange wir in der Totenkopfhütte waren, aber ich trank immer mehr, immer diesen billigen Sliwowitz, und wenn ich richtig blau war, wurde ich böse, und darauf bin ich nicht stolz, und dann weinte ich manchmal, heulte wie ein Baby und fragte Constance: Weißt du, wie das ist, Außenseiter zu sein, weißt du, wie das ist, wenn die Leute immer hintenrum über einen reden und sagen, der Junge ist nicht ganz richtig im Kopf, mit der ganzen Familie stimmt doch was nicht? Und manchmal beobachtete sie mich nur, genau wie Vater die Ratten, und manchmal überkam sie auch Menschlichkeit, und sie streichelte meinen Kopf und sagte, wein nicht, Benton, die Welt ist schlecht, wein nicht, Benton.

• • •

Und zuhause saßen Tante Rose und Onkel Horace mit düsteren Mienen am Küchentisch, starrten aus dem Fenster auf die nachtschwarzen Bäume und sangen: *Oh, where have you gone, Billy Boy, Billy Boy? Oh, where have you gone, Charming Billy?* Und sie riefen beim Sheriff an, und der Sheriff schob die Krempe seines Stetson nach oben und schüttelte den Kopf und spuckte aus und sagte, wir halten die Augen offen und tun, was wir können, aber wenn ein Junge in seinem Alter sich's in den Kopf setzt und abhaut, dann können wir nicht viel machen.

Aber ich wusste, dass sie suchen würden, so sicher wie das Amen in der Kirche. Wie lange konnten wir uns verstecken? Sicher nicht ewig, und vermutlich nicht mal halb so lang. Bitte nimm mir diese Kuhglocke ab, sagte sie, ich lauf nicht weg.

Und ihre Augen waren groß und sanft und aufrichtig, deswegen glaubte ich ihr.

Aber sie log.

24. Kapitel

Eigentlich kein richtiger Plan, nur warten, bis ich eingeschlafen war, das Gewehr nehmen und weg. Sie hatte weder den Mut noch die Wut, mir im Schlaf in den Kopf zu schießen, und ich war ihr dafür nur halb dankbar, weil einem der Tod ja in vielen verschiedenen Formen begegnet, nicht nur wenn man aufhört zu atmen.

Das Wetter war so beschissen, wie man sich's nur wünschen kann, der Wind heulte, es schneite, und ich wusste, dass Constance bei so einem Wetter nicht weit kommen würde, wusste, dass sie sich in den Bergen nicht so gut auskannte wie ich, aber es würde mir auch nichts bringen, wenn sie draußen in einer Schneewehe erfror, deswegen ging ich sie suchen und suchte und rief ihren Namen, und meine Stimme kam mir selbst seltsam vor, sie klang gar nicht nach mir, so als wäre irgendwas Schlimmes und Schreckliches, das ich gar nicht benennen konnte, in meinen Körper gefahren.

Ich hatte die Gaslaterne dabei und suchte im knietiefen Schnee nach Fußspuren, suchte nach Brotkrumen, aber da waren nur unendliche Schichten von Schnee, ein himmlisches Licht erhellte die weiße Ebene, die Zeit hatte aufgehört zu existieren, und Constance war irgendwo da draußen, rannte den Berg hinab oder versteckte sich irgendwo unter einem Baum, und ich musste sie finden. Ich blieb stehen und schloss die Augen. Und dann stand der Soldat mit aufgesetzter Gasmaske vor mir, und er nahm mich an der Hand, und wir marschierten los, und ich bat ihn, mir sein Gesicht zu zeigen, und er schüttelte den Kopf, und wir marschierten weiter, und der Wind wurde heftiger als je zuvor, und ich war blind, aber der Soldat führte mich.

Überall war alles weiß, und wenn ich zum Himmel blickte, sah ich die Dunkelheit, aber dann verschwand die Dunkelheit, und ich sah nur noch Schnee, und am Himmel war es überall hell, und der Wind wehte ständig aus einer anderen Richtung, und der Soldat hatte den Kopf gesenkt und lief immer weiter und schien den wirbelnden Schnee nicht zu bemerken oder zu beachten. Und ich hörte das Knirschen unserer Stiefel, allmählich wurden meine Füße taub, und ich hörte nicht mehr auf zu zittern, und dann sah ich Constance ein Stück vor mir, fast unsichtbar im Nebel, und sie stolperte mit dem Gewehr in der Hand durch die Schneewehen.

Dann verließ mich der Soldat, und ich rief ihren Namen, und sie drehte sich um und richtete das Gewehr auf mich. Sie rief, ich soll stehen bleiben, aber ich ging weiter, weil mir schon alles egal war, und sie spannte den Hahn und rief wieder, aber ich ging weiter. Es war ein Wunder, dem Himmel sei Dank, dass ich sie gefunden hab, und ich wusste, dass manche Dinge vorherbestimmt waren. Als ich ungefähr zehn Schritt von ihr entfernt war, drückte sie ab, und es gab einen ohrenbetäubenden Knall, und ich lag auf dem Boden, und der Horizont war nun nicht mehr nur weiß, und sie hatte meinen Arm gestreift, aber trotz des Bluts spürte ich keinen Schmerz, trotz des Bluts, das den Schnee beschmutzte.

Constance stand über mir, und ihr Gesicht hatte sich verändert, es war zur Teufelsfratze geworden, voller Blut und Narben und Schwären. Sie hob erneut das Gewehr, aber diesmal war ich vorbereitet. Ich rollte zur Seite, sie drückte ab und schoss daneben, und ich griff nach ihren Beinen und erwischte sie knapp, und sie stürzte in den Schnee, und das Gewehr fiel ihr aus der Hand.

Der eine Arm war nicht mehr zu gebrauchen, aber es ging auch so, ich hob das Gewehr aus dem Schnee auf und stand über ihr und drückte ihr den Lauf ins Genick, und sie kämpfte, aber nur halbherzig, weil sie wusste, dass es vorbei war, und ich hätte sie töten können, aber ich liebte sie, liebte sie wirklich, deswegen tat ich's nicht, und sie hustete und schnappte nach Luft. Ich nahm all meine Kraft zusammen und warf sie mir über die Schulter, sie war beinah eine Leiche, mein Vater liebte seine Frau von ganzem Herzen, und deswegen ließ er sie nicht gehen, was ist daran denn so schlimm?

Wieder oben auf dem Berg, die Braut auf der einen Schulter, das Gewehr auf der anderen. Und jetzt fiel für immer der Schnee, heulte der Wind, knirschten die Stiefel, pfiff der Atem, lachte der Teufel.

• • •

Ich legte mir einen Druckverband an, indem ich mir mein T-Shirt um den Arm wickelte, machte Feuer und behielt Constance im Auge, die in einer Ecke der Totenkopfhütte saß und weinte, nichts als weinte, so als wäre sie es, die angeschossen worden war. Und ich empfand auch etwas Mitleid, aber nicht viel, und eins war klar: Sie würde nicht freiwillig in der Hütte bleiben, sie würde bei der nächsten Gelegenheit wieder abhauen, und jetzt würd sie auch keine Kuhglocke mehr davon abhalten.

Sie saß in einer Ecke und sah kaum aus wie ein Mensch, so zerschunden und blutig und schmutzig war ihr Gesicht, das Haar zerzaust und verfilzt. Interessiert sah sie zu, wie ich durch die Hütte ging und den alten Teppich wegnahm. Traurig und wütend schloss ich das Vorhängeschloss auf und öffnete die Klappe zum Vorratskeller, und Staubwolken stiegen in die Luft. Üble Gedanken bedrängten mich. Einigermaßen, aber nicht ganz zuversichtlich nahm ich das Gewehr, das neben dem Kamin lehnte, und sagte, ich wollte ihr nicht wehtun, sagte, sie sollte aufstehen und mitkommen. Aber sie bewegte sich nicht, sagte kein Wort, sondern starrte mich nur an und zitterte am ganzen Körper.

Du musst jetzt runter in den Keller, sagte ich, ich kann's nicht zulassen, dass du noch mal wegläufst. Aber du sollst wissen, dass ich dir was zu essen gebe und mich um dich kümmere. Keine Reaktion. Deswegen spannte ich den Hahn des Gewehrs und zielte auf ihren Kopf, aber sie rührte sich nicht, weil sie wusste, dass ich nur bluffte, weil ich sie zu sehr liebte, um ihr wehzutun.

Und so blieben wir eine Zeit lang, ich zielte mit dem Gewehr auf sie, und sie starrte mich wortlos an, starrte durch mich hindurch, wenn ich ehrlich sein soll. Du musst jetzt in den Keller, sagte ich wieder, und dieses Mal tat ich ein paar Schritte auf sie zu. Auf ihrem Gesicht machte sich Furcht breit, und sie kreischte, und ich hob den Gewehrkolben, und er sauste auf ihren Kopf hinab. Sie kippte seitlich zu Boden, und einen Augenblick fürchtete ich, dass ich zu hart zugeschlagen und sie vielleicht getötet hatte, aber kurz darauf sah ich, wie sie sich bewegte, und hörte sie stöhnen, deswegen wusste ich, dass sie lebte, noch jedenfalls.

Es gab kein Zurück. Ich packte sie an den Füßen und zog sie langsam über den Boden, hin zur Kellerluke. Das Feuer brannte, und mir war warm und ich war froh, am Leben zu sein, und ich vermisste meine Mutter mehr als alles andere, und ich vermisste meinen Vater mehr als alles andere, und ich würde niemand mehr verlieren, nicht ohne mich zu wehren, nicht ohne mich zu wehren.

Irgendwie klappte ihr Mund immer auf und zu, und sie brabbelte irgendwas, irgendeinen Unsinn. Und dann kamen wir zur Luke, und ich packte sie unter den Achseln und schleppte sie die Holzleiter hinunter in die Dunkelheit, in die großartige Dunkelheit, in der sie bleiben würde.

Da gab's eine Liege mit Decken und ein Kissen, und plötzlich wurde ich sehr traurig, weil ich wusste, das nichts für ewig ist, nicht mal der Wind oder die Berge oder der Regen, und ich küsste sie auf den Mund, und ihre Augenlider flatterten und öffneten sich, und ihre Augen schossen in ihrem Schädel hin und her wie springende Lachse.

Ich begann, die Leiter wieder hochzusteigen, und sagte, bald komm ich wieder, meine Liebste, mein Herz, meine Einzige. Ich zog mich aus der Grube und wollte die Luke schließen, als Constance sich auf den Knien aufrichtete und mit Kleinmädchenstimme sagte, lass mich nicht hier unten. Bitte. Lass mich nicht hier unten. Ich blickte zu ihr hinunter, und sie war nur ein Gespenst, ich blickte zu ihr hinunter, und sie war nur meine Mutter, ich blickte zu ihr hinunter, flüsterte, es tut mir leid. Dann klappte ich die Luke zu und ließ das Vorhängeschloss einschnappen.

25. Kapitel

Genau wie nach meinem Ausflug zur Burg waren Tante Rose und Onkel Horace froh, mich wiederzusehen, das konnte ich spüren, und sie sagten, wir waren ganz krank vor Sorge, wir dachten, irgendwas wär passiert, was ganz furchtbar Schlimmes, und ich schlug die Hacken zusammen und sagte, zuhause ist's doch am schönsten, und ich verputzte das Abendessen, Forelle, Fischfrikadellen und Elchschinken, und sie fragten mich alles Mögliche, wo ich gewesen war, wie ich mir den Arm verletzt hatte, aber ich schüttelte nur den Kopf und sagte, ich wollte nicht so viel drüber reden, Ende gut, alles gut, und sie bohrten auch nicht nach, obwohl sie einander besorgte Blicke zuwarfen.

In jener Nacht hab ich gut geschlafen, hab kaum an Constance gedacht. Ich würde bald wieder hochgehen und sie besuchen, dafür sorgen, dass sie genug zu essen und zu trinken hatte, dass sie's bequem hatte, dass sie nicht fliehen konnte, man konnte meinem Vater keinen Vorwurf machen, er hat alles getan, um sie zu retten, aber diese Christratte, die hat ihn im Stich gelassen. Es weiß doch jeder, dass Moses sein Volk durch die Wüste geführt hat, aber nicht ins Gelobte Land ziehen konnte. Da hat Gott ein grausames Spiel getrieben, so ist der eben manchmal, ärgert die Menschen nur aus Spaß, aber es ist nicht lustig, wenn Menschen in Tsunamis ertrinken, wenn sie im Feuer verbrennen oder im Schneesturm erfrieren. Ich hab mal von einem gehört, einem guten Kerl, der am Ellbogen verletzt war und sich nicht weiter darum kümmerte, aber dann bekam er eine Infektion und 40 Grad Fieber, und er ging ins Krankenhaus, wo sie sagten, um Gottes willen, Sie haben ja dies und das, und keine vierundzwanzig Stunden später hatten sich die Bakterien durch seinen ganzen Körper gefressen, und er hat beide Arme und Schultern verloren, und die ganze Haut auf seinem Oberkörper war weg, und was sagt man da zu ihm, Gott, was sagst du zu ihm, ich hab nur ein bisschen Spaß gemacht, ist das nicht lustig, denn genau das ist es, was du sagst, Gott, oder?

Aber das Leben meinte es wirklich gut mit mir. Tante Rose und Onkel Horace waren echt nett, und wegen der Weihnachtsferien war keine Schule, und wo man hinging, war Weihnachtsstimmung, überall Lichterglanz, Lamettafunkeln, und die Leute sagten, na, Benton, warst du auch brav, kriegst du schöne Geschenke, oder hat der Weihnachtsmann diesmal nichts für dich dabei? Und ich antwortete mit einem Zwinkern, kommt drauf an, wie genau er hingeschaut hat.

Jeden oder jeden zweiten Tag wanderte ich auf den Berg in die Tundra, zur Totenkopfhütte, wo meine Ehefrau auf mich wartete, die sonst niemand auf der Welt hatte. Aber Constance war überhaupt nicht dankbar, so wie Frauen eben sind. Sie trank das Wasser und aß das Essen, aber ohne ein Dankeschön, ohne ein Ich-hab-dich-lieb, ohne zu fragen, wie geht's, Benton.

Bei starkem Wind hört man das Flüstern in den Bergen kaum. Aber ich konnte hören, wenn eine verdammte Kiefernnadel in den Schnee fiel, weil ich ein übernatürlich gutes Gehör hatte, deswegen konnte ich das Flüstern auch von meinem Zimmer aus hören, und das, obwohl meine Tür zu war und obwohl der Wind wehte. Tante Rose und Onkel Horace sagten, das ist wirklich beunruhigend, sagten, der Junge kann damit nichts zu tun haben, er war die ganze Zeit bei uns, er hat sich wirklich geändert und schon lang nicht mehr von ihr gesprochen. Der Mountain Sheriff sagte, ich würde trotzdem gern mal mit dem Jungen sprechen. Ich gehe auch davon aus, dass er nichts damit zu tun hat, aber es wäre trotzdem gut, mit ihm zu reden, vielleicht weiß er ja was. In den Bergen gehen immer mal Leute verloren, oft auch freiwillig. Also, wenn Sie nichts dagegen haben, würde ich gern mal mit dem Jungen reden.

Ich will mal was zu diesem Mountain Sheriff sagen. Ich traute ihm nicht, ich mochte ihn nicht, obwohl er ganz lässig tat und freundlich lächelte. Er hatte einen Schnauzbart, die Art von Schnauzbart, bei der ich immer an Kinderschänder denken muss, und er sprach auch wie einer, so schleimig und supernett. Ich würde nur gerne wissen, ob du deine Freundin Constance Durban in den vergangenen paar Tagen gesehen hast.

Nein, Sir, hab ich nicht. Ich hab Kontaktverbot, falls Sie's nicht wissen. Ich darf nicht näher als eine halbe Meile an sie ran. Ihr Exmann hat sie aufgestachelt. Hat sich von mir bedroht gefühlt. Ist das zu fassen? Bedroht von einem sechzehnjährigen Jungen? Wie finden Sie das?

Er lächelte wieder. Na, komm schon, Benton, sagte er. Sie hat keinen Exmann. Das weißt du doch. Er hat ein bisschen Druck gemacht. Wollte mich beim Lügen ertappen, dass ich mich in einen Widerspruch verwickle. Tja, Pech, Mr. Mountain Sheriff, das klappt nicht bei mir.

Ich hab sie nicht gesehen, sagte ich wieder. Ich würd's Ihnen sagen, wenn's anders wär. Meine Tante und mein Onkel waren zufrieden, und sie sagten, gibt's sonst noch was, Sheriff?

Seltsam ist es schon, sagte er. Eine Frau kommt zu uns, weil sie verfolgt wird, meldet einen Stalker. Und ein paar Wochen später verschwindet sie. Das ist schon seltsam. Und dann strich er über seinen Kinderschänderschnauzer und schüttelte den Kopf. Na dann, sagte er, ich will Ihnen nicht noch mehr Zeit stehlen. Vielleicht rufen Sie uns an, wenn Ihnen was einfällt, das uns weiterhelfen könnte? Und er reichte jedem von uns eine Visitenkarte. Sheriff Jim Tyler.

Onkel Horace und Tante Rose gaben ihm die Hand und sagten, ja, natürlich, das machen wir natürlich, aber ich sagte nichts, warum sollte ich so einem teuflischen Monster die Füße küssen. Und er fixierte mich mit misstrauischem Blick und sagte, man sieht sich, Benton, man sieht sich.

Du denkst wohl, du weißt alles? Gar nichts weißt du! Verstehst du? Einen Scheißdreck weißt du!

• • •

Zwei Tage danach verließ ich Silverville endgültig, wanderte zurück zur Totenkopfhütte, und alle Bergleute, Trapper und Huren versammelten sich zur Feier des Tages an der Gold Street im Spalier und verabschiedeten mich mit Pauken und Trompeten, Amerikafähnchen und windzerfurchten Gesichtern. Kinder wurden auf Schultern gehoben, Babys nuckelten selig an whiskeygetränkten Schnullern, die hübschesten Mädchen waren am Tuscheln und Kichern. Oben auf dem Hügel hörte ich die Highschool-Band Auld Lang Syne spielen.

Aber auf dem Berg passierten eigenartige Dinge, es gab noch eine Welt außerhalb meines Kopfs. Unaufhörlich fiel Schnee und wirbelte wie verrückt durch die Luft, und irgendwo im Morgenlicht spielte ein Streichpsalter pausenlos einen einzigen Ton, ununterbrochen. Eine kleine Backsteinkapelle erschien wie in einem Fiebertraum, und dahinter ein

Friedhof. Ein alter Mann lehnte an einem Zaun und beobachtete eine Frau, vielleicht seine Ehefrau, die mit einem Spaten in der Erde grub. Ich hörte auf zu gehen und fragte, warum graben Sie das Grab, und er sagte, Mister, wissen Sie denn nicht, dass der Bestatter verrückt war? Wir haben aus verlässlicher Quelle erfahren, dass er alle, die hier begraben sind, entweiht hat, sie in die Augenhöhlen gefickt hat und was noch alles, und jetzt graben wir sie aus, um das wieder in Ordnung zu bringen. Die Toten sollen doch in Frieden ruhen, meinen Sie nicht?

Ich wusste wirklich nicht, was ich dazu sagen sollte, deswegen ging ich weiter, und ich wusste auch nicht, ob der Bestatter verrückt war oder ob's der Mann und die Frau waren, und dann legte ich die Hände auf die Ohren und schrie, schrie lange, um die Dämonen und Engel zu verjagen, und der alte Mann und die Frau lächelten mich an, mit blassen, zerstörten Gesichtern.

• • •

Wir lebten in der Hütte, ich oben im Wohnbereich, Constance darunter, und wir hatten genug Konserven und Getränke, um's mindestens einen Monat auszuhalten. Ihr ging's nicht gut, sagte sie, und sie flehte mich an, Hilfe zu holen, aber dafür war es zu spät. Tut mir leid, sagte ich zu ihr, und die Tränen liefen mir über die geröteten Wangen, es tut mir so leid. Aber wenn rauskommt, was ich getan habe, dann werde ich verhaftet und eingesperrt. Und wenn rauskommt, was ich will, dann komm ich in die Burg, und von dort komm ich nie mehr raus …

Aber nicht allein Constance war krank. Auch mit mir ging's bergab: Kopfweh, Nasenbluten, meine Haut schälte sich, unkontrollierbares Zittern. Kriegsfolgen. Ich fragte mich, was der Soldat tun würde.

Er hatte übrigens auch eine Frau. Sie hieß Elizabeth. Eine Gruppe Terroristen hatte sie gefangen genommen, vergewaltigt und gefoltert. Natürlich hat der Soldat nach ihr gesucht und hat sie auch gefunden, aber sie hielten ihr ein Messer an die Kehle und sagten, sag uns, was wir wissen wollen, dann lassen wir sie am Leben. Und er stand lange Zeit einfach da, und es war klar, dass er hin- und hergerissen war, dass er sich entscheiden musste für seine Frau oder sein Land, und dann schüttelte er den Kopf und sagte, wenn ihr glaubt, dass ihr's tun müsst, dann tut's, und sie schnitten ihr die Kehle durch, und er rastete aus und erledigte jeden einzelnen von diesen Irakern, und als es zu Ende war, waren seine Uniform und sein Gesicht blutüberströmt, und er schüttelte den Kopf und sagte, Gott, vergib mir, aber ich bin kein Verräter.

• • •

Es war ein kalter Winter, es hörte nicht mehr auf zu schneien und wurde immer früher dunkel, bis es schließlich überhaupt nicht mehr Tag zu werden schien. Und es gab Augenblicke voll Glück, Augenblicke, in denen ich überzeugt war, dass alles gut werden würde, aber diese Augenblicke verschwanden wie Tränen in der Dunkelheit, und das Elend kroch durch einen Spalt im Fenster und setzte sich in einer Ecke der Hütte auf seinen fetten Arsch und glotzte mich zufrieden und grimmig an.

26. Kapitel

Eine Woche danach oder noch später kamen sie. Es war Nacht, und ich sah sie den Hügel heraufsteigen, ein Gruppe von Männern, manche in Uniform, manche in Overalls. Beamte und Bürger. Mit Taschenlampen und Gewehren und Baseballschlägern.

Constance muss es gespürt haben, denn sie wurde ganz aufgeregt und begann zu rufen und gegen die Luke zu schlagen. Sie wussten von mir, aber von Constance konnten sie nichts wissen, deswegen sperrte ich das Vorhängeschloss auf, meine Hände zitterten und meine Nase blutete, und ich öffnete die Luke, Constance war auf der Leiter nach oben geklettert, und sie sah kaum noch wie ein Mensch aus, und ich trat ihr fest gegen den Kopf, und sie schrie und fiel wie eine Puppe die Leiter hinunter und lag auf dem Boden und bewegte sich nicht mehr, und ich wusste nicht, ob sie tot war oder noch lebte, ich wusste nicht, ob ich tot war oder noch lebte, und ich klappte die Luke zu, sperrte wieder zu, legte den Teppich drauf und schob einen Holzstapel darüber, und dann klopften sie an die Tür und sagten, los, Benton, wir wissen, dass du da drin bist, aber die Tür war mit einem weiteren Holzstapel verrammelt.

Mir war klar, dass es das jetzt für mich gewesen sein könnte, aber ich wollte nicht kampflos aufgeben, ich hatte ja Vater und den Soldaten und die Christratte an meiner Seite, die

Heilige Dreifaltigkeit sozusagen, deswegen schlug ich mit dem Schürhaken das hintere Fenster ein, dann schob ich mich durch, die Scherben zerschnitten mir die Haut, und ich konnte hören, wie sie vorn mit ihren Äxten und Baseballschlägern gegen die Tür schlugen, und dann war ich draußen und rannte den Hang hinauf, und jeder Atemzug war ein angsterfüllter Schrei, und ich wusste als Einziger, dass jeder Baum eine ermordete Leiche war, mit verdrehten Gliedern, für immer eingefroren, ich als Einziger wusste, dass der Himmel voller gepeinigter Geister und gefallener Engel war, die dort herumschwirrten, nur ich wusste, dass sich der Erdboden daranmachte, sich zu öffnen und mich in seinen klaffenden Schlund einzusaugen, und woher die Musik kam, diese seltsame Musik, ein tödliches Wummern aus dem kaputten Lautsprecher eines Transistorradios.

Ich rannte quer zur Bergflanke, rutschte aus, hangelte mich an Ästen entlang. Der Himmel war schwarz wie der Tod, der Mond knochenbleich. Und hinter mir hallten gespenstische Stimmen über den Berg, ein unirdisches Feuer flackerte irrwitzig durchs Gelände.

Ich kannte mich gut aus auf dem Berg, aber als der Mond hinter Wolken verschwand, wurde es zu dunkel, ich verlor die Orientierung, verlief mich in der Kälte, im Schnee, und ich fürchtete, dass man meine reifüberzogenen Überreste finden würde, irgendwo an einen Kiefernstamm gekauert.

Und ich spürte, dass sie mir näher kamen, hörte die Stimmen über den Berg schallen und sagen, wir wissen, dass du da bist, Benton. Komm raus, eh du erfrierst. Wir wollen nichts Böses, Benton. Wir möchten nur, dass alles wieder in Ordnung kommt.

Und aus Augenblicken wurden Minuten, aus Minuten Stunden, und ich betete zu Gott, inbrünstig, und Gott war mir gnädig und zeigte mir ein Versteck, wo mich niemand finden würde. Ein Tunnel, kaum zu entdecken in der Dunkelheit, und tief aus dem Innern der Höhle flüsterten liebevolle Stimmen und luden mich ein, und ich kroch durch die enge Öffnung, und es war kalt und dunkel, und ich kam mir wie ein Blinder vor, konnte die Hand nicht vor Augen sehen.

Aber ich wusste, dass mich am Ende Sicherheit erwartete, ein vorübergehendes Versteck vor der wilden Horde draußen auf dem Berg, die vor Wut heulte, weil sie ihre Beute verloren hatte. Mein Körper schmerzte, schlimm aufgeschlitzt vom Glas, jede Bewegung tat mir weh, aber ich kämpfte mich weiter, ein Soldat auf der verzweifelten Flucht vor seinen Feinden.

Der Tunnel war unendlich, und die Stimmen aus der Welt wurden immer leiser, dann unhörbar, und ich hatte Constance nie wehtun wollen, aber mir blieb keine Wahl, und ich war erfüllt von Verzweiflung und Furcht, als ich immer tiefer in die Höhle kroch, und plötzlich wurde mir klar, dass ich ein Tier war, und ich knurrte, und auf einmal schärfte sich mein Blick, und ich konnte klar sehen, konnte Trichter und Höhlenformationen erkennen, konnte Fledermäuse und Plattwürmer und Gespenster erkennen …

Ich krabbelte weiter und dachte, dass ich mich nie umdrehen würde. Ich roch den Verwesungsgeruch meiner Mutter, hörte die Schreie von Constances Alpträumen, sah die Totenmaske meines eigenen Gesichts.

Und die Männer, die nach mir suchten, die mir etwas antun wollten, sie waren verschwunden, alle waren verschwunden, und lieber würde ich mich von Würmern fressen lassen als den Rest meines Lebens in der Burg verbringen, deswegen legte ich meinen Kopf auf den kalten Boden und schloss die Augen und schlief und wachte auf, und es gab

Fledermäuse und Schreie, und die Schreie kamen von mir, und Gott sprach zu mir, er sagte, ich bin bei dir, mein Kind, ich werde dich nie im Stich lassen, und ich weinte, aber die Tränen waren bitter und brannten auf meiner Haut, schälten sie ab, und dann war mein Kopf nur noch ein Halloween-Schädel, der hin und her wackelte, hin und her.

Und nach einer ewigen Nacht kam der Morgen, und von irgendwo fiel ein Lichtstrahl herein, und ich schleppte mich weiter, ein schwer verwundeter Soldat, und es dauerte nicht lang, und ich kam in den Tempel Gottes, einen kleinen Unterschlupf am Ende der Höhle. Auf dem Boden stand Wasser, und eigenartige Kristalle wuchsen von der Decke herab, und eine Zeit lang dachte ich, ich wäre tot, aber dann spürte ich die Schnitte an meinem Körper und die Traurigkeit in meinem Kopf, und ich wusste, dass ich meinen Körper und meine Seele noch immer durch dieses finstere Tränental schleppte.

Was konnte ich denn tun außer warten? Ich wusste doch nicht, ob meine Henker draußen vor der Höhle auf mich warteten, sich mit Gewehren und Fackeln hinter Bäumen, in einem ausgehobenen Unterstand versteckten, und ich war sicher, dass sie mich auf dem Scheiterhaufen verbrennen würden. Ich hatte nichts zu essen, aber ich konnte das Wasser aus dem schmutzigen Bach trinken, Krankheiten waren meine kleinste Sorge.

Und von überall her kamen Stimmen, deswegen legte ich meine Hände auf die Ohren und wippte vor und zurück, der Kreis schloss sich, das war überhaupt nicht zu übersehen, mein Vater ins Irrenhaus verschleppt, und schließlich kamen sie, um auch mich zu holen. Kein Mensch weiß, was sie da mit mir machen! Da gibt's einen gewissen Dr. Freeman, der mit seinem Lobotomobil von Stadt zu Stadt fährt, und er hat einen Eispickel dabei, den er zwischen deinen Augen ansetzt, und dann schlägt er mit einem Hammer drauf. Wer kennt denn nicht seine Patienten, die wie Zombies durchs Land wanken, mit verstümmelten Hirnen, die nicht mehr klar denken können, ihre Seelen aufs Linoleum geblutet haben? Soll ich demnächst auch in diesem Horrorfilm mitspielen? Soll ich? Eins war sicher: Ich musste meine fünf Sinne beisammenhaben.

Wochen oder mehr vergingen, und ich war abgemagert bis auf die Knochen, keine vierzig Kilo, eingefallenes Gesicht, die tief in den Höhlen liegenden Augen unruhig hin und her huschend. Aß Gewürm und mein eigenes Fleisch, kritzelte mit einem schwarzen Felsklumpen Botschaften an die Wände: Ich bin weil ich bin weil ich bin.

Und dann, auf einmal, verschwanden die Stimmen, und ich fragte mich, ob es wieder sicher war, rauszugehen. Wo waren meine Jäger? Wo war Dr. Freeman mit seinem Eispickel?

Es war schwer zu sagen, wann Tag war, wann Nacht, zu merken, wann ich schlief, wann ich wach war, was Wahnsinn war und was Erleuchtung. Und wenn ich wieder aus der Höhle kriechen und in die Welt treten wollte, dann war ich ganz auf mich gestellt. Es gab keine Raben, die ich von meiner Arche aus losschicken konnte, keine Stimme Gottes, die mir einen Tag zu spät etwas versprach.

Und deswegen kehrte ich mit echtem Heldenmut zurück in den engen Tunnel, der voller pestverseuchter Fledermäuse und rasender Ratten und allem anderen Widerlichen war, und kroch auf meinem ausschlagüberkrusteten Bauch, und alles roch nach Schimmel und dem Ende der Welt, und draußen stand noch immer der Berg, der ebenfalls nie verschwindet, oder?

27. Kapitel

Es war Morgen, und kein Schnee fiel mehr, und die Sonne stieg über den gezackten Bergkamm und sagte, Tag Benton, wie geht's, schön, dass du wieder unter den Lebenden bist, nur schade, dass es nicht allzu lang sein wird! Ich trottete durch den Schnee, und manchmal sank ich bis zu den Knien ein, hielt Ausschau nach meinen Jägern, nach dem Lobotomisten, aber ich war völlig allein, nicht mal eine Krähe krächzte.

Meine Jacke war warm, genau wie meine Pudelmütze, aber meine Jeans war klatschnass, und ich hörte nicht auf zu zittern, meine Zähne klapperten unablässig. Eine Zeit lang wäre ich am liebsten tot gewesen, aber dann bekam ich Angst vor der Hölle und was da mit mir passieren würde, deswegen stapfte ich weiter durch den Schnee, suchte nach einem Baum oder Felsen, den ich kannte, suchte nach Hänsels Brotkrumen.

Ich fragte mich, wie es Constance ging, so ganz allein in dem Vorratskeller, ich war ja auch ganz allein in der Höhle gewesen, das darf man nicht vergessen, und ich fragte mich, ob sie auch Stimmen hörte, fragte mich, ob ihr Gott noch lebte. Es ist nämlich auch wahr, dass Constance gestöhnt hat, als wir uns geliebt haben, und sie hat nicht vor Schmerz gestöhnt, sondern vor Vergnügen, deswegen sage ich allen, die meinen, ich bin ein Monster, ich bin kein Monster, im Gegenteil, allen, die meinen, ich bin ein Monster, sage ich, ihr seid die wahren Monster!

Ein bisschen weiter bergab dann eine Lichtung und ein Weg, kaum zu erkennen im Schnee. Mein Atem rasselte, und mir war schwindlig, und ich vermute, ich bin auf dem Pfad auch ein bisschen getaumelt. Ich dankte Gott dafür, dass die Sonne schien und es nicht so kalt war, und es dauerte nicht lang, bis ich auf eine Schotterstraße traf, die vom Berg runterführte, und ich wusste, dass ich aufpassen musste, weil jederzeit der Sheriff oder einer seiner Kumpane aus dem Gebüsch springen konnte, mit gefletschten Zähnen, deswegen ging ich parallel zur Straße hinter den Bäumen, horchte auf Motorengeräusche und hoffte, dass ich per Anhalter irgendwohin fahren konnte, irgendwohin weit weg.

Vormittag, und die Sonne kletterte weiter den Himmel hoch, und dann hörte ich das ferne Brummen eines Motors, stellte mich mitten auf die Straße und hoffte, er würde anhalten, aber es war bloß ein großer alter Cadillac, und der Typ mit Cowboyhut darin hupte, und mir blieb nichts anderes übrig, als in den zur Seite geräumten Schnee zu springen. Meine Hände waren taub, und ich wünschte mir eine Flasche Sliwowitz, schnupfte stattdessen nur eine Prise Tabak, und dann klopfte ich mir den Schnee von der Kleidung und lachte laut und ging weiter auf der winterlichen Bergstraße bergab.

Die Zeit verging, und lange kam kein anderes Auto mehr den Berg hinabgefahren, und ich begann, mich einsam zu fühlen und müde, vielleicht sogar einsamer und müder als je zuvor, deswegen fing ich zu singen an, sang ein Lied, das ich bisher noch nie gehört hatte, aber es war ein Lied, das es schon seit Ewigkeiten gab, *From the darkness in the sea to the sunshine on the hill in the forest filled with trees my shadow has gone still*, und meine Mutter hatte einmal gesagt, das wären die seltenen Augenblicke, in denen es eine echte Chance auf Veränderung gab, in denen wir unsere angeknacksten Seelen einfach ablegen können und uns eine neue nehmen, die nicht so schlimm kaputt ist, aber man musste diese Augenblicke auch erkennen, weil wenn man sie einmal verpasst hatte, dann wären sie weg und wir müssten weiter mit unseren alten Seelen zusammenbleiben, und das passiert meist genau dann, wenn alles am allerschlimmsten ist …

Deswegen glaube ich von dem Moment an, in dem ich die gelben Scheinwerfer in der Kurve auftauchen sah, von dem Moment an, als der Chevy Pick-up abbremste und knarzend stehen blieb, von dem Moment an, als die Beifahrertür aufging, genau von dem Moment an wusste ich einfach, dass das einer dieser Augenblicke war.

Ich stieg in den Pick-up und schlug die Tür zu und sagte, ich bin wirklich froh, dass Sie mich mitnehmen, und dann sah ich zum Fahrer, und mir wurde beinahe schlecht, weil sein Gesicht so schrecklich aussah, ganz verbrannt und entstellt, und er hielt mir die Hand hin, und ich schüttelte sie, und er sagte, er hieße Joseph Downs und wo soll's hingehen, und ich sagte, ich will einfach weg vom Berg, und er sagte, du läufst wohl vor irgendwas weg, und ich sagte, wir laufen doch alle vor was weg, oder?

Ich hatte jedenfalls eine Glückssträhne, weil er nicht nur vom Berg wegfuhr, sondern noch weiter nach Ohio, wo seine Familie lebte. Er sagte, er hätte sie schon lang nicht mehr gesehen …

Und dann sagten wir eine Zeit lang nichts mehr, und er schaltete das Radio an, altes Jazzzeug, und ich wurde unruhig, weil ich irgendwie Angst vor der Hölle bekam, aber dort konnte es auch nicht schlimmer sein als auf diesem Scheißhaufen von Erde, deswegen beruhigte ich mich und blickte aus dem Fenster und sah dem Schnee und den Bergwerken und den Bäumen beim Vorbeiflitzen zu.

Und keiner wusste, wo Constance war, keiner wusste, ob sie tot war oder lebte, und ich wurde gesucht, aber nirgends gab es Straßensperren, nirgends standen Polizeiautos mit blinkenden Blaulichtern.

Als wir am Fuß des Bergs ankamen, war die Sonne am Untergehen, und der Himmel beschmierte sich mit Pastellfarben. Joseph Downs schaltete das Radio aus, zog eine Zigarette hervor und fragte mich, ob ich auch eine möchte, und ich sagte, danke, gern, und wir rauchten beide, und ich wusste, dass er mir gleich seine Geschichte erzählen würde, dass er von seinem Gesicht erzählen würde, und ich wusste, dass ich das gar nicht hören wollte.

Und er erzählte davon, dass er bei den Marines gewesen war, in Mosul stationiert. Erzählte von seinem Konvoi, der auf einer Schotterstraße entlangfuhr, der die Gegend sichern sollte. Erzählte, wie alles pechschwarz war und sie die Scheinwerfer ausgeschaltet hatten und Nachtsichtgeräte trugen. Erzählte, wie sie auf die Brücke über einen Kanal fuhren, und wie die Brücke explodierte und seine Trommelfelle platzten und der Humvee in die Luft flog. Erzählte, dass alles in Flammen stand und die Aufständischen sie voll erwischt hatten und er merkte, dass er schwer verletzt war, aber keinen Schmerz spürte. Erzählte von den abgetrennten Armen und Beinen, die er gesehen hatte, die vom Rumpf getrennten Köpfe. Erzählte davon, dass er von einem Soldaten mit Gasmaske herausgezogen wurde und in einem Hubschrauber wieder aufwachte, der über die brennende Wüste flog, und nicht wusste, ob er tot war oder nicht, und wünschte, er wäre es.

Er brauchte eine ganze Stunde oder mehr, um mir die Geschichte zu erzählen, und während er erzählte, weinte und lachte er, und ich hörte mir jede Einzelheit an, prägte mir jede Einzelheit ein, und mir kam es vor, als wäre der Typ ein echter Held, und dass es besser wäre, Schmerz und Leid zu erfahren, als überhaupt nichts zu erleben …

Eine ganze Weile durfte ich in keinen Spiegel schauen, sagte er, und als ich endlich einen bekam, standen alle möglichen Ärzte und Pfleger und Psychiater bei mir am Bett. Und dann sah ich mein Gesicht, das überhaupt nichts mit dem zu tun hatte, das ich kannte. Danach hab ich lange geheult. Da geht man raus, die Welt retten, da denkt doch nicht dran, dass man selbst gerettet werden muss.

Man hatte versucht, seine Eltern zu erreichen, aber niemanden erwischt. Und als er rausfand, dass das Krankenhaus versuchte, seine Verwandten zu erreichen, wurde er sehr wütend. Er wollte nicht, dass irgendwer erfuhr, was mit ihm passiert war, wollte nicht, dass jemand sein Gesicht sah, wollte niemandem seine Seele zeigen. Und die Pflegerin, eine Asiatin, die nach Lavendel duftete, versprach ihm, dass sie niemanden anrufen würden, bis er so weit war.

Mittlerweile hatten Joseph Downs und ich schon fast eine Schachtel geraucht, und ich bot ihm etwas Schnupftabak an, aber er wollte keinen. Hab ich noch nie gemocht, sagte er. Und jetzt war der Berg nur noch im Rückspiegel zu sehen, genau wie die Totenkopfhütte und die Alpträume darin.

Während er weiterredete, bekam ich ein komisches Gefühl auf meinen Armen und Beinen, als ob unter meiner Haut irgendwelche Parasiten rumkrabbelten, und ich wusste, dass ich mir die komische Krankheit meiner Mutter eingefangen hatte …

Im Krankenhaus hatte ihn ein Soldat aus seiner Brigade besucht, und der hatte gesagt, er hätte wirklich Glück gehabt, weil sonst fast alle in dem Humvee gestorben waren. Tja, das brachte ihn ziemlich auf die Palme, und er sagte dem Soldaten, dass es einiges gab, das verdammt viel schlimmer war, als zu sterben, und dass diese Scheißkerle es doch fast besser hatten als er. Und dann machte er dem Soldaten ein Angebot, das der unmöglich ablehnen konnte. Er gab ihm eine seiner Hundemarken. Dann sagte er ihm, wie er seinen Vater in Ohio finden würde. Wollte, dass er ihm die Marke gab. Erzähl ihm die Geschichte, genau so, wie's war. Nur sag ihm, dass ich auch gestorben wäre. Und für diesen Schwindel bot er dem Soldaten fünftausend Dollar.

Tja, und der Soldat tat, was er sollte, und deswegen war Joseph Downs tot, eine weitere Leiche in der Wüste, nur wollte er jetzt wiederauferstehen, das wollen wir doch alle, oder?

28. Kapitel

Und nun ergab alles langsam einen Sinn, mein Schicksal wurde offenbar, und ich musste Gott dankbar sein. Ich dachte an meinen Vater, der als Wissenschaftler sagte, dass Gott sich zersetzt hat und wir nicht traurig sein brauchen. Tja, da hat sich mein Vater getäuscht. Gott war quicklebendig, aber seine Wege waren unergründlich, die meiste Zeit jedenfalls.

Was haben Sie denn in den Bergen gemacht?, fragte ich Joseph Downs.

Mich versteckt, sagte er. Keiner hat mich gesehen, und ich hab auch niemand gesehen. Ich war ein Gespenst, nichts anderes.

Aber jetzt wollte er kein Gespenst mehr sein, jetzt war er zu dem Schluss gekommen, dass sich das Leben vielleicht auch ohne ein menschliches Gesicht lohnte. Und jetzt würde er an den Ort seiner Kindheit zurückkehren, war aber nicht sicher, wie sein Vater reagieren würde, ob er sich freuen würde, ob er wütend wäre, oder beides auf einmal.

Mein eigener Vater wurde von den anderen Wissenschaftlern nie ernst genommen, und aus dem Grund ist er in die Berge gezogen. Dabei hat er mir eine Menge gezeigt, er hat mir gezeigt, wie bestimmte Chemikalien reagieren, und ich musste an die vielen Dosen Brennpaste denken, die er gehortet hatte, für alle Fälle, Benton, für alle Fälle.

Und als Joseph Downs genug über sich und den Krieg geredet hatte, über seinen Tod und seine Wiedergeburt, stellte er auch mir ein paar Fragen, aus Neugier, aus Höflichkeit, und ich hab mich immer gefürchtet, wenn Leute mir Fragen stellen. Fragen über meine Vergangenheit. Fragen über meine Familie. Fragen über meine Zukunft. Ich beantwortete jede einzelne Frage mit einer Lüge, dachte mir verrückte Geschichten aus, und er sah mich nervös aus dem Augenwinkel an, und ich fragte mich, was er jetzt wohl dachte.

Nach zwei Stunden Fahrt waren wir im Osten Colorados, ein höllisches Land mit nichts als Prärie und Dreck und alles mit Schneegriesel überzogen, ab und zu eine Farm, ab und zu ein Auto, ab und zu eine beschissene Stadt. Unablässig ging der Wind, und man wusste nicht genau, ob nicht der Wind die Leute in den Wahnsinn trieb, ob's nicht er war, der ganz normale Männer dazu brachte, erst ihre eigenen Familien abzuschlachten und sich dann vor den Fernseher zu setzen, die Lautstärke voll aufzudrehen und sich Gameshows anzusehen, bis die Polizei kam.

Und man sieht da seltsame Dinge, draußen in der Prärie, und man fragt sich, ob sie der Fahrer auch sieht: die alte Frau auf dem Dach einer baufälligen Hütte, die an einem Spinnrad spinnt; ein staubiges Schild am Straßenrand, das mit *6 Mädels für 1 Dollar* wirbt; ein Getreidesilo, das so schief dasteht wie der Turm von Pisa; die Kleiderfabrik, vor der ein Sklavenmarkt abgehalten wird; die völlig verarmte Familie, die mit Gesicht nach unten auf den Eisenbahngleisen liegt.

Mein Jagdmesser steckte vorne in meiner Hosentasche, und ich wusste, dass ich es benutzen musste, aber ich hatte es noch nie bei einem Menschen gebraucht, nur bei unserem Hund, um ihn von seinem Leid zu erlösen, als er sich den Rücken gebrochen hatte. Dad hatte ihn auf einen Schubkarren gelegt und ließ mich ihn in den Wald schieben, und ich schnitt ihm die Kehle durch und sah zu, wie er zappelte und starb, und ich weinte lange, und mein Vater half mir, ihn zu begraben, aber meine Mutter lag krank im Bett.

Deswegen fragt man sich, ob man das wirklich tun kann, fängt an mit dem Gedanken, dass es das absolut Schlimmste ist, einen Menschen umzubringen, und dann fällt einem ein, dass Gott einem ja zur Seite steht, und man begreift, das Joseph Downs der Soldat ist, und man begreift, dass man Joseph Downs ist.

Vor dem Krieg hatte ich eine Freundin, sagte er. Sie lebt noch in Ohio. Wer weiß, vielleicht schau ich mal bei ihr vorbei. Vermutlich wird sie vor Schreck losschreien …

Joseph Downs lachte bei der Vorstellung. Und in diesem Moment zog ich mein Messer heraus. Mit einer schnellen Bewegung bog ich seinen Kopf mit meiner Linken zu mir und schnitt ihm mit der Rechten die Kehle quer durch. Blut spritzte aus seinem Hals, und er versuchte das Auto zu steuern, aber es half nichts, es schlingerte von der Fahrbahn und rollte auf ein reifbedecktes Feld voll Nichts und blieb endlich an einem riesigen, nach oben zeigenden Holzpfeil stehen, auf dem stand *Sei bereit für den Herrn.*

Aber Joseph Downs war nicht tot, jedenfalls noch nicht. Er presste die Hand gegen seinen Hals, versuchte am Leben zu bleiben, doch das Blut quoll ihm durch die Finger, und er blickte mich mit Totenaugen an, und ich dachte an Jesus, das blutverschmierte Messer noch in der Hand.

Und dann starb er, und man sah es gleich, als es passierte, denn die Schultern sackten nach unten, und die Gesichtszüge entspannten sich, und die Augen blinzelten nicht mehr. Ich saß lange Zeit da, und der Wind hörte auf, und alles war leise und still, und er drückte sich seinen Hals zu, er hatte sich selbst erwürgt.

• • •

Ich öffnete die Tür, stieg aus dem Auto und sah mich um. Um mich herum war meilenweit nur Einsamkeit und Leere, und Joseph Downs konnte genauso gut hier wie anderswo sterben, und ich übergab mich und wischte mir den Mund ab, und ich wusste, was zu tun war, aber mir war schwindlig und flau, deswegen legte ich mich auf den Boden und starrte in das Grau des Himmels und dachte, das ist wirklich eine verrückte Welt.

Vielleicht habe ich auch geschlafen, aber nicht lang, denn ich hörte in der Ferne ein Motorengeräusch und setzte mich auf und kroch hinter den Pick-up und spähte über die Ladepritsche. Es war ein Sattelzug, aber der Fahrer bremste nicht ab, bemerkte weder das von der Straße abgekommene Auto noch die Leiche darin, und selbst wenn, es war besser weiterzufahren, war besser, seine Nase nicht in solche Dinge zu stecken, davon hat man ja nichts, oder?

Sobald ich wieder einigermaßen auf der Höhe war, ging ich auf die andere Seite des Pick-ups und öffnete die Fahrertür. Es war zwar schwerer als gedacht, aber am Ende zerrte ich die Leiche des Soldaten aus dem Wagen und schleifte sie nach hinten. Ich suchte in seinen Taschen nach dem Geldbeutel. Ich klappte die Ladeklappe auf, und dann setzte der Wind wieder ein, und ich schwitzte und schnaufte und zerrte ihn auf die Pritsche, und da lag er, und ich deckte ihn mit einer Plane zu, und der Berg schien jetzt schon weit, weit zurück in der Vergangenheit zu liegen.

• • •

Ich saß im Pick-up und sah seinen Geldbeutel durch, was sich nicht gut anfühlte, so als würde ich ihm was Böses tun, aber dann fiel mir ein, dass er mausetot war, und einem Toten kann man ja nichts Böses tun. Im Geldbeutel war das Foto einer jungen Frau mit blonden Haaren und blauen Augen, und sie war ziemlich hübsch, und sie hielt Joseph für tot, und jetzt war er ja auch tot. Kreditkarten waren keine darin, aber Bargeld, fast fünfhundert Dollar, mir war klar, dass das schon mal ein guter Anfang war. Und dann blickte ich auf den Führerschein, und die Luft blieb mir weg, weil das Gesicht auf dem Foto nicht entstellt war, das Gesicht auf dem Foto war schön und stolz, und er war bereit gewesen, in ein fremdes Land zu gehen und seinem Vaterland zu dienen und die Welt zu retten. Die Welt war nicht gerettet, seinem Vaterland war nicht gedient worden, er war an Körper und Seele verstümmelt worden und hatte nur noch als Toter weitergelebt.

Der nächste Schlag war, dass er erst neunzehn gewesen war, und ich war erst sechzehn, und warum hatten wir beide so viel durchmachen müssen, pfff, da hat sich der Leibhaftige gleich ein paar Späßchen erlaubt.

Ich fuhr, und die Welt war leblos, abgesehen von zwei Schwarzpappeln am Ufer eines namenlosen Flusses. Es gab Eisenbahngleise und Silos und schließlich einen Wasserturm und eine kleine verfallende Ortschaft und ein Schild: *Willkommen in Thompsonville, Heimat von 1.372 freundlichen Menschen.* Ich fuhr von der Interstate 6 ab und kam in die Main Street, und da gab es viele vernagelte Fenster und eine Bar, einen Schnapsladen, einen Diner und einen Haushaltswarenladen.

Ich parkte mit einem toten Soldaten auf der Pritsche vor dem Haushaltswarenladen, der Fred's hieß, und trat ein, und an der Kasse saß eine schlampige kleine Blondine, und ich dachte, der könnte ich noch was zeigen, aber dann überlegte ich mir's und nickte ihr nur höflich zu.

Neben der Ladentür stand ein Spaten, und den nahm ich mir; dann ging ich die Gänge entlang, und ich entdeckte ein

Einmachglas mit Schraubverschluss, einen Benzinschlauch und eine Dose Brennpaste, und ich trug alles zur Kasse und legte der Blondine einen Hundertdollarschein hin, und sie sah mich seltsam an und wollte wissen, was ich mit den Sachen wollte, und Joseph Downs war tot, und Joseph Downs war am Leben.

29. Kapitel

Ich saß wieder im Auto, fuhr weiter nach Westen, dachte an Constance und die Ratten, an den Krieg und den Wahnsinn …

Als die Sonne unterging, konnte ich die Dunkelheit spüren, bevor ich sie sah. Endlose Meilen von gefrorener Erde und Büffelgras. Ich hätte ihn irgendwo in die Weizenfelder legen können, ihn verrotten lassen wie Mutter, aber er hatte ein anständiges Begräbnis verdient, genau wie ich. Ich fuhr eine Zeit lang durch die Gegend, bis ich eine aufgegebene Kirche fand, Krähen kreisten um den Turm, alles in Sepia getaucht. Ich parkte den Wagen etwas davon entfernt, und erfüllt von der Kraft des Heiligen Geistes stieg ich aus.

Am Horizont blitzte es, gefolgt von dunklem Donnergrollen. Die Scheinwerfer beleuchteten die gefrorene Erde, und ich nahm meinen Spaten und begann zu graben. In meinen Hosentaschen steckten schon die Blumen fürs Grab.

Meine Hände bluteten, mein Rücken schmerzte, aber ich grub immer weiter.

Es hätte nicht so enden müssen.

Mein Schicksal war nicht vorherbestimmt.

Auf mich wartete Liebe.

Das Loch war ausgehoben. Nicht die vorgeschriebenen sechs Fuß. Aber tief genug.

Mit hängendem Kopf ging ich zurück zum Pick-up, schleifte den Spaten hinter mir her. Wieder blitzte und donnerte es, wieder pfiff der Wind über die Prärie.

Sein Gesicht war verbrannt und verstümmelt, aber Schmerz und Trauer waren für immer daraus verschwunden. Ich zerrte den Soldaten von der Pritsche, und als ich ihn sicher in Armen hielt und mit ihm über den eisbedeckten Boden wankte, spürte ich, wie ich mich verwandelte, spürte, wie sich meine alte Seele erhob und in die lauernde Trübnis und Dunkelheit flog.

Die zweite Hundemarke hing noch um seinen Hals. Ich nahm sie ab und schob sie mir in die Tasche, dann rollte ich ihn über die Kante, und er fiel auf den Rücken und starrte mich mit seinen furchtbaren Augen an, und ich starrte ihn an; ich sah zuerst weg. Dann nahm ich den Spaten und bedeckte ihn mit Erde und Schnee und Eis, niemand sprach Begleitworte, es gab keine Fürbitten und keinen Segen.

Von der teilweisen zur vollständigen Verwandlung:

Ich leitete Benzin in das Einmachglas und machte es halb voll, dann öffnete ich die Dose mit Brennpaste, gab eine Handvoll davon ins Glas und vermischte alles mit einem Zweig. Man weiß nie, wann sie kommen, sagte Vater, man weiß nie, aber wenn, dann kann man Napalm und Benzin mischen, und wenn man's anzündet, gibt's böse Verletzungen oder man stirbt, weil Napalm bleibt an einem kleben, verstehst du, und Verbrennungen dritten Grades tun nicht weh, weil sie die Nerven töten, und wen man nur mit einem kleinen Spritzer trifft, der überlebt und hat schreckliche Schmerzen und schreckliche Narben, und das darf man wirklich nur zur Selbstverteidigung tun, Benton, Brennpaste ist wie Napalm, man weiß nie, wann einem diese Nazis auf die Pelle rücken, das weiß man nie, Benton.

Wie ein Comanche-Krieger schmierte ich mir mit den Fingern das Brennpaste-Benzin-Gemisch ins Gesicht, und dann setzte ich mich auf den Boden und faltete die Hände und betete sehr lange und dachte an all die Verletzungen und Schmerzen, die ich je erlitten hatte, und dieses Mal gab es für mich kein Zurück, Constance, Constance, Constance.

Ich hatte ein Feuerzeug in der Hosentasche. Joseph Downs war unter der Erde. Über die Prärie fegte der Wind. Wo war der Berg jetzt? Weit weg. Weit, weit weg.

Und dann waren überall Flammen, und ich erstickte, meine Augen kochten. Unterdrückte Schreie. Der Truppführer: Oh Gott, mein Bein, mein Bein! Mein bester Freund Dan: Wir brauchen Unterstützung! Scheiße, wir brauchen Unterstützung! Und dann wurde es still, die Welt leuchtete rot und orange.

Die Zeit floss vorwärts und rückwärts und seitwärts. Schwere Fahrzeuge brachen durch die Flammen. Soldaten mit Gasmasken. Joseph Downs unter der Erde. Ein Soldat tauchte vor mir auf, riss den Kopf hektisch hin und her, bellte Befehle, kein Laut zu hören.

Er packte meine Hand und zog daran, und ich wollte in meinem Wagen, meinem brennenden Wagen bleiben, wo ich ausruhen kann und erlöst werde, aber er zieht mich heraus, dieser Engel der Nacht, und ein Dutzend weitere Engel mit Gasmasken schweben um mich herum, schütteln die Köpfe, und der Wind ist kalt und schneidend.

Ich lieg auf dem Schnee, ich lieg in der Wüste, mein Gesicht steht in Flammen, und alles zerfließt, und die Welt versinkt, und ich flehe zu Gott, dass ich tot bin, aber er hört mich nicht, und der Boden beginnt zu erzittern, und der Soldat erhebt sich, mit ausgestreckten Armen, mit Nägeln durch die Handflächen, endlich von seinen Sünden gereinigt …

Und als er sprach, erklang seine Stimme nur in meinem Kopf. Ich hielt mir die Ohren zu, doch das machte sie noch lauter:

Wer bist du?, sagte er, und Blut begann aus meiner Nase zu fließen.

Benton Faulk, sagte ich.

Nein, nein, nein! Wer … bist … du?

Ich weiß es nicht.

Verarsch mich nicht! Wer bist du? Verdammt, wer bist du?

Schweigen.

Dann griff er in meine Hosentasche und zog die Hundemarke heraus und legte sie mir um den Hals, und mein Gehirn troff mir aus den Ohren.

Versuch's noch mal. Wer bist du?

Downs, murmelte ich.

Ich versteh nichts. Red lauter!

Downs! Joseph Downs!

Geht doch. Was ist mit deinem Gesicht?

Kriegsverletzung. Von einer Sprengfalle.

Ja, JA! Jetzt sprich mir nach: Ich heiße Joseph Downs.

Ich heiße Joseph Downs.

Ich hab meinem Vaterland treu gedient.

Aber ich konnte nicht sprechen, mein Mund war voll Feuer.

Sag's!

Ich hab …

Was?

Ich hab …

Weiter!

Ich hab meinem Vater … meinem Vaterland …

Ja?

Gedient. Ich hab meinem Vaterland treu gedient.

Und dann taumelnd zu meinem Wagen, Motor anlassen, ein Blick in den Rückspiegel. Schreien und Lachen und Schreien.

Ich heiße Joseph Downs. Ich hab meinem Vaterland treu gedient.

Dritter Teil: Joseph Downs (2010)

»There are too many of them; you can't kill the world.«
(Davis Grubb, *The Night of the Hunter*)

30. Kapitel

Ich stieg aus dem Pick-up. Der Schnee knirschte unter meinen blutbefleckten Stiefeln. Im Schlafzimmer ging Licht an, und ich sah Lilith am Fenster stehen. Sie trug ein langes weißes Nachthemd, ihr Gesicht wie aus einer anderen Welt. Ich stand vor meinem Leichenwagen und ließ das Gewehr runterbaumeln, als wäre es ein Stahlfortsatz meiner Hand. Irgendwo in der Ferne pfiff ein einsamer Zug. Ich strich mir das Haar zurück und ging langsam auf die Tür zu. Und jetzt wusste ich, was ich tun würde, was ich tun musste. Man hat keine Wahl. Es gibt keinen freien Willen.

Auf der Veranda blieb ich stehen und lauschte dem mörderischen Klang des Windspiels. Ich war schon mal hier gewesen. Man kann seine Taten nicht rückgängig machen. Die Tür war nicht abgesperrt, und ich öffnete sie langsam. Ich ging ins Wohnzimmer, schritt über verzogene Dielenbretter, hörte ihr verzerrtes Knarren. Durch die Vorhänge fiel Morgenlicht, trüb und gedämpft. Und dann hörte ich Lilith. Victor?, rief sie ängstlich. Bist du das?

Victor. So hieß der *vaquero* also.

Ich schüttelte den Kopf. Grinste. Kein Victor.

Ich durchquerte das Wohnzimmer, blickte mich um, sah Dinge, die ich vorher nicht bemerkt hatte. Ein alter ummauerter Kamin. Der Fernseher auf einem Whiskeykarton. Matrioschka-Puppen auf dem Kaminsims. Das Porträt eines toten Vorfahren an der Wand, aber keine Fotos der Lebenden.

Lilith rief wieder, nun fast panisch, beschwor Victor, aber der war zurück in sein warmes Zuhause gefahren und hatte sie ganz allein gelassen mit dem großen bösen Wolf und anderen Monstern, denen sie nun bei Licht gegenüberstand. Ich hatte das Gewehr in der Hand. Im Irak hatte ich Menschen getötet. Ich war noch nie im Irak gewesen. Die Wahrheit? Was ist die Wahrheit?

Die Schlafzimmertür war zu, alles war still, zu still, und so wusste ich, dass sie drin war. Ich blieb draußen stehen, sah meinen langen Schatten auf dem Boden vor der Tür. Ich stellte mir sie zusammengekauert auf dem Bett vor, mit angstgeweiteten Augen, am ganzen Körper zitternd, voller Furcht vor der nahenden Apokalypse. Ich kannte das Gefühl des Schreckens nur zu gut. Wie viele Nächte hatte ich allein in meinem Bett gelegen und zugesehen, wie die Schatten über die Wände tanzten, hatte den Ratten zugehört, die über den Boden huschten, hatte das Blut auf meinen Lippen geschmeckt, das furchtsame Beben in meiner Seele gespürt? Ja, ich wusste, was sie empfand, und ich war mehr als froh darüber. Jedes Mitgefühl, das ich für die Frau empfunden hatte, war verschwunden, seit ich den *vaquero* aus ihrem Haus kommen sah, als die Sonne über der schneebedeckten Prärie aufging.

Mit angelegtem Gewehr und breitem Grinsen auf dem zerstörten Gesicht stieß ich die Tür auf. Lilith war drin, aber sie war nicht auf dem Bett zusammengekauert. Sie stand, die Arme verschränkt, mit dem Rücken zur Tür und blickte aus dem Fenster in den blutunterlaufenen Himmel. Ihr Haar war nun schwarz und ganz kurz. Sie hatte ein neues Tattoo auf dem Schulterblatt – irgendwelche chinesischen Zeichen, sinnloser Quatsch. Ich blieb in der Tür stehen und senkte das Gewehr. Sie wusste, dass ich es war, drehte sich aber nicht um. Ich betrachtete sie. Ich hatte große Lust, sie zu erwürgen, große Lust, sie zu vögeln. Sie war kein richtiger Mensch, keiner von uns ist das. Als sie schließlich etwas sagte, war ihre Stimme leise, traurig. Ich dachte, du bist im Gefängnis, sagte sie. Es hieß, du würdest nicht so schnell rauskommen.

Ich lehnte mich gegen die Wand, entspannte. Netter Richter, sagte ich. Weil ich Kriegsheld bin und so. Ein alter Freund hat die Kaution bezahlt. Macht aber keinen Unterschied. Die Freiheit ist das schlimmste Gefängnis.

Lilith schüttelte langsam den Kopf, fuhr mit den Fingern über die Fensterscheibe. Und was willst du jetzt tun, Joseph? Mich vergewaltigen? Töten?

Vielleicht.

Sie drehte sich um. Ihr rabenschwarzes Haar war ungekämmt, auf dem Gesicht das verschmierte Make-up des gestrigen Abends. Sie sah in mein Gesicht, dann zum Gewehr und wieder ins Gesicht. Ihre Augen wurden Schlitze, ihr Mund verzog sich zu einem Grinsen, dann lachte sie. Mein Gott, sagte sie, du bist wirklich abscheulich.

Was soll man zu so was sagen? Sie war kalt, hart, böse. Ich ging ein paar Schritte, bis ich direkt vor ihr stand. Unsere Blicke trafen sich, keiner blinzelte. Dann räusperte sie sich und spuckte mir eine volle Ladung ins Gesicht. Ich wischte die Spucke mit dem Handrücken weg und überlegte kurz. In meinem Kopf pochte es wild, und ich packte das Gewehr am Lauf, holte aus und traf voll auf ihre Wange. Sie taumelte zurück, drehte sich um sich selbst und fiel dann zu Boden, eine Puppe, die keiner mehr wollte. Ich trat noch einen Schritt nach vorne, so dass ich über ihr stand. Sie sah übel aus, winselte und stöhnte, hielt sich die Wange und wand sich vor

Schmerz. Beinah hätte es mir leidgetan, aber dann dachte ich an den Lauf der Welt, und ich holte aus und trat ihr fest in den Bauch. Sie japste nach Luft, und ich trat noch einmal zu, dann ließ ich es gut sein. Mehr an Verachtung konnte ich nicht aufbringen.

Ich ging zum Bett, setzte mich auf das Knäuel aus Bettdecke und Laken, Zeugnis des gestrigen Sündenfalls, und zog meine Schnupftabakdose heraus. Ich nahm eine ordentliche Prise und nieste ein paarmal. Ich betrachtete sie, die in Embryostellung zusammengerollt dalag und leise schluchzte. Es dauerte fünf oder auch zehn Minuten, ehe sie sich in eine sitzende Stellung brachte. Sie rutschte an die Wand, unter das Fenster. Ihr Gesicht war zerschlagen. Hast du eine Zigarette, fragte sie.

Ich griff in meine Hemdtasche und warf ihr meine letzte krumme Zigarette und ein Feuerzeug zu. Sie zündete sie an, und ihre Augen verdrehten sich, als sie den Rauch tief einsog. Sie rauchte gierig und schnell. Sie sah nicht mehr verängstigt aus, schien resigniert. Hat dir das Spaß gemacht?, sagte sie.

Ich zuckte die Achseln. Jemand wehzutun macht keinen Spaß, sagte ich.

Sie blies den Rauch aus einem Mundwinkel und sagte, und was kommt jetzt?

Keine Ahnung, sagte ich. Vielleicht fängst du mal mit der Wahrheit an, dann sehen wir weiter.

Wahrheit? Welche Wahrheit möchtest du hören?

Die einzige. Erzähl mir was von deinem *vaquero* Victor. Ist doch mehr als ein kleiner Trost an einem beschissenen Abend?

Amüsiert sah sie auf. Ja, sagte sie, mehr als ein kleiner Trost.

Wie lang?

Drei Jahre, mit Unterbrechungen.

Ich erhob mich vom Bett und ging rasch durchs Zimmer. Lilith zog an ihrer Zigarette und beobachtete mich aus dem Augenwinkel.

Und dein Mann? Nick war gar nicht so schlecht zu dir, wie du immer getan hast, oder?

Zwei dünne Rauchsäulen strömten aus ihren Nasenlöchern, und sie konnte sich das Grinsen kaum verkneifen. Ich weiß nicht, wovon du redest. Du hast ihn doch in der Bar erlebt, damals bei unserer ersten Begegnung.

Ja, hab ich. Aber als du nachts blutig und grün und blau bei mir im Hotelzimmer aufgekreuzt bist. Das war doch nicht er, oder?

Lilith drückte die Zigarette auf dem Boden aus und schüttelte den Kopf. Nein, sagte sie, das war nicht er.

Dann …

Das war Victor. Aber es war meine Idee. Jeder einzelne Schlag.

Deine Idee?

Du hast nicht so richtig gezogen bei dem, was du für mich tun solltest. Dafür musste ich erst dich verrückt machen. So sehr, dass du tötest.

Also war alles abgekartet.

Nicht abgekartet. Aber eine Gelegenheit. Man kann einer jungen Frau doch nicht vorwerfen, dass sie eine Gelegenheit beim Schopf packt.

Ich musste lachen. Eine Gelegenheit. Du hast deinen Mann umgebracht. Und wofür? Für das bisschen Geld von der Versicherung?

Irrtum, meinen Mann hast du umgebracht. Und du brauchst gar nicht so zynisch sein. Es geht nicht nur ums Geld. Vielleicht liebe ich Victor ja? Vielleicht ist er ein guter Mann?

Ich schüttelte den Kopf. Sagte, so was wie einen guten

Mann gibt's nicht. Wir werden schon schuldig geboren, und was Gott eigentlich tun sollte, ist zu verhindern, dass wir dann noch so richtig Fahrt aufnehmen.

Das ist ja ein netter Gedanke, Joseph.

Ist ja auch keine nette Welt, oder?

Danach sprach weder ich noch sie. Ich war müde, sehr müde. Schließlich sagte ich, eins will ich noch wissen. Das frag ich mich schon die ganze Zeit.

Ja?

Warum ich? Warum hast du mich ausgesucht?

Lilith betrachtete mich schweigend und schüttelte dann den Kopf. Mann, was glaubst du denn?

Ich hab dir nichts getan. Ich wollte dir nur helfen.

Mir helfen? Wow, was für ein edler Ritter. Du wolltest mich vor meinem Mann schützen. Wolltest das Land vor Terroristen schützen. Ein echter Held! Nur dass ich überhaupt nicht von dir beschützt werden wollte. Ich wollte die Gewalt von dir. Kapierst du jetzt, wie nützlich du bist?

Sie wollte mich wieder wütend machen, das verstand ich, aber irgendwie brachte ich einfach keinen Zorn mehr auf. Weil sie recht hatte. Sie hatte mich für einen Idioten gehalten und damit richtig gelegen. Genau wie mein Land.

Ich hätte hier und jetzt die Segel streichen können. Mich in mein Schicksal fügen und gehen. Lilith am Leben lassen, Victor am Leben lassen, darauf warten, bis ich der Justiz in die Fänge ging, damit die mir den Rest gab. Aber ich konnte nicht. Weil es auch stimmt, dass ein Mensch an was glauben muss, egal ob an Gott oder die Liebe oder die Gerechtigkeit. Und ich glaubte an Vergeltung.

Wo wohnt Victor?, sagte ich.

Wozu willst du das wissen?

Weil wir ihn besuchen werden, deswegen.

Besuchen? Und was dann? Willst du ihn zusammenschlagen? Mir zeigen, was für ein Kerl du bist?

Weiß noch nicht. Vielleicht. Vielleicht auch nicht. Ich hab so oder so nichts zu verlieren.

Sie nickte bedächtig, strich sich ein paar Strähnen aus dem Gesicht. Nein, sagte sie. Was zu verlieren gibt's da nicht.

31. Kapitel

Mein Verstand zersplitterte, und meine Erinnerung gehörte jemand anderem. Szenen aus einem schlechten Kriegsfilm.

Lilith saß am Steuer. Sie hatte sich Jeans und ein Flanellhemd angezogen. Das Gewehr lag auf meinem Schoß, im Radio quietschte Popmusik.

Das Sonnenlicht brach im Schnee in tausend reflektierende Scherben. Wir sprachen nicht, weil es nichts zu sagen gab. Das war auch besser so. Es ist besser für alle, wenn die Menschen den Mund halten.

Wir durchquerten die Stadt parallel zur Main Street, auf der ein paar Block entfernten Baker Street. Victor lebte in einem kleinen Haus, das seine Ärmlichkeit kein bisschen versteckte. Ein umgefallener Metallzaun. Wäsche an einer gefrorenen Leine. Ein schrottreifer Chevrolet El Camino, auf Betonblocksteinen aufgebockt. Ein Baumskelett. Wir hielten auf der anderen Straßenseite hinter einem verkrüppelten Mexikaner, der mit Krücken unter den Armen und schmutzigen Kindern zu seinen Füßen unter der geöffneten Motorhaube seines Wagens stand und herumbastelte.

Lilith stellte den Motor ab und behielt ihre Hände auf dem Lenkrad. Sie blickte geradeaus, leicht angespannt, ihre Schultern hoben und senkten sich mit jedem Atemzug. Da wären wir also, Held. Hast du schon entschieden? Weißt du, was du tun willst? Wie du mir deine Männlichkeit beweist?

Ich sah sie an und schüttelte den Kopf. Ich will nur mal mit ihm reden.

Nur mal reden?

Genau. Ich werd ihm nichts tun. Möchte nur ein paar Sachen klarstellen, das ist alles.

Ihr blieb nichts anderes übrig, als mir zu glauben. Wir stiegen aus dem Wagen, sie hielt sich den Bauch, ich das Gewehr. Der Krüppel blickte unter der Motorhaube hervor und erstarrte. Ich nickte ihm zu, ganz freundlich, und er nickte zurück.

Eine amerikanische Flagge hing vor dem Haus und flatterte im Wind. Wir gingen zur durchhängenden Veranda. Ich warf einen Blick durchs Fenster. Der Fernseher lief, aber offenbar sah niemand fern.

Ich wandte mich an Lilith. Hast du einen Schlüssel?

Ja.

Gib ihn mir.

Sie kramte ein bisschen in ihrer Handtasche, ehe sie den Schlüssel fand. Sie gab ihn mir. Ich musste kurz fummeln, bis das Schloss klickte und die Tür aufging. Das Fernsehlachen klang seltsam in dem leeren Zimmer.

Abgesehen vom Fernsehtisch und einer alten grauen Couch standen keine Möbel darin. Die Wände waren weiß, stellenweise war der Putz abgeblättert. Ein Paar brauner Arbeitsstiefel lag umgekippt neben der Tür. Gleich neben dem Fernsehtisch befand sich ein schmaler abfallender Durchgang, der zur Küche führte.

Lilith und ich traten in den Durchgang, dabei drückte ich ihr das Gewehr in den Rücken. Ich spähte in die Küche. Auf einem uralten Herd standen ein Teekessel und ein leerer Blechtopf. An der gegenüberliegenden Wand blickte ein großes zweiflügliges Fenster auf den Nachbargarten, in dem ein alter Pitbull an den Zaun gekettet war. Von der Decke hing eine einzelne Glühbirne. In der Mitte der Küche war ein runder Holztisch, darauf ein rot-weiß kariertes Tischtuch und drei Flaschen Budweiser. Zwei davon waren leer, in der dritten nur noch ein Schluck übrig. In einem Aschenbecher lag eine brennende Zigarette, ihr Rauch kräuselte sich in einer eleganten Spirale zur Decke. Vier unterschiedliche Stühle standen um den Tisch. Und auf einem der Stühle saß Victor. Er schärfte ein Klappmesser und bewegte dabei die rechte Hand hin und her wie ein Geiger. Als er aufsah und das Gewehr erblickte, flackerten seine Augen.

Guten Morgen, Victor, sagte ich. Lilith sah ihn an und schüttelte den Kopf. Plötzlich war sie das hilflose Opfer.

Er stand auf und hielt das Messer ausgestreckt vor sich.

Ich richtete das Gewehr auf seine überdimensionierte Gürtelschnalle. Leg's hin, Victor, sagte ich.

Erst tat er gar nichts, dann öffnete er die Finger, und das Messer fiel polternd auf den Boden. Heb's auf, sagte ich zu Lilith. Sie betrat die Küche, bückte sich und hob es auf. Ich streckte meine Hand aus. Sie blickte Victor entschuldigend an und reichte mir die Waffe. Ich steckte sie mir in die Gesäßtasche.

Eine Zeit lang stand ich nur da. Ich brauchte etwas, um einen Entschluss zu fassen. Du warst nicht grad fair zu mir, sagte ich.

Er schüttelte den Kopf. Tut mir leid. War nicht persönlich gemeint.

Du hättest ihn selbst töten können. Dann wären alle zufrieden gewesen. Das heißt, alle außer Nick.

Er sah mich schweigend an und überlegte, wie gefährlich ich war.

Hast du ein Seil, Victor?

Er dachte kurz nach, verdrehte dabei die Augen. Nein, sagte er. Kein richtiges Seil, nur Expander.

Dann holen wir die.

Wir verließen die Küche und gingen vom Durchgang weiter in sein Schlafzimmer. Victor, der *vaquero*, voran, dann Lilith, die Hure, und als Letzter Joseph, der Soldat.

Ich blieb an der Schwelle stehen und beobachtete, wie er fünf oder sechs Expander in unterschiedlichen Farben und Stärken unter dem Bett hervorholte. Er warf sie aufs Bett, dann sah er mich mit angsterfülltem Blick an.

Ich deutete auf den Holzstuhl in einer Zimmerecke und sagte, dass er sich draufsetzen soll. Er tat es. Und in diesem Moment brach Lilith zusammen, von Wimperntusche geschwärzte Tränen rannen ihr über die Wangen. Vielleicht schauspielerte sie, wahrscheinlich sogar. Aber das war mir mittlerweile egal. Was hast du vor?, schluchzte sie. Du hast doch gesagt, dass du ihm nicht wehtust.

Ich werd ihm nicht wehtun, sagte ich wieder, und das meine ich auch so.

Und was soll das dann alles?

Ich gab keine Antwort. Während Lilith heulend dastand, ihren falschen Tränen freien Lauf ließ, fesselte ich Victor mit den Expandern an den Stuhl. Er leistete kaum Widerstand, versuchte nicht loszukommen. Ich knebelte ihn nicht, das war nicht nötig. Lilith legte eine Hand auf ihren Mund. Ich drückte die Schulter des Mexikaners und sagte, liebst du sie?

Er nickte.

Warum? Sie ist eine böse Frau. Die schlimmste Sünderin, der ich je begegnet bin, und davon hab ich einige kennengelernt.

Wortlos zuckte er die Achseln.

Komm her, sagte ich zu Lilith.

Sie gehorchte und ging zögernd zu mir. In ihren Augen standen nun keine Tränen mehr, nur Hass und Abscheu. Aus ihrem Auftreten war jegliche Selbstgefälligkeit verschwunden.

Küss ihn, sagte ich.

Warum, willst du dir einen runterholen?

Küss ihn, sagte ich noch einmal.

Sie machte keine Anstalten, deswegen hob ich das Gewehr. Perverses Schwein, sagte sie, trat dann aber neben ihn, bückte sich und küsste ihn auf den Mund. Beide hielten die Augen geöffnet, leidenschaftslos.

Ich sagte: Jetzt stirbt er.

Victor nahm es tapfer auf, hob nur eine Augenbraue und runzelte leicht die Stirn. Lilith dagegen rastete aus.

Du Arschloch!, schrie sie. Du verdammtes Lügnerarschloch! Du hast versprochen, ihm nichts zu tun. Du dreckiger verdammter Lügner!

Ich grinste. Keine Sorge, Süße, sagte ich, ich werd mein Versprechen halten. Ich werd ihn nicht umbringen. Das machst du. Du wirst ihm die verdammte Kehle durchschneiden.

Zuerst glaubte Lilith mir nicht. Sie schüttelte den Kopf und lachte, als hätte ich einen absurden Witz gemacht. Selbst als ich das Klappmesser aus der Hosentasche zog und es ihr in die hübsche kleine Hand legte, lachte sie weiter.

Erst als ich ihr eine knallte, hörte sie zu lachen auf und fing wieder zu schluchzen an. Sie ließ das Messer fallen und sank auf die Knie.

Heb das Messer auf, sagte ich.

Fick dich.

Tu, was er sagt, sagte der *vaquero*.

Sie wischte die frischen schwarzen Tränen weg, bückte sich und ergriff am ganzen Körper zitternd das Messer.

Du glaubst doch nicht, dass ich ihm was tue, sagte sie.

Ich spannte den Hahn des Gewehrs und zielte auf ihre Stirn. Du tötest ihn, sagte ich. Oder ich bring euch beide um.

Victor mischte sich ein. Tu das nicht. Man wird dich finden. Wir geben dir das Geld, wenn's darum geht. Alles. Zweihundertfünfzigtausend Dollar.

Ich will euer Geld nicht, flüsterte ich. Nur dein Leben.

Lilith versuchte es anders. Auf die Mitleidstour. Joseph. Bitte. Denk doch mal drüber nach, was du da tust. Denk an mich. Als du in diese Bar gekommen bist und gesehen hast, wie Nick mich geschlagen hat, hast du dich eingemischt. Du hast mich beschützt. Du musst niemand mehr umbringen. Heute kannst du drei Leben retten.

Ich wandte mich an die Hure. Wer weiß, wie man Leben rettet, weiß auch, wie man sie nimmt. Und an dem Punkt sind wir hier. Das Kino hat es euch genau falsch rum beigebracht. Wenn du hinter jemand stehst, um ihm die Kehle durchzuschneiden, dann zieh ihm nicht den Kopf nach hinten. Du musst ihm den Kopf nach vorne drücken, damit die Adern alle beisammen sind. So stirbt er in ein paar Minuten, nicht in Stunden.

Sie schüttelte den Kopf. Wo hast du das alles gelernt, Joseph?

Bei den Marines natürlich. 1. Bataillon, 7. Regiment, 1. Division. War in Mosul stationiert. Ich hab gedient, verdammt noch mal. Ehrenhaft.

Dann legte ich das Gewehr an und biss die Zähne zusammen. Es wird Zeit, sagte ich. Es ist Zeit, dass dieser verdammte Bohnenfresser bezahlt. Deine Entscheidung, Lilith. Überleg's dir aber gut. Wenn du's nicht tust, dann blas ich dir deine Scheißrübe weg, das schwör ich bei Gott.

Fick dich, sagte sie wieder, aber der Widerspruchsgeist war erloschen. Ich bring ihn nicht um.

Victor nickte. Es ist okay, Lilith, sagte er. Tu's. Töte mich. Rette dein eigenes Leben. Jesus nimmt mich zu sich.

Dann ging alles ganz schnell. Ich hab gar nicht alles mitbekommen, nur ausschnittweise. Lilith schnellte nach vorne, das Messer fuhr ihm durch die Kehle. Blut ergoss sich über ihre Brust. Ein zappelnder Körper, schmerzgeweitete Augen. Lilith sank zu Boden, das Messer klapperte neben ihr. Dann Stille, Gott baumelte in einer Schlinge.

32. Kapitel

Ich zog Lilith hoch, und als sie stand, drückte ich sie fest an mich, spürte ihren Atem, ihren Herzschlag. Sie weinte nicht, starrte nur vor sich hin. Tot, sagte sie nur. Ich konnte ihr nicht widersprechen.

Um Fingerabdrücke mussten wir uns keine Sorgen machen, Spuren verwischen war überflüssig. Sie würden bald wissen, wer das hier getan hatte, aber sie würden uns nicht finden. Nicht dort, wo wir hingingen.

Ich packte das Gewehr mit der einen Hand und Lilith mit der anderen. Wir schwankten über die Straße zum Wagen. Der Krüppel, der an dem Auto rumrepariert hatte, war verschwunden, die Straße menschenleer.

Ich warf das Gewehr hinten auf die Pritsche und half Lilith beim Einsteigen. Jeder Widerstandsgeist hatte sie verlassen – ihr Körper war schlaff, ihr Blick leer. Ich ließ den Motor an und überdachte die Lage. Nick McClellan und Victor *Vaquero* waren tot, ich war am Leben, und Lilith würde mich nicht verlassen.

Und dann fuhren wir wieder auf dem schnurgeraden Highway, und draußen war es so kalt und grau und einsam wie immer in der Prärie im November. Trockene Blätter, Krähen, Radiorauschen und mit Wild Root Cream Oil zurückgekämmte Haare.

Lilith hatte den Kopf gegen die Scheibe gelehnt, ihr Gesicht war blass und abgespannt. Ihr Flanellhemd war mit Victors Blut getränkt. Auch auf den Händen und im Gesicht hatte sie Spritzer. Sünden, die sich nie abwaschen ließen. Wir fuhren schweigend.

Wir mussten um die zwanzig Meilen gefahren sein, als wir an eine schäbige Raststätte kamen. Das Holzgebäude war in einem miserablen Zustand, und in den Löchern im Asphalt davor wuchs Unkraut. Auf dem handgeschriebenen Schild stand *Cowboy Bob's*. Ich parkte den Pick-up hinter einem alten rostigen Mercury Coup und sagte zu Lilith, dass ich sie im Auge behalten würde, aber sie war zu apathisch, um darauf zu reagieren. Ich ging hinein und kaufte ein Päckchen Beef Jerky, eine Dose Kautabak, ein Päckchen Feuchttücher und ein Sweatshirt mit einem Wolf drauf. Ich fragte den einarmigen Zwerg, der an der Kasse saß, ob ich mal telefonieren könnte, und er sagte, draußen ums Eck wär ein Münztelefon. Ich bedankte mich, ging raus, entdeckte das Telefon. Ich wählte die Nummer, die ich nie vergessen hatte. 719-522-1638. Ich ließ es zehn oder zwölf Mal läuten. Niemand hob ab. Ich legte auf und schlenderte zurück zum Auto.

Lilith starrte vor sich hin, die Augen immer noch leer und tot. Ich nahm ein paar Feuchttücher und versuchte, ihr das Blut von Händen und Gesicht zu wischen. Wenig erfolgreich. Dann reichte ich ihr das Sweatshirt und sagte, sie sollte sich umziehen. Sie hörte mich nicht, sondern starrte nur vor sich hin.

Der Leichenwagenmotor war laut, lief aber gut. Der Typ in der Werkstatt hatte gut gearbeitet, und ich war froh, dass ich die alte Kiste behalten hatte. Ich fuhr fast zehn Meilen langsamer als erlaubt, denn ich wollte auf keinen Fall angehalten werden. Die Welt draußen war öd und grau, die Landschaft eine schlampig ausgeführte Kohlezeichnung. Baumgerippe reckten ihre krummen Äste in die Höhe, die durchhängenden Telefonleitungen schaukelten im Wind. Und dort eine aufgegebene, abgebrannte Farm, umgeben von abgestorbenem Alfalfa und Schrottautos. Raben und Geier kreisten gleichgültig am Himmel und warteten. Die Silhouette des Bergs am Horizont rückte immer näher.

Während der Fahrt blickte ich immer wieder in den Rückspiegel, hielt Ausschau nach einem Polizeiauto, aber Sheriff Baker ließ sich nicht blicken. Ich stellte einen Radiosender mit Countrymusic ein. Manchmal sprach ein Mann mit einem halluzinogenen Spanisch dazwischen, dann folgte wieder Musik. Schräg fallender Schnee. Lilith mit geschlossenen Augen, sie nickte immer wieder kurz ein.

Nach einer weiteren Stunde waren wir in den Vorbergen, fuhren auf kurvigen Straßen, gesäumt von Kiefern, Fichten und Espen, ab und zu blitzte eine einsame Hütte am Ende eines Forstwegs auf. Die Scheibenwischer schoben den Schnee beiseite, und dann verschwanden auch die Stimmen aus dem Radio, es kam nur noch Rauschen. Wir kamen immer höher, die schneebedeckten Berge drohend vor uns. Zur Entspannung trank ich etwas Schnaps und kaute etwas Tabak. Wir begegneten keinem anderen Auto, und ich fürchtete, dass ich bereits tot war. Wie lange war das alles her? Warum kam ich zurück?

Der Himmel war champagnerfarben, meine Augen Kaleidoskope. Ein eigenartiger Magnetismus lenkte mich auf mein Schicksal hin, zog mich an diesen bösen Ort. Selbst wenn ich gewollt hätte, hätte ich nicht umdrehen können. Lilith wurde ein paarmal mit einem Ruck wach, erinnerte sich und schloss wieder die Augen. Eine einzelne Träne quoll unter ihren Augenlidern hervor.

Ich fuhr langsam, auf die gewundene Straße konzentriert. Ich gab mir allergrößte Mühe, nicht an den Tod zu denken, aber es gelang mir nicht. Alpträume gehörten mittlerweile zu meinem Wachzustand.

Nach einiger Zeit erreichten wir die Ausläufer einer bewohnten Geisterstadt. Der Autofriedhof am Ortseingang war eine symbolische Barrikade gegen unwillkommene Besucher. Und dann ein Holzschild, verblasst und verwittert. *Silverville. 2812 m ü.d.M.* Meine Hände hielten das Lenkrad fest umklammert, die Knöchel traten weiß hervor. Langsam fuhr ich an den Autoleichen vorbei und kam auf die Gold Street. Nichts hier war hübsch rustikal, es gab nur ein paar heruntergekommene Backsteinhäuser, darunter das Miner's Café.

Mein Atem ging schneller, Schweiß lief mir über die Stirn und brannte in meinen Augen. *Da findet uns keiner.* Ich parkte das Auto vor dem Café und schüttelte Lilith wach. Essenszeit, sagte ich.

Sie schlug die Augen auf und sah mich mit leerem Ausdruck an. Hab keinen Hunger, sagte sie.

Du musst was essen, sagte ich und stieg aus. Dann öffnete ich die Beifahrertür und half ihr beim Aussteigen. Die Luft war kalt, ich atmete schwer.

Langsam gingen wir zum Restaurant. Dabei flüsterten mir die Geister ins Ohr. Ich stieß die Tür auf, und wir traten ein. Das Lokal bot einen seltsamen Anblick, wie ein Trödelladen. An den Wänden hingen Kuh-, Elch- und Bisonköpfe, und es gab eine Telefonzelle, einen Sattel, einen Holzcowboy und einen Holzofen. Es gab eine Flinte und eine Grubenleuchte, eine Saloontür und Porträts von längst Verstorbenen. Und von der Decke baumelten ein Kronleuchter, eine Schlinge und ein Wolf mit gefletschten Zähnen.

Unsere Schritte klapperten auf dem Holzboden. Am Tresen saßen die üblichen Typen: ein dürrer Mann mit ängstlichem Blick und Pelzkappe auf dem Kopf; ein fetter Typ mit Koteletten und einer NASCAR-Lederjacke; ein weiterer Fettsack mit Vollbart und Holzfällerhemd; und eine einsame Seele, der ihr Herzschmerz ins Gesicht geschrieben stand. Und allein in einer Ecke, mit Kaugummizigarette im Mundwinkel, stand ein alter Mann mit krummem Rücken, gefurchtem Gesicht und dunkler Sonnenbrille.

Wir setzten uns an den langen Picknicktisch mitten im Café. Niemand beachtete uns, nicht einmal die Bedienung mit Haarausfall und Zahnlücken. Ich reichte Lilith die Speisekarte, aber sie ließ sie auf den Tisch fallen. Die Bedienung ignorierte uns.

Schließlich stand ich auf und ging an den Tresen. Die Bedienung unterbrach ihr Gespräch mit den Gästen und nickte mir zu. Was darf's sein, Mister? Für einen Augenblick nahm sie die Qual in meinem Blick und die narbige Haut auf meinem Gesicht wahr, und ich spürte ihre Furcht vor diesem Monster in ihrer Nähe.

Zwei Kaffee und zwei Stück Kirschkuchen, sagte ich.

Kommt sofort, sagte sie.

Und dann aus der Ecke: Ich hab Sie schon mal gesehen! Und zwar hier in Silverville! Mit meinen eigenen Augen! Es war der gekrümmte alte Mann, der das rief. Er stand mit dem Rücken zu mir, und seine Hände flatterten wie Motten in der Luft.

Ich schüttelte den Kopf, kehrte zum Tisch zurück und setzte mich. Lilith starrte ausdruckslos, seelenlos vor sich hin, genau wie einer der lobotomierten Patienten von damals. Draußen jaulte der Wind wie ein Halloween-Gespenst. Kurz darauf kam die Bedienung und stellte zwei große Stücke Kirschkuchen auf den Tisch. Dann goss sie uns ihr Gebräu in Becher und bot uns Milch und Zucker an. Und um ein bisschen höflich zu sein: Sind Sie beide aus der Gegend oder nur auf der Durchreise?

Lilith öffnete den Mund, als wollte sie antworten, schwieg dann aber. Sie schloss den Mund wieder und blinzelte langsam. Wissen wir noch nicht, sagte ich.

Hey, Betty, rief einer der Fetten, ich sitz hier total auf dem Trocknen.

Die Bedienung kehrte zu ihrer Kundschaft zurück, und ich trank meinen Kaffee und aß mein Stück Kuchen. Lilith beachtete beides gar nicht. Stattdessen starrte sie nur auf irgendwas hinter mir. Ich drehte mich um. An der Wand hinter der Kasse hing das Porträt einer rothaarigen Frau, umgeben von Blumen, Heiligen und Kreuzen. Mir blieb das Herz stehen.

Diese Frau …, sagte sie mit schläfriger Stimme.

Ich versuchte sie abzulenken, schob ihr den Kuchen hin.

Diese Frau …, sagte Lilith noch einmal, und dieses Mal sprach sie so laut, dass die Bedienung sie hörte.

Die Bedienung hob ihren kahl werdenden Kopf, um das Porträt anzusehen, dann seufzte sie und schüttelte den Kopf. Das ist Constance Durban, sagte sie. Die hat früher hier gearbeitet.

Früher? Was ist mit ihr passiert?

Sie ist verschwunden.

Verschwunden?

Ich hatte keine Ahnung, warum sich Lilith dafür interessierte. Ihre Augen glänzten, als wäre das Leben in sie zurückgekehrt.

Die Bedienung lächelte verschwörerisch. Lassen Sie sich bloß nicht von dem harmlosen Anblick täuschen. Silverville ist ein Sündenpfuhl, hier lauern überall schreckliche Geheimnisse.

Hat ihr jemand was angetan?

Die am Tresen sahen uns alle von der Seite an. Miss, sagte

der dünne Mann mit Pelzkappe, über diese Dinge spricht man besser nicht. Das reißt nur alte Wunden auf.

Dann sollten Sie vielleicht auch das Bild abnehmen, sagte ich.

Natürlich kenn ich ihn!, brüllte der Verrückte in der Ecke. Den kenn ich, seit er ein junger Bursche war. Er ist der Leibhaftige, niemand anderes!

Jetzt halt aber den Mund, Kyle!, sagte die Bedienung scharf, und er schwieg sofort.

Danach sprach eine Zeit lang niemand mehr, die Stimmung war gedrückt. Ich hatte meinen Kaffee getrunken und mein Stück Kuchen gegessen und machte mich nun über Liliths Stück her. Diese Frau …, sagte sie wieder.

Ich legte die Gabel auf den Tisch und wischte mir den Mund ab. Als ich etwas sagte, überraschten mich meine eigenen Worte. Es war, als spräche ein anderer. Kennt irgendwer einen alten Mann namens Flan Faulk?

Keine Antwort. Alle wandten sich ab.

Ich hab gehört, dass er verrückt geworden ist. Geschichten von Ratten und verwesenden Leichen. Ist er verrückt geworden?

Schweigen. Ich nickte Lilith zu. Verschwinden wir von hier, sagte ich. Geh schon mal raus und warte im Auto. Ich zahl noch. Lilith gehorchte. Ich beobachtete sie, als sie zum Pick-up ging, die Tür öffnete und sich hineinsetzte. Nicht mehr zögernd, sondern ganz brav.

Ich ging zum Tresen, legte einen Zwanzigdollarschein hin. Ja, Sir, sagte ich. Ich hab gehört, dass er verrückt geworden ist, genau wie sein Sohn. Hat Constance Durban abgeschlachtet. Ihre Leiche liegt hier irgendwo auf dem Berg vergraben. Stimmt die Geschichte denn?

Die Bedienung hörte auf, den Tresen abzuwischen, und sah auf. Überrascht. Sie haben vielleicht Nerven, Mister.

Ich frage nur, weil ich die beiden mal kannte. Ist aber schon lange her.

Die einsame Seele hob den Blick von ihrem Glas Eistee und zischte, ja, im Großen und Ganzen stimmt das. Das waren Irre, alle beide.

Und den jungen Benton hat man nie geschnappt, oder?

Alle sahen sich an, aber keiner antwortete.

Und Constance Durban hat man auch nicht gefunden, oder?

Wieder nur Schweigen.

Und Flan Faulk?

Der NASCAR-Typ spuckte einen tabakbraunen Strahl in eine Tasse. Dann sagte er, diese Ärzte aus Denver haben ihn wieder rausgelassen. Weil er angeblich nicht mehr spinnt. Wenn Sie mich fragen, ist das Quatsch. Er lebt wieder in Silverville. In seinem alten Haus. Da ist er auch die meiste Zeit.

Ich nickte und sagte, vielen Dank. Dann ging ich zur Tür. Ich spürte die Blicke in meinem Rücken.

Ich hatte gerade die Hand auf den Türgriff gelegt, als mir jemand an die Schulter fasste. Ich wirbelte herum, blickte dem verrückten Alten direkt ins Gesicht. Schon als du zur Tür rein bist, wusste ich, wer du bist! Ich vergess nie ein Gesicht! Du bist der Bursche, der sie umgebracht hat! Dann nahm er seine Sonnenbrille ab, und seine leeren Augen schossen irre in den Höhlen hin und her. Die Augen eines Blinden.

33. Kapitel

Draußen war die Temperatur um mindestens zehn Grad gefallen. Ich öffnete die Tür des Pick-ups und stieg ein. Lilith saß auf dem Beifahrersitz und schaukelte vor und zurück wie ein orthodoxer Jude vor der Klagemauer. Dann wandte sie sich zu mir und sagte, ich kenne die Frau. Die auf dem Foto.

Ich schüttelte den Kopf. Nein, tust du nicht.

Doch, sagte sie. Das bin ich. So wird's mir auch gehen.

Ich ließ den Motor an und fuhr los. Im Radio sang George Stone *He Stopped Loving Her Today.* Das Rauschen war stark, aber es klang besser damit. Wir fuhren weiter bergauf, der Schneefall wurde dichter.

Wo fahren wir hin?, sagte Lilith. Wo bringst du mich hin? Ich drehte mich zu ihr und sah sie an, und zum ersten Mal überkam mich die Erkenntnis, die Offenbarung Gottes, und ich wusste, dass Lilith der Teufel war, dass Constance der Teufel war, dass meine Mutter der Teufel war.

Wir fahren heim, sagte ich.

• • •

Es dauerte ungefähr zwanzig Minuten, vielleicht auch etwas länger, bis wir in ein von hohen Bäumen umringtes altes Tal kamen. Unscharf und verschwommen wie ein betrunkener Traum tauchte inmitten der Bäume eine Blockhütte auf, die alte Grubenhütte. Vier Wände, Holzschindeldach, eine Tür und zwei vernagelte Fenster. Und gleich hinter der Hütte ein aufgelassener Grubenstollen, von dessen Eingang die verrotteten Bretter abgefallen waren und nun wie ein Haufen Knochen herumlagen.

Ich spürte, wie eine uralte Kälte in mir hochkroch. Ich ging vom Gas, und das Auto rollte langsam aus. Wir saßen lange Zeit nur da und starrten, ich auf die Hütte, Lilith auf mich. Dann war die Windschutzscheibe schneebedeckt, und ich konnte nichts mehr sehen.

In dieser Hütte waren Geister. Männer, die mit nichts als Pickel und Spaten, etwas Essen und einem Fass Whiskey in die Berge gekommen waren. Mord und Selbstmord. Schon mal von Miles Stockton gehört? Der sich zur Abwechslung die Rübe wegschoss, statt seine schwangere Ehefrau zu schlagen, und es der armen Frau überließ, Blut und Hirnmasse von der Wand zu waschen. Diese Geister verschwinden nie mehr ganz.

Ich stellte den Motor ab und öffnete die Tür. Wo willst du hin?, fragte Lilith.

Nachsehen, sagte ich. Schauen, dass keine Tiere drin sind.

Bitte, sagte Lilith.

Bitte was?

Bitte … bring mich nach Hause.

Du bist doch zuhause.

Ich ging langsam auf die Grubenhütte zu, meine Seele voll mit dem darin eingeschlossenen Zorn.

Die Eingangstür war vernagelt. *Geh weg. Hier findest du keine Erlösung.* Mit schwerem Atem hob ich mein Bein und trat mit dem Stiefel gegen das Holz. Es war morsch und brach leicht. Nach vier oder fünf Tritten war das Holz so gut wie durch. Ich drückte die kaputte Tür zur Seite und trat ein.

Das Aufbrechen der Tür hatte Staub aufgewirbelt, der nun im trüben Tageslicht schwebte. Immer noch schnaufend sah ich mich um. Eine zerbrochene Glühbirne hing schief von der Decke. Es gab einen Holzofen, eine Gaslaterne, einen Holzstuhl und eine kleine Liege. Als ich tiefer in den Raum hineinging, knarrten die Dielen unter meinen Stiefeln. Dann hielt ich inne, blieb stehen, spürte das Grauen im Raum wabern. An der rückwärtigen Wand ein Holzstoß. Ich wusste, es gab kein Zurück. Erlösung klingt immer gut, ein schöner Wahn. Schweiß rann mir von der Stirn, sobald ich begann, das Holz beiseitezuräumen. Darunter lag ein alter, abgewetzter und zerrissener Teppich. Ich schob ihn zur Seite und sah die kleine Bodenluke mit dem Vorhängeschloss. Sie war bedeckt mit Staub und Schmutz. Eine Zeit lang stand ich einfach da und starrte die Luke an und überlegte, überlegte. Mit zitternden Händen nahm ich die Kette von meinem Hals und löste den Schlüssel von der Hundemarke. *Raus da, Soldat. Die Wände stürzen ein.* Ich kniete mich auf den Boden, den Schlüssel fest in der Hand. Raus da. Ich schob den Schlüssel ins Schloss und drehte ihn. Es klickte. Nachdem ich das Schloss zur Seite gelegt hatte, griff ich unter die Kante der Luke, hob sie hoch und ließ sie auf den Holzboden knallen. Ich blickte nach unten. Eine lange, nachgedunkelte Leiter. Etwas Fürchterliches in mir. *Raus da, Soldat! Das ist ein Befehl.*

Ich ging ein paar Schritte zurück und holte die Gaslaterne. Es war noch etwas Brennstoff darin. Ich hob den Schirm an und entzündete den Docht mit meinem Feuerzeug. Meine Hände zitterten immer noch, und auch der Ozean kochte immer noch. Schwer atmend, mit krabbelnden Maden unter der Haut, drehte ich mich um und ging aus der Hütte, zurück zum Truck, wo Liliths Gesicht hinter der schneebedeckten Windschutzscheibe verschwunden war.

Ich öffnete die Beifahrertür. Liliths Augen funkelten vor Zorn, und sie sahen jede Sünde, die ich begangen hatte.

Es wird Zeit, sagte ich.

Du musst das nicht tun.

Wir sind so weit gefahren. Es hat keinen Sinn, jetzt wieder umzukehren.

Das Gehen fiel ihr schwer. Vielleicht die Nerven. Immer wieder stolperte sie und fiel in den Schnee. Ein Stück weit musste ich sie hinter mir herziehen, dann stellte ich sie wieder auf die Beine. Ich sah, dass sie weinte. Ich schlug ihr die Tränen weg. Der Zahn tat mir weh, er verfaulte. Die Ratten knabberten an meinem Hirn.

In der Totenkopfhütte. Lilith untröstlich. Was ist das?, sagte sie. Nichts als Angst, Angst, Angst. Wer wohnt hier?

Ich grinste. Du wohnst hier, sagte ich, aber sie kapierte es nicht.

Bitte, sagte sie, Joseph …

Teufel, sagte ich. Dann deutete ich auf die geöffnete Luke. Wir gehen da runter, sagte ich, schauen uns mal um.

Lilith schüttelte den Kopf. Nein, sagte sie. Ich will da nicht rein.

Tut mir leid, aber anders geht's nicht. Ich wollte nicht, dass es so endet. Ehrlich. Ich packte ihren Arm, zerrte sie zur Leiter. Aber wie man sich bettet, so liegt man.

Sie sah mich an mit einem Blick, den ich schon oft gesehen hatte. Jeder, wirklich jeder von uns hat schon Geister gesehen. Ich leuchtete mit der Laterne auf die Leiter. Lilith spähte nach unten. Wa- … Was ist denn da unten?, sagte sie mit tränenüberströmtem Gesicht.

Ich weiß nicht.

Langsam stiegen wir die Holzleiter hinab. Es roch feucht und modrig. Meine Beine waren wie Gummi, und ich fürchtete, ich würde zusammenbrechen. Lilith klammerte sich an meinen Arm, grub mir ihre Nägel ins Fleisch. Sie hörte nicht mehr auf zu schluchzen.

Endlich kamen wir unten an. Ich hob die Lampe, leuchtete in alle Ecken. Ich blickte auf den Boden, sah eine alte Matratze voller Blut, Exkremente und Maden. Lilith wurde ohnmächtig. Ich fing sie auf.

Ich trat noch einen Schritt nach vorne. Und dann hörte ich das Stöhnen, sanft und leise, und begegnete dem Monster.

Ein alptraumhafter Anblick, ohne Haare und Zähne, leere Augenhöhlen, eine aufgequollene lila Zunge, die zwischen geschwollenen blutigen Lippen aus dem Mund ragte. Die Haut hing faltig an einem kleinen verschrumpelten Körper, das Rückgrat verkrümmt, Arme und Beine verdreht.

Hilf mir, rief das Monster mit der Stimme eines kleinen Mädchens, als Lilith zu Boden fiel. Das Monster stand über ihr. Bitte. Hilf mir.

Ich verlor die Kontrolle, brüllte, schrie, schluchzte. Meine Seele löste sich mit jeder Sekunde weiter auf. Aber Lilith sah nichts, sagte nur, was ist denn, Joseph, was ist?

In meiner Panik ließ ich die Laterne fallen, sie fiel zu Boden, überall Splitter. Ich war blind, tastete mich die Leiter hinauf. Ich drehte mich nicht um, hörte aber das Stöhnen und das panische Kreischen. Ich stemmte mich aus dem Loch und rollte auf den Rücken. Rappelte mich auf und hob die Luke an. Lilith und das Monster waren mir gefolgt. Ich musste beide treten, damit sie unten blieben. Schließlich konnte ich die Luke schließen und absperren. Sie trommelten gegen die Luke, alle beide trommelten dagegen. Am ganzen Körper zitternd ging ich ein paar Schritte rückwärts, dann drehte ich mich um und taumelte aus der Hütte.

Bald wurde das Schlagen und Schreien leiser, immer leiser, und dann war die Welt still, weg, für immer verschwunden.

34. Kapitel

Erinnerungen vermischen sich Erinnerungen ändern sich der eine erinnert sich so jemand anders erinnert sich anders ich bin in einer Kleinstadt in Ohio aufgewachsen meine Eltern sind bei einem Autounfall gestorben *erinnere mich an Ratten und Krankheit das elende Sterben meiner Mutter* ich war fast schon am Berg als der Motor verreckte *und vor allem die Christratte* als diese Gebäude einstürzten, wusste ich, dass ich Soldat werden wollte *jeder sagte, er ist verrückt, ich sagte, sie sind verrückt* ich war in Mosul wir fuhren die Straße entlang und es war Mitternacht es war stockdunkel und wir hatten die Lichter aus wir hatten Nachtsichtgeräte auf wo soll's hingehen Kumpel sagte er und sein Gesicht war zerstört als ich diese Gebäude einstürzen sah, wusste ich, dass ich Soldat werden wollte *so weit wie's geht* sie erinnerte mich an jemand das war gewiss *Constance Constance Constance* wir fuhren diese Straße entlang und da war diese kleine Brücke über einen Kanal und in einem Moment bist du ganz und schön *from the darkness in the sea to the sunshine on the hill in the forest filled with trees my shadow has gone still* ich bin oben auf dem Berg aufgewachsen ich bin in einer Kleinstadt in Ohio aufgewachsen *wozu brauchst du denn die Brennpaste sagte die Frau es ist wie Napalm wenn du nicht aufpasst verbrennst du dich schrecklich* ich heiße Joseph Downs hier ist mein Hundehalsband mit meinem Namen drauf ich hab meinem Vaterland treu gedient *so weit wie's geht* sagte ich Nick McClellan hatte den Tod verdient Lilith hatte den Tod verdient *Mutter hatte den Tod verdient* Erinnerungen vermischen sich ich war schwer verwundet nicht mehr erkennbar *sein Gesicht ist zerstört* ich heiße Joseph Downs *ich heiße Benton Faulk* ich hab meinem Vaterland treu gedient.

35. Kapitel

Ich saß vor der Totenkopfhütte im Pick-up. Der Leichenwagenmotor brummte, aber ich fuhr nicht, konnte es nicht. Ich konnte nur dasitzen, mein Gesicht im Rückspiegel betrachten und versuchen, darin etwas zu finden, möglicherweise die Wahrheit, aber die Wahrheit war widerlich. Ich griff an meinen Hals, riss mir die Hundemarke ab und hielt sie mir in der offenen Hand vors Gesicht. Eine Zeit lang starrte ich auf den Namen. Joseph Downs. Dann schlossen sich meine Finger um die Erkennungsmarke, und ich kniff die Augen zu. Ich drückte so lange fest zu, bis mir die Marke in die Handfläche schnitt und es zu bluten begann. Erstaunt betrachtete ich das Blut, das wie aus einem lecken Wasserhahn auf das Sitzpolster tropfte.

Schließlich legte ich den Gang ein und gab Gas. Ich fuhr lange herum, immer mit Liliths Schreien im Ohr. Ich war müde. Ich musste mich hinlegen und schlafen.

Ein ganzes Stück bergab fand ich ein kleines, hinter Kiefern verstecktes Motel. Die Leuchtschrift im Fenster zeigte freie Zimmer an, und so parkte ich neben einem alten Plymouth mit Selbstmördertüren vor der Rezeption. Mit langsamen Schritten betrat ich das Motel. Meine Hand war blutig.

Die Bürotür war zu, und es war abgeschlossen. Ich klopfte ein paarmal und wartete. Es dauerte ein wenig, ehe eine alte Dame mit langem grauem Haar und langem grauem Nachthemd erschien. Sie sah müde aus, als sie aus dem Fenster blickte. Sie entriegelte die Tür und öffnete. Es ist spät, sagte sie.

Haben Sie ein Zimmer für mich, sagte ich. Ich war den ganzen Tag unterwegs.

Sie seufzte. Na gut. Kommen Sie rein.

In einer Ecke des Büros brannte ein kleiner Kanonenofen, und ich ging hin und wärmte mir die Hände. Es wird kalt, sagte ich.

Sie sah das Blut auf meiner Hand, und ihre Augen wurden schmal. Alles in Ordnung mit Ihnen, junger Mann?

Alles gut, sagte ich. Mir geht's bestens.

Sie reichte mir einen Schlüssel. Zimmer drei. Auschecken ist bis elf. Das macht achtunddreißig Dollar.

Ich zog meinen Geldbeutel hervor und reichte ihr das Geld. Tut mir leid, dass ich Sie geweckt hab, sagte ich. Aber ich muss mich wirklich ein paar Stunden aufs Ohr legen.

Kein Problem, junger Mann. Schlafen Sie gut.

Das Zimmer war schlicht. Ein Bett, eine Kommode, ein Klo, ein Waschbecken. Keine Bilder, kein Fernseher. Ich zog mich aus und legte mich aufs Bett.

Ich schlief; wie lange, kann ich nicht sagen. Ich träumte nichts.

Als ich aufwachte, war das Laken schweißgetränkt. Draußen schien die Sonne, und der Himmel war strahlend blau. Der Schnee begann zu schmelzen. Es schien ewig her, seit ich Lilith gesehen hatte. Dabei waren es nur zehn Stunden. Ich hoffte, dass es ihr gut ging. Es ist die Hölle, wenn man so eingesperrt ist.

Ich frühstückte mit der alten Frau und ihrem Mann in der Küche. Rührei, Speck und Toast. Sie waren sehr großzügig. Der Mann wirkte jünger als die Frau, aber er hatte einen großen Knoten an seinem Nacken. Keiner erkundigte sich nach meinem Gesicht. Aber sie stellten andere Fragen. Wo ich her war. Was ich in den Bergen wollte. Ich wurde nervös. Wurde ausfallend. Sie ging zum Telefon und rief bei der Polizei an, vielleicht tat sie auch nur so. Fluchend stürmte ich davon.

Nachdem ich gegangen war, fühlte ich mich schlecht. Es waren nette Leute gewesen. Ich wollte niemand wehtun.

• • •

Die Wahrheit über meinen Vater. Er war nicht verrückt. Obwohl meine Mutter untreu war, obwohl sie ihre Liebe verriet, liebte er sie von ganzem Herzen und bis ans Ende der Tage. Sie wurde krank, und niemand half ihr. Nicht einmal Gott, der nur auf seinem blattgoldenen Lehnstuhl saß und kicherte und mit einem knochigen Finger auf die Familie Faulk zeigte und sagte, nur die Grausamkeit Gottes reicht an die der Menschen heran.

Was sollte mein Vater denn tun? Er hatte sein ganzes Leben auf dem Berg verbracht. Von Beruf Zimmermann. Was wusste er schon von Krankheiten, Arzneien und Behandlungen? Er war kein Arzt, aber er brachte sich selbst Medizin bei. Er war kein Wissenschaftler, aber er brachte sich selbst die Wissenschaft bei. Allen anderen war es egal. Sie hätten sie einfach kaputtgehen lassen, verschrumpeln wie eine Traube in der Sonne. Nicht so mein Vater. Er war nicht verrückt. Er hat sie geliebt.

• • •

Ich saß auf der Autoreifenschaukel, die an einer reifüberzogenen Kiefer hing, lutschte am Tabakklumpen in meinem Mund und starrte das alte Haus an. Der gelbe Anstrich blätterte ab, das flache Dach war kurz davor einzustürzen, das ganze Haus war ein Bild von Vernachlässigung und Verfall. Hinter den Vorhängen schien trübes Licht.

Schließlich ging ich über einen holprigen Weg zur Eingangstür. Der Schatten, der vor mir herging, war lang und bedrohlich. Ich nahm den Kautabak aus dem Mund und warf ihn zu Boden. Dann klopfte ich ein paarmal an die Tür und wartete. Keine Schritte, nur eine schwache Stimme. Es ist offen …

Ich stieß die Tür auf und trat ein. Bis auf das Ticken der großen Standuhr war alles still. Langsam wie ein Zombie ging ich durch das Wohnzimmer. Ich sah mich um, sah die alten Fotos auf dem Kaminsims. Ich nahm eines und betrachtete es genauer, und das bekannte Gefühl von Übelkeit und Widerwillen überkam mich. Eine junge Familie. Vater, Mutter, Sohn. Der Mann in Flanellhemd und Jeans und mit buschigem Schnauzbart, auf dem Gesicht das Lächeln häuslichen Glücks. Die Frau im langen geblümten Kleid, das Haar zu einem lockeren Pferdeschwanz zurückgebunden, keck blitzende Augen. Und der Junge, acht oder neun Jahre alt, mit störrischem Haarwirbel und schiefem Grinsen, nichts ahnend von der Zukunft, von Tod und Verzweiflung, die ihn für den Rest seines Lebens begleiten würden, nichts ahnend von der Krankheit, die seine Mutter dahinraffen würde, der Zerstörung ihres Körpers, der Zerstörung des Verstands seines Vaters, der Zerstörung seiner eigenen Seele.

Früher hab ich nicht an Gott geglaubt, hatte sein Vater einmal gesagt, aber jetzt bin ich geläutert, ein wahrer Gläubiger. Nur ein höheres Wesen kann so viel Unheil und Unglück erschaffen.

Und jetzt stand dieser Mann, der sich Joseph Downs nannte, ein Mann, der in der Wüste gekämpft und verloren hatte, vor genau dem Schlafzimmer, das sein Vater in all jenen Monaten verschlossen gehalten hatte, in denen seine Mutter gelitten hatte und gestorben und verwest war. Mach die Tür auf, Soldat. Dann häute deine Seele mit einem Schälmesser.

Flan Faulk saß auf der Bettkante. Sein strohiges Haar war verstrubbelt, der Schädel kahl an den Stellen, an denen er sich ganze Büschel ausgerissen hatte. Bis auf die geplatzten Äderchen um die Augen hatte sein Gesicht die Farbe von vergilbtem Zeitungspapier. Er hatte nichts an außer geringelten Kniestrümpfen, und sein behaarter Bauch hing über seinem verschrumpelten Glied. Er starrte gebannt auf einen unsichtbaren Punkt auf dem Boden.

Downs stand in der Tür wie ein Monster. Alles war ruhig und friedlich. Faulk sah nicht auf, und man hätte ihn für tot halten können, wenn sein gewaltiger Bauch sich nicht gehoben und gesenkt hätte. Downs tat ein paar Schritte in das Zimmer, hielt inne, und dann ging er weiter, bis er unmittelbar vor dem alten Mann stand. Nun erst sah Faulk auf, und kurz blickte er Downs in die Augen.

Kennst du mich noch?, fragte Downs.

Keine Antwort.

Downs setzte sich aufs Bett, nahm die kalte Hand des Alten. Kennst du mich noch?, sagte er noch einmal.

Wieder sah Faulk auf und blickte in das entsetzliche Gesicht. Dann nickte er kaum wahrnehmbar, ein Mal, zwei Mal.

Danach schwiegen beide eine Zeit lang. Der Pfiff einer Schmalspurbahn erklang, und es war ein Geisterzug, der auf Gleisen aus Knochen dahinfuhr. Dann war der Zug verschwunden, irgendwo im Wald untergetaucht, und eine altertümliche Uhr spielte die Melodie von *Westminster Quarters*.

Downs hielt die Hand des alten Mannes fest gedrückt. Faulk starrte mit glasigem Blick auf die verschränkten Hände.

Sein Mund öffnete sich ein wenig, und er schien im Begriff, etwas zu sagen, doch es kam nichts.

Downs sah auf, und ganz kurz, nur eine Sekunde lang erblickte er einen fremden Mann hinter dem Fenster, einen Mann mit weißem Doktorkittel, dicker Brille, akkurat gestutztem Schnurrbart. In einer Hand hatte er eine Pfeife, in der anderen einen Eispickel …

Als der alte Mann doch zu sprechen begann, erschrak Joseph Downs, denn die Stimme war klar und tief und voller Trauer. Er sagte: Deine Mutter. Sie ist sehr krank. Du kannst nicht zu ihr. Heute nicht. Für lange Zeit nicht. Danach presste Faulk die Lippen aufeinander, und Joseph bemerkte, dass eine Träne seine gelbliche Wange hinabrann.

Downs erhob sich vom Bett und blickte aus dem Fenster. *Fragst du dich nicht, was mit ihr passiert ist? Hörst du nicht ab und zu die Krähen, die am Himmel kreisen, und fragst dich, ob sie nicht noch dort unten ist?*

Und jetzt sah Faulk mit leerem Blick den verletzten Soldaten an, und Downs beugte sich über ihn, wie ein dunkler Mantel mit großer Kapuze. Joseph Downs lächelte ein freudloses Lächeln. Er bückte sich und ergriff ein Kissen mit beiden Händen, und Faulk musste gespürt haben, was kommen würde. Er legte sich zurück, faltete die Hände auf der Brust, die Augen ganz plötzlich wach. Vielleicht, sagte Downs, gibt's für Leute wie uns einen Himmel. Ich glaub's aber nicht. Er senkte das Kissen und drückte es Faulk auf das Gesicht, und zunächst reagierte Faulk nicht, doch nach einer Weile begann er, zu kämpfen und sich zu wehren, zappelte mit den Beinen und ruderte mit den Armen. Wie viel Zeit verging? Ein paar Minuten vielleicht, aber am Ende bewegte sich sein Körper nicht mehr, und Joseph Downs nahm das Kissen weg und legte es wieder aufs Bett.

Flan Faulks Augen waren weit aufgerissen, genau wie sein Mund, zu einem immerwährenden Schrei. Downs setzte sich neben den leblosen Körper aufs Bett. Dort saß er lange, mit zitternden Händen. Dann schloss er mit den Daumen die Augen des alten Mannes. Eisiges Sonnenlicht fiel in den Raum. Und Joseph Downs, der Kriegsheld, legte seinen Kopf auf die Brust der Leiche und hörte dem Wind und der Uhr und den Krähen zu.

Vierter Teil:
Reverend Wells (2011)

»And the Earth died screaming.«
(Tom Waits)

36. Kapitel

Zehn lange Jahre war ich mit meinem alten Pick-up kreuz und quer durchs Land gefahren, hatte The Blackwood Family und The Lefevre Trio gehört und nur angehalten, wenn es Gott mir befahl. Dann stieg ich aus dem Wagen, streckte meine langen Beine und lief durch die Straßen, ging in Bars und Bordelle und suchte die Sünder auf, und die Worte des Herrn sprudelten so schnell aus mir raus wie Zahlen aus einem Auktionator, und diese Worte waren voller Blut und Benzin. Manchmal achteten die Passanten nicht auf mich, manchmal blieben sie stehen und machten sich über mich lustig, und manchmal starrten sie mich fasziniert an. Vielleicht glaubten manche, ich wär nur ein Schauspieler oder Straßenkünstler, aber eins ist klar: Ich, ich war ein wahrhaft Gläubiger. Mit Gehrock, schwarzer Hose und weißem Hemd, dazu Cowboykrawatte und natürlich mit breitkrempigem Hut auf dem Kopf. Und eine enge weiße Gummimaske überm Gesicht.

El Hornillo, Texas. Mit einem ramponierten Koffer in der einen Hand und einer Bibel in der anderen stand ich auf dem Gipfel des Black Oil Hill und blickte auf die Stadt hinunter, auf all die Säufer und Huren, die Schänder und Mörder. Ich schüttelte den Kopf und spuckte aus, dann hob ich den Blick zum Himmel und flüsterte, die Erde ist sein, aber nicht in alle Ewigkeit. Ich blieb eine Zeit lang auf dem Hügel und dachte nach, betete und weinte. Und dann stieg ich hinab in die Stadt.

• • •

Die Main Street war so widerlich wie erwartet, überall stank es nach Schnaps und Sex, und ich predigte vierzig Tage und Nächte ohne Unterlass, bekehrte eintausend, mindestens, und verwandelte Schmerz in Freude, Höllenqual in himmlische Lust. Aber von Zeit zu Zeit sah ich eine Teufelin, und sie erinnerte mich an jemand, an jemand, den ich gekannt hatte. Und ihr Herz war versteinert, ihre Haut faltig und ledrig, ihre braunen Augen waren blutunterlaufen. Auch die dicke Schicht Rouge, der Lippenstift und die Wimperntusche konnten die Verwüstung in ihrem Gesicht nicht kaschieren. Eine Hure, nichts weiter. Eine Hure, wie alle anderen.

Nimm deine Maske ab!, sagte sie eines Tages. Zeig mir dein Gesicht! Und ich stieg von meinem Whiskeykarton und ging zu ihr und sagte: Niemand will mein Gesicht sehen. Glauben Sie's mir, Lady. Der Anblick reinsten Schreckens. Ich trag die Maske nur zu Ihrem Schutz, das dürfen Sie glauben.

Und dann erzählte ich ihr, dass ich ein Sünder der übelsten Sorte gewesen war. Getrunken hatte, gehurt, mich geprügelt. Eine Marionette des Teufels. Ich sagte: Es gab mal eine Frau, mit der ich was hatte. Ein schönes junges Ding. Eine reine Seele. Zutraulich wie ein Kind. Ja, vielleicht hat sie mich sogar geliebt. Aber ich war Jesus noch nicht begegnet. Ich kannte nur die Wege des Teufels. Und ich war grausam und gemein. Und ich habe Dinge getan, über die man lieber nicht spricht. Das dürfen Sie glauben! Der Leibhaftige hatte sich in mir breitgemacht. Jeden meiner Schritte hat er gelenkt. Ja, meine Schwester, ich hatt's schon weit gebracht auf dem Weg zur ewigen Verdammnis, zum ewigen Zorn!

Aber dann hatte ich eine Vision. Eine Vision des Allmächtigen! Und wissen Sie, was er zu mir sagte? Kennen Sie die Worte, die er an jenem schneeklirrenden Tag zu mir sprach? Er sagte zu mir, geh in den nächsten Laden, gleich hier, auf der Stelle, und kauf eine Dose Brennpaste. Und ich gehorchte seinen Worten. Und er befahl mir, die Dose zu öffnen und die Paste auf mein Gesicht zu schmieren! Das ist die Wahrheit! Mein Napalm, selbstgemacht! Und dann, ratsch!, mit einem Zündholz … ja, das waren die Worte des Herrn! Und damals bin ich seinen Worten gefolgt, und ich folge seinen Worten bis zum heutigen Tag. Das dürfen Sie glauben! Mein Gesicht ist verbrannt, damit meine Seele nicht brennt!

Die Geschichte fuhr der Hure in die Knochen und packte sie. Sie lächelte und fasste sich an die geschwollenen Brüste und sagte, Sie sind ja wirklich ein verdammter Prophet, wirklich! So jemand wie Sie hab ich noch nie getroffen, das ist die Wahrheit. Wollen Sie nicht mal ein bisschen Spaß? Den kriegen Sie von mir, und zwar nicht zu knapp!

Tja, also folgte ich ihr durch die Straßen von El Hornillo, aber meinen Lenden entsprang keine Lust, nur Zorn quoll aus meiner Seele, und wir kamen an eine alte Lasterhöhle, ein riesiges viktorianisches Haus, das früher vielleicht mal ansehnlich war, jetzt aber nur noch ein übler Schandfleck. Und ich trat in dieses Haus des Schmutzes, und ich ging in dieses Zimmer des Schmutzes, und ich sah zu, wie sie den Schmutz aus der Flasche trank und zwei Rinnsale goldenen Bourbons über ihr Kinn des Schmutzes rannen. Sie ließ die Flasche zu Boden fallen, lächelte mich verächtlich an und riss sich ihr abgetragenes Kleid vom Leib. Bei dem Anblick wurde mir übel, richtig übel. Okay, Prophet, sagte sie. Ich hab nicht die ganze Nacht Zeit. Einhundert für normal. Zweihundert für von hinten.

Ich verzog das Gesicht und ballte die Fäuste. Ich habe nicht vor, mit dir Unzucht zu treiben.

Ach so? Was willst du denn dann treiben? Was Perverses mach ich aber nicht.

Darauf begann ich, im Zimmer hin und her zu laufen, sah dabei die Frau voller Verachtung aus dem Augenwinkel an. Ich sagte: Als Erstes musst du aufhören, so derb zu sprechen. Eine Frau Gottes würde niemals –

Eine Frau Gottes? Der Witz ist gut, Prophet!

Was du nicht begreifst, flüsterte ich kaum hörbar, ist, dass ein Leben ohne Jesus keines ist. Kein wirkliches Leben. Ich kam hierher … Gott hat mich hierhergesandt …

Gott hat dich gesandt? Er hat dich zu mir gesandt?

Ja. Ja, genau. Er hat mich gesandt, um dich zu retten. Er hat mich gesandt, um euch alle zu retten.

Die Hure schnaubte verächtlich. Alles klar, Schätzchen. Du kannst mich auch retten. Aber der Preis muss schon stimmen.

So geht das nicht. Man kann sich nicht zu Gott huren. Gott ist kein Zuhälter.

Also, da kann ich dir nicht widersprechen, sagte sie lachend. Er ist schlimmer als ein Zuhälter. Ein Zuhälter schlägt einen, damit er sein Geld kriegt. Gott schlägt einen, damit er seine Anbetung kriegt.

Das ist Gotteslästerung, sagte ich. Es ist mir gleich, ob das hier ein Bordell ist.

Dann deutete sie auf mein Gesicht. Warum nimmst du die Maske nicht ab, sagte sie. Ich hab keine Angst. Ich hab schon ne Menge übles Zeug gesehen.

Oh nein, sagte ich. So was Schreckliches nicht.

Glaub ich nicht, sagte sie. Wahrscheinlich bist du ein Schwindler.

Ich bin kein Schwindler!, rief ich. Ich bin ein Prophet Gottes, des allmächtigen Herrn! Und dann trat ich einen Schritt auf sie zu, die Fäuste geballt, bereit zu predigen. Und dann schlug ich die Frau, ich schlug so fest, dass sie auf die Knie fiel und auf der Wange einen Abdruck meiner Hand hatte. Und ich wollte weitermachen, ihr die Wege des Herrn zeigen, doch die Hure fasste in die Handtasche und zog einen Revolver mit Perlmuttgriff heraus. Sie zielte damit genau zwischen meine Augen. Ihre Hände zitterten nicht im Geringsten.

Niemand schlägt mich, sagte sie.

Mein maskiertes Gesicht verzog sich zu einem Lächeln, und ich nickte. Ich entschuldige mich, Madam, sagte ich, aber Sie müssen mich verstehen. Der Herr will Ihre Seele retten. Das ist ihm wichtiger als alles andere. Darum hat er seinen einzigen Sohn geopfert. Darum hat er mich gesandt.

Mich braucht niemand retten, sagte sie. War bis jetzt auch nicht nötig.

Eilig zog sie ihr Kleid an, hielt dabei immer die Waffe auf mich gerichtet. Sie sollten sich zusammenreißen, sagte sie. Propheten tun so was nicht, garantiert nicht. Deswegen hob ich meine Bibel auf, warf ihr einen schmutzigen Zwanziger vor die Füße und lief geradewegs aus diesem sündigen Haus. Die Hure blieb unbekehrt, aber ich vermutete, dass wir uns nicht zum letzten Mal begegnet waren.

• • •

Der Abend war lang. Ich saß mit eingeschalteter Innenbeleuchtung in meinem Wagen, las in der Bibel und machte mir Notizen für eine Predigt. Dazu schnupfte ich Aprikosentabak und trank Sliwowitz. Je nun, allein Jesus hatte kein Laster …

Und als meine Augen müde und mein Kopf matt und schwer waren, klappte ich Bibel und Notizbuch zu. Ich nahm meinen Hut ab und legte ihn auf den Beifahrersitz. Dann zog ich mir die Gummimaske vom Gesicht und legte sie in den Hut. Oh Gott, flüsterte ich, wie lange soll dieses Martyrium noch dauern? Wann hab ich mich endlich als würdig erwiesen?

Ich öffnete das Handschuhfach und holte einen Umschlag heraus. Darin lag eine Silberkette. Und an der Kette hing eine Hundemarke. Und auf der Marke stand der Name eines Soldaten. Der inzwischen tot war. Bestattet in einem namenlosen Grab.

Ich drückte mir die Hundemarke gegen die Wange, spürte das kühle Metall. Dann steckte ich sie in den Umschlag zurück, verschloss ihn und legte ihn wieder ins Handschuhfach.

Ich schaltete die Innenbeleuchtung aus und lehnte mich zurück. Draußen schien der Mond stimmungsvoll durch den nächtlichen Dunst, und kühler Regen fiel auf die Lebenden wie die Toten.

Ich schloss die Augen, und bald darauf träumte ich von der Vergangenheit, ein kleiner Lichtblick in der bleiernen Dunkelheit.

»Erlösung ist wirklich nicht mein Ding«
Jon Bassoff im Gespräch Alf Mayer

Wie lautet deine Biografie in Kurzfassung?
Jon Bassoff, 1974 in New York geboren, lebt mit seiner Familie derzeit in Longmont, Colorado. Seine *mountain-gothic novel Zerrüttung (Corrosion)* wurde von Tom Piccirilli, dem viermaligen Gewinner des *Bram-Stoker-Awards*, als »erstaunlich original und verstörend« bezeichnet. In Frankreich wurde dieser Roman für den *Grand prix de littérature policière* nominiert. In seinem Brot-und-Butter-Job unterrichtet Jon Bassoff Englisch an der örtlichen High School. Er ist ein Connaisseur von Tequila, scharfen Soßen, *psychobilly music* und billigen Motels.

Du stammst aus New York?
Geboren bin ich da, das stimmt, aufgewachsen aber in Boulder, Colorado, einst eine kleine Hippie-Stadt und inzwischen ein teures Nest für sehr reiche und sehr fitte Leute. Unnütz zu sagen, sobald ich da weg waren, wollten sie mich nicht wieder haben. Aber wir sind glücklich in unserem kleinen Kaff weiter östlich davon.

Wie gerät man nach Boulder?
Kurz nachdem ich geboren wurde, hatte mein Vater zwei Jobinterviews als Englischlehrer, eins im tiefen Süden von Mississippi, eins in Colorado. Den Colorado-Job bekam er, das war gut so, denn ich glaube, ich wäre ein ziemlich schrecklicher

Südstaatler geworden. Mein Vater musste etwa zwanzig Jahre in Boulder leben, ehe er aufgehört hat, ein New Yorker zu sein. Aber jetzt ist er damit zufrieden, auf den Bauernmarkt zu gehen, Yoga zu machen und die demokratische Partei zu wählen.

Und du unterrichtest in Frederick, habe ich einer Internetseite entnommen?
Genau gesagt, unterrichte ich an der Longmont High, direkt in der Stadt, in der ich lebe, bin jetzt im achtzehnten Jahr Lehrer. Schüler und Kollegen kennen mich als »diesen geistesgestörten Schreiberling«. Dauernd fragen mich Leute, ob ich nicht das Unterrichten aufgeben und Vollzeit schreiben wolle, aber ich glaube nicht, dass ich das tun würde. Die Schule gibt mir die soziale Anbindung, die ich brauche. Wenn ich den ganzen Tag am Schreiben wäre, würde ich mich vermutlich in meinem Kopf verlieren – und das ist wirklich kein aufgeräumter Ort.

Du warst an derselben Universität wie Flannery O'Connor? Bedeutet dir das etwas?
Flannery O'Connor ist eine meiner Heldinnen. Etliche ihrer Kurzgeschichten, zum Beispiel *Ein guter Mensch ist schwer zu finden*, sind nahezu rasend perfekt. Und ich wünschte mir, ich hätte ihren Roman *Wise Blood* geschrieben, den John Huston so toll mit Brad Dourif verfilmt hat. Heftiger Film. Zu wissen, dass ich an der University of Iowa durch die gleichen Flure wie Flannery O'Connor gelaufen bin, das macht mich sehr stolz. Am Writer's Workshop dort haben auch andere richtig gute Autoren teilgenommen: Kurt Vonnegut und Tennessee Williams zum Beispiel …

Willst du deine Kinder auf dem Land aufwachsen lassen? Oder was waren die Motive, von New York wieder ins High Country zu ziehen?
In New York zu leben, das habe ich wirklich geliebt – und ich vermisse es immer noch, aber meine Frau ist keine sonderliche Städterin. Sie stammt auch aus Colorado und hat immer Sehnsucht nach den Bergen gehabt. Jetzt, wo ich hier lebe, wird mir immer klarer, wie schwierig es wäre, die Kinder in der Stadt groß werden zu lassen. Hier ist vieles einfach leichter. Aber leicht ist nicht immer gut, also zieht es mich manchmal wieder zurück. Ich bezweifle aber, dass ich das auch machen werde.

Du hast oder hattest wirklich eine Schlangensammlung?
Nein! Ich habe tierische Angst vor ihnen. Ich schreie wie ein kleines Mädchen, und das jedes Mal, wenn ich sie füttere.

Von 2008 bis 2014 hast du einen eigenen Verlag gehabt, die New Pulp Press, und ihn dann verkauft. Jetzt residiert er in Florida?
Ich habe das als ein Hobby angefangen. Falls es finanziell zu Null aufging in den fünf oder sechs Jahren, die ich das gemacht hatte, war das eher Glück. Ich hatte keine Ahnung, auf was ich mich da einließ, habe mir alles »learning by doing« angeeignet. Meine wahre Liebe hat aber immer dem Schreiben gegolten. Nachdem *Zerrüttung* in den USA einen Verleger hatte, war mir klar, dass ich mich aufs Schreiben konzentrieren will, nicht aufs Bücherverlegen, also habe ich den Verlag verkauft. Ich bin nicht auf dem Laufenden, welche Art Bücher sie da jetzt machen, aber ich weiß, es sind andere, als ich sie damals herausgebracht habe. Mehr will ich dazu nicht sagen.

Auf welche Bücher der New Pulp Press bist du besonders stolz?

Stolz bin ich auf alle Bücher, die wir gemacht haben. Aber wenn du so fragst, dann gilt das besonders für *Hell on Church Street* von Jake Hinkson und *The Bastard Hand* von Heath Lowrance. Diese beiden gehören zu originellsten und überzeugendsten Büchern, die ich in den letzten zehn Jahren gelesen habe. Ich schätze mich glücklich, sie herausgebracht zu haben, und ebenso glücklich bin ich, diese beiden Autoren als großartige Freunde gewonnen zu haben.

Kannst du deine Erfahrungen als unabhängiger Verleger kurz zusammenfassen?

Die größte Herausforderung ist, wie schnell sich alles ändert. Und so einfach und richtig es ist, auf Amazon herumzuhacken (ja, sie sind ein Riesenkrake), ohne sie würden die meisten unabhängigen Verlage nicht überleben. Auch du drüben in Germany, als jemand, der offensichtlich die Bücher der New Pulp Press kennt, wärst ohne Amazon wohl kaum an sie gekommen. Ich habe mit der print-on-demand-Technologie gearbeitet und Amazon hat für einen Vertrieb gesorgt, der mir vor zehn Jahren noch versperrt gewesen wäre. Diese Technologie, die Amazon zur Verfügung stellt, hat es vielen Autoren erlaubt, die sonst unbekannt geblieben wären, eine gewisse Verbreitung zu finden. Andererseits setzt genau das auch eine gewaltige Menge schrecklicher Bücher in die Welt, aber vor zuviel Auswahl sollten wir uns nicht fürchten. Ich denke, für einige großartige Bücher bin ich ein ziemlich guter Verleger gewesen, aber von der geschäftlichen Seite her war es Hobby.

Hast du einen Rat für deinen deutschen Verleger Wolfgang Franßen?

Ha! Ich denke, Wolfgang macht das schon wirklich gut. Seinen Büchergeschmack mag ich sehr. Das echt nicht nur, weil ich da jetzt dabei bin.

Du wirst in Frankreich veröffentlicht und dort auch gut aufgenommen?

Oh, ja. *Corrosion* erschien dort Anfang 2016, und 2018 kommt *The Incurables* heraus. Ich hatte Gelegenheit zu einer zehntägigen Buchtour, und es war phantastisch. Nicht nur, Frankreich zu sehen, sondern mit Buchhändlern und Lesern aus einem anderen Kontinent zusammenzukommen – es war wirklich rundum erfreulich. Es gibt mir schon einen ordentlichen Kick, wenn ich die vielen Stunden in meinem Arbeitszimmer in Colorado sitze und weiß, dass tausende Meilen entfernt Menschen mein Buch in einer anderen Sprache lesen. *Zerrüttung* war für den *Grand prix de littérature policière 2016* nominiert, ist also zumindest in gewissen Kreisen gut angekommen.

Kannst du die zwei Romane kurz zusammenfassen, die du seit *Zerrüttung* geschrieben hast? Und an was arbeitest du zurzeit?

Ich habe ein Buch namens *Factory Town* geschrieben, das unglaublich surreal und fremdartig ist. Es ist mein Lieblingsbuch, obwohl manche Leute es für unverständlich halten. Das war nicht mein Ziel, ehrlich, und ich verstehe es, dass nicht alle ihre Mußestunden damit verbringen wollen, tausende Puzzleteile zusammenzufügen. Andererseits, einige Leute mochten es wirklich, so auch einer meiner Horror-Helden, nämlich Ramsey Campbell. Also ist die Arbeit nicht ganz umsonst gewesen. Mein jüngstes Buch heißt *The Incurables* und dreht sich um Walter Freeman, den Pionier der transorbitalen

Lobotomie. Im Lauf seines Lebens hat er rund 20.000 Lobotomien ausgeführt, er fuhr in seinem Lobotomobil durch das Land, ehe dieses Verfahren verboten wurde, weil es Menschen in Gemüse verwandelte. Bis zum letzten Atemzug hat er daran geglaubt, dass er seine Patienten gerettet und nicht verstümmelt hat. Wie dem auch sei, er ist die Hauptfigur; aber da ist auch noch ein Mann, der davon überzeugt ist, Gottes Sohn zu sein, und da ist noch eine soziopathische Prostituierte. Also eine perfekte Familiengeschichte. 2017 erscheint dann ein Roman mit dem Titel *The Blade This Time (Diesmal das Messer)*. Das wird nichts für Schreckhafte.

***Zerrüttung* wird auch ein Film? Wen kannst du dir in der Hauptrolle vorstellen? Und gibt es noch mehr Projekte?**
Aktuell sind von drei meiner Romane die Filmrechte gekauft und bereits Drehbücher geschrieben worden, aber ich werde nicht die Luft anhalten, bis sie wirklich verfilmt sind. Die Probleme sind die üblichen: Finanzierung, Finanzierung, Finanzierung. Mein Traum wäre es, dass *Zerrüttung* einen unbekannten Darsteller hat und es sein Durchbruch wird. Wenn Jeff Bridges eine der Nebenrollen bekommt, bin ich glücklich.

Kannst du dich als einen Serienschreiber für das Fernsehen sehen?
Es sieht so aus, dass eine Menge kreativer Leute einige große Serien schreiben. Ich bin mir nicht sicher, ob sie mich nehmen würden. Also bleibe ich erst mal lieber bei Romanen …

Hörst du Musik beim Schreiben?
Ich kann mich schlecht konzentrieren, wenn ich Musik mit Worten höre. Also läuft da meist klassische Musik. Brahms, Sibelius, Vaughn Williams, Rachmaninoff und solche Sachen.

Aber als ich *Zerrüttung* schrieb, habe ich den Soundtrack von »Paris, Texas« verschlissen. Ry Cooder ist einfach brilliant. Sollte tatsächlich ein Film daraus werden, wäre es ein Traum, wenn er die Musik dazu macht.

Gibt es mehr Filme wie *Angel Heart*, die dich verhext und geprägt haben?

Angel Heart von Alan Parker wie auch die Romanvorlage *Falling Angel* von William Hjortsberg haben mich sehr beeinflusst. Ich sah ihn, glaube ich, als ich etwa dreizehn war. Bilder und Geschichte machten einen großen Eindruck auf mich. Erwachsen würde ich heute dazu sagen, sie haben mir auch gezeigt, welch außerordentlich kreative Dinge man innerhalb eines Genres anstellen kann.

Andere ebenfalls wichtige Filme für mich sind *Memento, Badlands* und *The Shining*. Kürzlich habe ich *Terribly Happy* von Henrik Ruben Genz gesehen, einen dänischen Film von 2008, der mich sehr begeistert. Jeder sollte ihn sehen. Ich glaube, das Kino hat mich in meinem Schreiben weit mehr geprägt als die Literatur. Nicht so ungewöhnlich vermutlich in meiner Generation.

Welche Autoren hatten und haben Einfluss auf dich?

Hier ist die Kurzfassung: Jim Thompson, James M. Cain, Albert Camus, Patrick McCabe, Georges Simenon, Charles Willeford, Patricia Highsmith, Dashiell Hammett, Chester Himes …

Unter den Lebenden, wer ist da dein Lieblingsautor?

Ich weiß nicht, ob ich da einen herauspicken sollte und könnte, aber ganz da oben ander Spitze steht Patrick McCabe. Sein *Schlächterbursche* (*The Butcher Boy*, 1992) und *Winter-*

wood (2006; nicht übersetzt, AM) sind zwei der schaurigsten Romane, die ich je gelesen habe. McCabe ist ein meisterhafter Schöpfer von unzuverlässigen, aber doch überzeugenden Erzählern. Einige seiner Bücher haben enttäuscht, aber diese zwei sind verdammt gut.

Hast du ein absolutes Lieblingsbuch?
Sehr schwierige Frage. Echt. Ich nehme *Der unsichtbare Mann* von Ralph Ellison. Es ist ein sozialer Kommentar auf Rassismus, was mich dabei völlig elektrisiert hat, war Ellisons nicht zu bändigender Schreibstil. Es gibt noch mehr Bücher, bei denen ich ins Schwärmen gerate: *Wise Blood* von Flannery O'Connor, *Schall und Wahn (The Sound and the Fury)* von Faulkner, *Der Mörder in Mir (The Killer Inside Me)* von Jim Thompson, *Der Fremde* von Camus, *Wenn der Postmann zweimal klingelt* von James M. Cain, um nur ein paar zu nennen.

In *Zerrüttung* taucht ein Ortsschild auf: »Willkommen in Thompsonville, Heimat von 1.372 freundlichen Menschen«. Das klingt wie aus Jim Thompsons *1280 schwarze Seelen.* Wie bist du auf die paar Einwohner mehr gekommen? Und hast du *Der Saustall (Coup de Torchon)* gesehen, die Verfilmung von Bernard Tavernier?
Die Zahl war Zufall, aber ich bin mir sicher, dass nicht nur das Ortsschild mit Jim Thompsons Buch zu tun hat. Als ich begonnen habe, Romane zu schreiben, war er es wahrscheinlich, der mich am meisten beeinflusst hat. Ich liebte die Idee, aus der Perspektive eines Psychopathen zu schreiben. Also könnte *Der Mörder in mir* das wichtigste Buch gewesen sein, das ich je gelesen habe. Den *Saustall* habe ich gesehen und ich liebe ihn. Als ich in Frankreich war, hatte ich das Glück, mit Bernard zu Abend zu essen. Was für ein liebenswürdiger und

leidenschaftlicher Mann. Ich wollte ihn am liebsten bitten, *Zerrüttung* zu verfilmen. Aber ich habe mich nicht getraut.

Ist *Zerrüttung* von wahren Begebenheiten oder realen Leuten inspiriert?
Ich glaube nicht, dass ich meine Charaktere je ganz auf reale Menschen gegründet habe, aber übernommen habe ich sicher Eigenheiten oder Persönlichkeitsmerkmale, wie bewusst auch immer. Ich bin wohl weit mehr von Orten geprägt, an denen ich gewesen bin, oder von Gefühlen, die ich einmal gehabt habe. Bei *Zerrüttung* zum Beispiel ist es ein kleiner Gebirgsort in Colorado, er heißt Ward und ist von Fahrzeugwracks umgeben, massenhaft alte Autos, 40 Jahre und mehr alt. Sie versuchen damit, Leute draußen zu halten – oder drinnen, je nachdem wie man es sieht. Das hat mir gefallen.

Hast du als Autor einen Lieblingscharakter, dem du Leben einhauchst?
Je verrückter sie sind, desto lieber schreibe ich über sie. Benton Faulk aus *Zerrüttung* ist einer meiner Lieblinge.

Du bist nicht an Romanserien interessiert, hast du einmal gesagt. Aber du dehnst gerne das Genre, nicht? Und das jedes Mal auf andere Art?
Ja. Ich halte meine Romane für Genre-Romane, aber ich bin mir nicht sicher, welches Genre das ist. Kriminalliteratur? Nicht so ganz. Horror? Nicht wirklich. Spannungsliteratur? In gewisser Weise schon. Meine Bücher tendieren dazu, eine seltsame Hybridform anzunehmen, so als wenn der Zwerg die bärtige Frau im Zirkus schwängert. Ich langweile mich schnell. In der Genreliteratur gehen viele Autoren oft den einfachen Weg, die Tradition des Genres zu wahren. Ich aber

komme gerne in knielanger Badehose und Wollweste zu einem förmlichen Abendessen. Ich glaube nicht an Gemütlichkeit – wie euer schönes deutsches Wort lautet –, und ich will auch nicht, dass andere es gemütlich haben.

Warum brauchen wir *Noir* und *Pulp*?
Wir brauchen *Noir*, um uns an das Böse zu erinnern, das in unserem eigenen Bewusstsein schwimmt. Wenn du dir der Bösärtigkeit nicht bewusst bist, wenn du diese Dämonen nicht im Blick behältst, dann werden sie dir eines Tages durchgehen. Und dann ist die Hölle los.

Was ist das mit dem verdrehten Christentum bei dir? Lilith, der Name der ersten Eva … Gideon …
Manche Leute glauben, ich würde in meinen Büchern auf dem christlichen Glauben herumhacken, aber das ist nicht so. Ich bin nur davon fasziniert, wie Religion soviel Rätselhaftes und Groteskes produzieren kann. Eine Tages schreibe ich sicher einen Roman, in dem nichts Religöses vorkommt. Vielleicht aber auch nicht.

Das Alte Testament? Auge um Auge? Entwickelt die Zivilisation sich zurück?
Ist das je in eine andere Richtung gegangen?

Wir brauchen viel mehr *Noir*, oder nicht?
Das glaube ich in der Tat. Aber wir machen das schon ganz gut. Besonders im Fernsehen. Da gab und gibt es eine Menge guter Serien, die auf die Stilmittel des Noir und des Gothischen bauen (*Breaking Bad, True Detective, Penny Dreadful, American Horror Story*). Und sie machen das richtig gut. Das gibt mir Hoffnung.

Was ist das mit den (verstümmelten) Kriegsveteranen wie Joseph Downs in *Zerrüttung*?
Wir wollen sie nicht sehen. Wir wollen auf Abstand bleiben. Aber tief drinnen wissen wir, dass wir verantwortlich sind. Unsere ganze Nation ist verstümmelt. Krieg brutalisiert unsere Soldaten, aber er brutalisiert auch die Seele eines Landes. Warum also nicht darüber schreiben? Sex, Religion, Krieg. Das ist alles, was ich brauche.

Was ist mit dem Zitat, mit dem du Kapitel 3 in *Zerrüttung* einleitest? Von Davis Grubb, aus *Die Nacht des Jägers (The Night of the Hunter)*: »There are too many of them; you can't kill the world.«
»Es sind zuviele von ihnen; du kannst nicht die ganze Welt umbringen.« Dieses Zitat habe ich schon immer gemocht. Es zeigt nicht nur die den von mir beschriebenen Charakteren innewohnende Gewalt, es zeigt auch die ultimative Hoffnungslosigkeit. Außerdem stammt es aus einem meiner größten Lieblingsbücher und Lieblingsfilme. Ich weiß nicht, ob es ein eindringlicher gefilmtes Werk gibt als dieses.

Warum der Titel *Corrosion* bzw. *Zerrüttung*?
Nun, das bezieht sich auf das Gesicht meines Erzählers, und aber auch, dies noch wichtiger, auf die Zerrüttung bzw. Vernichtung seiner Seele. Trauma für Trauma zersetzt sich, was von seiner Identität geblieben war.

Du magst wirklich unzuverlässige Erzähler, und du schätzt das auch an Autoren wie bei Jim Thompson, Patrick McCabe, Patrick McGrath und anderen. Was ist das Attraktive daran?
Ich liebe die Handwerkskunst, die ein Autor braucht, um so etwas durchzuziehen. Und diese Art Romane sind meist auch

die, die richtig schockieren. Weil wir uns daran gewöhnen, unserem Erzähler zu trauen und annehmen, dass er uns in die richtige Richtung führt. Wenn wir herausfinden, dass er – Achtung! – menschlich ist und seine eigenen Geheimnisse und Janusköpfigkeiten zu hüten hat, erschüttert das unser Vertrauen ein wenig. Es ist gut, davon bin ich überzeugt, unsere Annahmen und unseren Glauben zu erschüttern.

Wie ist dein Geschmack als Leser von crime fiction?
Ich mag es dunkel und krank. Ich mag Protagonisten mit kapitalen Problemen. Ich mag stimmungsvolle Atmosphäre. Ich mag heruntergekommene, unheimliche Schauplätze.

Alle deine Bücher haben Charaktere, die ihrer Vergangenheit nicht entkommen können. Werden wir bei dir je einen traditionellen Helden sehen?
Ich will das so einfach beantworten wie es nur geht: Erlösung ist wirklich nicht mein Ding.

Alf Mayer führte das Gespräch mit John Bassoff im September 2016. Er ist freier Journalist, seit 1985 Krimi-Kolumnist beim Frankfurter »strandgut« und Redakteur des online-Magazins crimemag.de.

Benjamin Whitmer
Nach mir die Nacht
Aus dem Amerikanischen
von Len Wanner
280 Seiten, Klappbroschur
Polar-Verlag
ISBN 978-3-945133-37-8
EUR (D) 14,90 / EUR (A) 15,40

Nicht weit von Denver im San Luis Tal eröffnet sich eine Welt voller Verlorener, die mit sich ins Reine zu kommen versuchen. Ein Leben voller Gewehre, Alkohol, Zigaretten, Pick-ups, Biker Bars, Schlägereien, endloser Straßen und einer zerstörten Landschaft.
Vor Jahren ist Patterson Wells Sohn Justin wegen eines ärztlichen Fehlers verstorben. Seitdem versucht er, mit den Schmerz zu leben. Ein Country Noir darüber, was Väter Söhnen und Söhne Vätern antun können.

Benjamin Whitmer war High- School-Abbrecher und Hausbesetzer, arbeitete als Fabrikarbeiter, Staubsaugervertreter, Tellerwäscher, Sein erster Roman Pike wurde im Jahr 2013 für den Grand Prix de Litérature Policière und den New York Times ›Critics‹ Choice vorgeschlagen.

»Fans von Cormac McCarthy und Harry Crews werden Freude an dem Roman haben.«
Los Angeles Review of Books